仮初の年上妻は成長した年下王子に溺愛陥落させられる

沖果南 Kanan Oki

Ciel

eロマンス ロイヤル

CHARACTERS

リシャール・ラガウェン［二十一歳］

先の戦争で国王夫妻を喪い、ピエムスタ帝国の支配下となったエッスタン王国の王子。美しいエルフの末裔と言われるエッスタン王族の血を引いており、整った容姿をしている。押し付けられた敵国の年上妻に最初は反発し冷たい態度を取り続けるが、コルネリアの暖かく包み込むような優しさに次第にその心を開いていく。五年間の遊学から帰還した後、コルネリアが離れていこうとしていることを知る。

コルネリア・ラムベール［二十八歳］

ソロアピアン大陸最大のピエムスタ帝国の第三皇女。真面目でしっかり者。王命でエッスタン王国の元王子、七歳年下のリシャールと政略結婚をする。リシャールのことを弟のように思い、エッスタン再興のために尽力する。復興を果たしたのち離縁をするつもりで自らを「仮初の妻」と称しているが、遊学のために五年間離れ離れになった後、大人びて帰ってきたリシャールに戸惑いを隠せない。

九年前のふたり

コルネリア［十九歳］

リシャール［十二歳］

フェルナンド・ソルディ ［三十三歳］

先の戦争で大きな勲功をあげたピエムスタの騎士団長ソルディ侯爵の嫡男で、コルネリアの護衛騎士を務めていた。今は皇宮騎士団長として皇帝の信頼も厚い。コルネリアを慕い続けている。

カロリナ・ブランジェット ［十五歳］

※リシャール十五歳時。

エツスタンの建国時から続く名門ブランジェット侯爵家の令嬢。波打つブロンドの髪、菫色の瞳をした美少女。父であるブランジェット侯爵と結託し、リシャールの妻の座を狙う。

サーシャ・ノルデア ［二十八歳］

エツスタンでコルネリア付きとなった明るく気の利くメイド。リシャールのことを子供のころから支えてきており、コルネリアとの仲が上手くいくことを心から望んでいる。

セバスチャン・エミンガム

エツスタン王家の執事。ロマンスグレーの髪をオールバックにし、厳格な面持ちをしている。リシャールを深く理解し、リシャールが慕うコルネリアのことも常に見守っている。

CONTENTS

プロローグ

「少しずつ陥落《かんらく》させるつもりでしたが、気が変わりました。……貴女《あなた》が『仮初《かりそめ》の妻』なんかじゃないことを、分からせてやる」

天蓋《てんがい》付きベッドの上で、コルネリアは美しい新緑色の目を見開いた。

(信じられないわ。目の前にいる人は、本当にリシャールなの？)

五年間の遊学を経て、つい先日エッツスタンに戻ってきた年下の夫のリシャールに、コルネリアは押し倒されている。

抵抗しようにも、リシャールに頭の上で両手首をまとめて摑《つか》まれてしまい、身動きが取れない。コルネリアに覆《おお》い被《かぶ》さるリシャールの体軀《たいく》は堂々としており、立派な成人の身体《からだ》つきだった。服の上からでも、しなやかな筋肉が見てとれる。

出会った頃のリシャールは、コルネリアよりも頭ひとつぶん背が低かったというのに、今は見上げるほどに高くなってしまった。コルネリアが多少抵抗したところで、彼の身体はビクともしない。

窓の外には低く垂れこめた分厚い雲が広がっており、夜空には星ひとつ見えない。揺らめく蠟燭《ろうそく》の頼りない灯《あか》りだけが、リシャールの精巧《せいこう》な彫刻のような整った顔立ちをかろうじて照らしている。

癖《くせ》のない輝くプラチナブロンドに、整った鼻梁《びりょう》。——そして、何より目を引くのが、闇の中で光るアイスブルーの瞳。

狂おしいほどの恋情に染まるその瞳は、コルネリアだけをまっすぐに見つめている。

(まるで、リシャールではない男の人と一緒にいるみたい)

リシャールは、エッツスタンの若き公爵《こうしゃく》であり、コルネリアの年下の夫だ。二人の結婚が決まったのは、リシャールが十二歳、コルネリアが十九歳のこと。コルネリアの父であるピエムスタ帝国皇帝セアム三世が決めた政略結婚だった。

二人の意思に関係なく決まった結婚であったが、コルネリアとリシャールの仲は良好だった。

時折陰のある表情を見せる年下の夫が放っておけなくて、コルネリアは甲斐甲斐《かいがい》しく世話を焼いた。先の戦争で両親を喪《うしな》い、天涯孤独《てんがいこどく》の身だったリシャールもまた、紆余曲折《うよきょくせつ》を経てコルネリアに心を開いた。

コルネリアとリシャールの関係は、夫婦というよりは、姉弟《きょうだい》のような関係に近かったかもしれない。二人はいつも一緒で、雷が怖いとリシャールが訴えれば、コルネリアはなんのためらいもなく自分の寝台に彼を引き入れた。そこに恋愛感情はなくとも、家族のような温かな絆《きずな》は確かに二人の間には育まれていたはず。――少なくとも、コルネリアはそう信じていた。

コルネリアを見つめるリシャールは、見たことがないほどに切なげな表情を浮かべている。記憶の中の幼い面差《おもざ》しからかけ離れた大人びた表情は、コルネリアの胸をどぎまぎさせて、なぜか目が離せない。

(駄目よ。わたくしは、リシャールと離縁しようとしているのに。……それなのに、惹《ひ》かれてしまってはいけないわ)

己をなんとか律しようと視線を外したコルネリアだったが、その頬《ほお》をリシャールはコルネリアの両手を摑《つか》んでいる手とは反対の手ですくいあげた。二人の視線が、再び至近距離でぶつかる。

刹那《せつな》、濡《ぬ》れた唇がコルネリアの唇に触れる。接吻《せっぷん》されたのだと、コルネリアは遅れて気付いた。

「ん、うっ……」

とっさのことに驚いて抵抗しようとしたコルネリアだったが、リシャールのがっちりした腕はそれを許さない。

リシャールは何度となく角度を変えて口付けをしながら、唇の間から長い舌をねじ込んだ。コルネリアの口腔内《こうくうない》を、リシャールは一方的に蹂躙《じゅうりん》する。くちゅくちゅという、淫《みだ》らな水音と熱い吐《と》息《いき》が、コルネリアの鼓膜を支配した。背中にぴりぴりとした不思議な感覚が走り、体中の力が抜けていく。

コルネリアの抵抗が弱まると、リシャールは乱れたネグリジェの肩紐《かたひも》を指で引っかける。ハッとしたコルネリアは首を振った。

「だ、だめ……、こんなはしたないこと、だめよ……」

なけなしの抵抗もむなしく、リシャールはネグリジェをはぎ取ってしまう。

ぼんやりとした薄明かりの下で一糸纏《まと》わぬ姿にされたコルネリアの身体を、リシャールはじっと見つめる。まるで、その身体の全てをその目に焼き付けようとしているかのように。

肌を焼くような熱っぽい視線から逃げようと、コルネリアは自分の胸を隠した。しかし、その手はすぐに阻《はば》まれてしまう。

「隠さないで。もっと見せてください」

腰に甘い痺《しび》れをもたらすような大人の男性の低い声は、かつての幼く澄んだ高い声ではない。コルネリアは再び混乱した。暗闇の中で光る冷たいアイスブルーの瞳だけが、記憶の中のリシャールと一致する。それなのに、その他は昔とあまりにも違いすぎる。

コルネリアを存分に視線で犯したあと、リシャールは柔らかな双丘《そうきゅう》を舌と指を使って丹念に愛《あい》撫《ぶ》しはじめた。初めのうちは抵抗していたコルネリアだったが、抵抗する余力があったのは、僅《わず》かな間だった。リシャールはたやすくコルネリアの感じるところを探し当て、的確に刺激していく。触れられるたび、ゾクゾクとした快感が背筋に伝わり、コルネリアは身を震わせる。

「ああっ、……あっ……」

徐々にコルネリアの身体は火照《ほて》り、敏感に反応しはじめた。酩酊《めいてい》したように赤くなった肌はしっとりと汗ばんでいく。経験のない純真な身体に刻み込まれる快楽の強さに、コルネリアはただただ甘い声を漏らすことしかできない。

「……こんなの、……し、しらない……」

「むしろ知ってたら困ります。……今から全部、俺が教えるんですから」

「あ、やっ、……はぁん……！」

胸の尖《とが》りをねっとりと舐《ねぶ》られるたびに、なぜか誰にも触れられたこともない柔らかな秘裂《ひれつ》がひくひくと疼《うず》く。目敏《めざと》くそれに気付いたリシャールは目を細めて、あわいの隙間《すきま》に長い指を滑《すべ》りこませた。

「ねえ、コルネリア。ここ、濡れてませんか？」

「あ、あっ……」

顔を赤くするコルネリアを愛《いと》おしげに見つめ、リシャールは愛液を纏《まと》わせた長い指で敏感な場所をなぞりあげる。初めてのはずなのに、リシャールはコルネリアの快楽のありかを全て知り尽くしているようだ。ゆるゆると与えられる快感に、コルネリアの息が上がっていく。

(あのリシャールが、こんなことをするなんて)

夢を見ているようでとても信じられない。しかし、触れてくる火照った唇が、優しく愛撫する指が、やけに生々しい熱を帯びて、これが現実だと容赦《ようしゃ》なく実感させる。

かつて弟のように思っていた男が、潤《うる》む肢体《したい》を貪《むさぼ》り尽くしていく。まるで、この五年間二人が会わなかった間の空白を埋め尽くすように。

股《また》の間から、シーツにぽたぽたと愛液が零《こぼ》れた。目の前の男をさらに求めているようで、あまりのはしたなさに眩暈《めまい》がする。

「愛しています、コルネリア……。ずっと、ずっと、昔から……」

耳元で囁《ささや》かれる言葉たちが、胸の奥を苦しいほどに締めつける。激しい行為の狭間《はざま》の、宝物を扱うような愛撫とキスが、あまりにも優しい。コルネリアはあっという間に高みに引き上げられ、ついに目の前が真っ白になった。

「あんっ……、ああ、――っ!」

ふわりとした浮遊感のあと、感じたことのない快楽が、身体中を駆け巡る。リシャールの逞《たくま》しい腕に抱かれたまま、コルネリアは身を震わせた。

リシャールは何度もキスをしながら、コルネリアをさらなる高みへ誘《いざな》おうとする。

(いったい、どうしてこうなってしまったの……?)

どうして、と自分に問うのに、胸の中の想いはあっという間に霧散してしまう。あられもない声に、羞恥《しゅうち》を感じる暇《ひま》もない。

いつしかコルネリアは考えることを止め、夜の帳《とばり》の中で甘い声を上げ続けていた。

第一章　帝国の皇女と亡国の王子

ソロアピアン大陸で最も広大な領土を持つピエムスタ帝国の帝都トラルーラは、一年で最も輝くシーズンを迎えていた。

皇帝の居城、リドス宮殿の庭園の木々は鮮やかな赤や黄金に色づいており、白亜の城壁とのコントラストが美しい。澄んだ空は高く、雲ひとつない。

心地よい爽《さわ》やかな秋風が、中庭の回廊を歩く第三皇女コルネリア・ラムベールの豊かな栗色の髪を揺らした。

（こんな時間にお父様の部屋に呼ばれるなんて珍しい。きっと、大事な話なのね）

王の居室のある中央棟に足早に歩を進めるコルネリアの顔は、かすかに緊張している。

それもそのはず、コルネリアを呼び出したのは、尊敬する父であり、ピエムスタ帝国の皇帝セアム三世だった。彼はここのところ、先の戦争の事後処理で多忙を極めており、家族でも謁見《えっけん》するのは難しい。皇后《こうごう》である母ですら、顔を合わせない日々が続いていると零《こぼ》していたほどだ。

そんなセアム三世からの呼び出しなのだから、よほど重要な要件があるのだろう。

回廊を抜け、中央棟の階段を上がったコルネリアは、皇帝の執務室の重厚な扉をノックした。すぐに侍従《じじゅう》が扉を開け、コルネリアは中に通される。

古い本と葉巻の匂《にお》いがする執務室で、皇帝セアム三世は窓辺の椅子に腰掛けて腕を組んでいた。

コルネリアと同じ栗色の髪には白いものがちらほら混じるものの、堂々とした体軀《たいく》には皇帝としての威厳が漂《ただよ》う。

コルネリアは背筋を伸ばす。

「この国の偉大なる太陽、皇帝陛下《へいか》にご挨拶《あいさつ》申し上げます。お呼びでしょうか、お父様」

「おお、来たか。儂《わし》の大事な娘、コルネリアよ」

セアム三世は部屋に入ってきた愛娘《まなむすめ》を笑顔で迎えたものの、その笑顔にはどこか陰りがあった。皇帝に相応《ふさわ》しい、全てを照らす太陽のような笑顔をいつも浮かべている父にしては珍《めずら》しい表情だ。心なしか顔色も悪い。

「お父様、どうなされたのですか？　お顔の色が優れないようですが」

「お前は相変わらず、優しい娘だ。しかし、儂のことを案ずる必要はない」

一瞬寂しげに微笑《ほほえ》んだセアム三世だったが、次の瞬間には威厳のある皇帝の顔になった。

「我が娘、コルネリアよ。エッスタン公爵《こうしやく》リシャール・ラガウェンのもとへお前を嫁《とつ》がせようと思う」

急に結婚を下命されたコルネリアは、新緑色の目を大きく見開いた。

結婚を命じられること自体は、別に驚くべきことではない。コルネリアは十九歳。結婚適齢期が十代半ばであるこの国では、むしろ少々遅すぎる年だ。現にコルネリアの二人の姉は、十代半ばで結婚している。

それに、皇族の一員としてこの世に生を享《う》けた以上、政略結婚を命じられる覚悟《かくご》もできていた。

しかし、結婚相手がリシャール・ラガウェンとなれば話は別だ。

「エッツスタンの元王子が、わたくしの結婚相手ですか……」

「すまない。お前には、非常に難しい立場に身を置いてもらうことになるだろう。可能であれば、避けたい選択ではあったが……」

セアム三世は深く皺《しわ》が刻まれた眉間を揉《も》む。

エッツスタン公爵領といえば、先の戦争でピエムスタ帝国が支配して間もない、海と山脈に挟まれた北の領土であり、元はエッツスタン王国と呼ばれていた地域である。

古代語で「長い冬の国」という意味を持つエッツスタン王国に住む人々は、古代の神話に出てくるエルフの末裔《まつえい》とも言われており、独自の文化と精巧な工芸品で知られていた。エッツスタン人たちは、細々と、しかし誇り高くその文化を守ってきたのである。

しかし、二年前に北方の海のはるか向こうにある島国のハンソニア王国とエッツスタン王国の間で戦争が起こった。ハンソニアは、不凍港《ふとうこう》を持つエッツスタンを足掛かりにしてソロアピアン大陸全ての覇権《はけん》を握ろうと企《たくら》んでいたのだ。

これを看過《かんか》できないソロアピアン大陸最大の領土を持つピエムスタ帝国がエッツスタン王国に加勢し、先の戦争は辛くもピエムスタ・エッツスタン連合軍が勝利した。

しかし、先の戦争はエッツスタンに深い傷跡を残した。

戦場の舞台となったエッツスタンの地は、目も当てられないほど荒廃した。ハンソニアの野蛮《やばん》な騎士たちは田畑を踏み荒らし、街や村を燃やし尽くしたのである。しかも、かなり徹底的に。

さらに悲劇的なことに、エッツスタンは名君の誉《ほま》れ高かった国王、ヨナソン王とその妻クラウディアを失ってしまった。

エッスタン王国の王族は、ヨナソン王の一人息子《むすこ》リシャールのみとなってしまったのである。リシャールはまだ十二歳。政《まつりごと》を為《な》すにはあまりに幼い。

そこでピエムスタ帝国は、当面の間エッスタン王国を支配下に置くと宣言した。リシャールは表向き、エッスタン公爵という地位を封爵《ほうしゃく》され、エッスタン王国はエッスタン公爵領へとその呼び名を変えることとなった。

この措置はあくまで一時的なものであるとセアム三世は繰り返し宣言したが、それに納得するエッスタン人はほとんどいなかった。それどころか、「混乱に乗じて国を乗っ取った卑怯者《ひきょうもの》」とピエムスタに強く反発する始末。

しかし、ピエムスタ帝国とて、荒廃したエッスタンを放置するわけにもいかない。エッスタン首都オルナにある不凍港がハンソニア王国の手中に落ちれば、次に狙われるのはピエムスタ帝国の広大な領土だ。目下、南の新興国であるラーク王国との関係に頭を悩ませているピエムスタ帝国にとって、ハンソニアによるエッスタン支配だけは何としてでも避けねばならない。北からハンソニア、南からラークに挟まれてしまえば、ピエムスタはその覇権を大きく損ねてしまうことになるだろう。

セアム三世はコルネリアに難しい顔をした。

「リシャール・ラガウェンは十二歳。さすがに実権を渡すには若すぎる。一方で、ピエムスタ帝国から使者を派遣したとしても、あの国は反発を強める一方だろう。そこで、お前にはリシャール・ラガウェンの配偶者となり、リシャールを補佐するという名目であの領土を治めてほしいのだ」

「念のため確認しますが、お父様はエッスタン王国を永久に支配したいわけではないのですよね？」

コルネリアの問いに、セアム三世は白いものが混じりはじめた顎鬚《あごひげ》を撫《な》でた。

「……あのエッツスタンを支配できるとは思わないほうがいい。そもそも、ピエムスタ帝国とエッツスタン王国は歴史的に敵国同士だった時代のほうが長い。先帝の時代は激しい戦を何度となく繰り返している。我が帝国がエッツスタンを併呑《へいどん》したところで、いずれ道を違《たが》えるのは目に見えている。かような辺境の地であれば、派兵費も馬鹿にならん。それならば、共生の道を歩んだほうがピエムスタ、エッツスタン両国の利益になろう」

エッツスタンの民は、エッツスタンの王族に対しての忠誠心が高いと言われている。ピエムスタ帝国の皇帝に従うくらいなら、誇り高く滅びの道を歩むだろう。だからこそ、やみくもに領地を拡げるより、共生によって得られる実利を優先したいとセアム三世は考えているらしい。

コルネリアは少しだけ俯《うつむ》き、じっと何かを考えた。艶《つや》のある髪が、さらさらと肩口からこぼれる。

「……ねえ、お父様。エッツスタンの人々は、わたくしを歓迎しないでしょうね」

コルネリアの一言に、セアム三世は一瞬言葉を詰まらせ、暗い顔をした。

「その通りだ。あそこは色々難しい。……だからこそ、一生エッツスタンに身を置けとは言わぬ。リシャールが成人するまで持ちこたえれば、それでいい。お前にはこれからしばらくの間、辛《つら》い思いをさせるだろうが、しばしこの国のためを思って耐えてくれ。リシャールが一人前になったらすぐに破婚して帰ってくるように」

「はい、承知いたしました」

「お前に相応《ふさわ》しい夫を見つけようと結婚を引き延ばしてきたが、このような結果になってすまない。お前が帰ってきたあかつきには、お前にはなんでも望むものをやろう。トレヴァスあたりの皇族直轄領《ちょっかつりょう》をお前に渡してもいい」

「破婚した皇女に皇族領を譲渡《じょうと》した前例はなかったはずですが、よろしいのですか？」

「そうでもしなければ、これから先お前にのしかかる心労と釣《つ》り合いがとれぬだろう。……すまない。お前にはなんとしてでも幸せな結婚をしてもらいたかった」

皇帝は肺の全ての空気を吐き出すような、重いため息をつく。

「そんなに気に病《や》まないでください。わたくしはきっと大丈夫です」

コルネリアはしっかりと頷《うなず》いた。

セアム三世とその妻オリヴィアは、長い間男児に恵まれなかった。今でこそ皇位継承権第一位は弟の第一皇子トビアスであるものの、そんな彼も生まれてしばらくは身体《からだ》が弱く、典医から「成人するまで生きられるか分からない」と言われていた時期もあったほどだ。

そこで、幼い頃から際だって聡明《そうめい》な子供だったコルネリアは、いつピエムスタ帝国の皇帝になっても困らぬよう、将来の可能性を見越してあらゆる教育をされてきた。語学にも長《た》けており、エッスタンの公用語であるエッスタン語も堪能《たんのう》だ。

コルネリアはエッスタンの元王子の配偶者として、これ以上ないほどの人材だった。だからこそ、セアム三世はコルネリアを選んだのだ。

「お父さまのご期待に沿えるよう、努めます」

コルネリアの承諾を得て、セアム三世はゆっくりと頷くと、侍従を呼ぶ。すぐに宰相《さいしょう》たちが執務室に集められ、コルネリアの縁談をまとめるよう指示がなされるだろう。

コルネリアは忙しい父の邪魔《じゃま》をしないよう、優雅に一礼すると部屋を去った。

◇
◆

雲ひとつない秋の日の午後、忙しい輿入《こしい》れの準備の合間を縫《ぬ》って、コルネリアは王宮の図書館の裏にある中庭を一人で訪れた。

中庭にあるガゼボは、コルネリアのお気に入りの場所だった。このガゼボの横にはこんもりと茂る大きなクスノキが植わっており、姿を隠してくれる。ひとりで考え事をする際にうってつけの場所だ。

コルネリアは澄みきった空を見上げ、同じ空の下にいるであろうまだ見ぬ夫のことを思った。幼いリシャールは結婚のための釣書《つりがき》や肖像画の類《たぐい》を全く持っていなかったため、コルネリアが知っている情報はほとんどない。せいぜい、リシャールが第一皇子である弟のトビアスと同い年で、七つ年下であると耳に挟んだ程度だ。

髪の色や目の色も分からない未来の夫に、コルネリアは同情していた。

(ピエムスタ帝国の皇女であるわたくしがいきなり結婚相手になったんだもの。リシャールもきっと落胆《らくたん》していることでしょうね)

コルネリアとリシャールの結婚は、本人たちが顔を合わせる前に決まった。

リシャールにとってこれは押し付けられた政略結婚であり、しかも相手はかつて敵対していた大国の皇女だ。本来ならば、エッスタンが断ってもおかしくない。しかし、エッスタンは現在形式上ピエムスタ帝国の公爵領だ。もとより絶対的な権力を持つピエムスタ帝国側からの申し入れとなれば、エッスタン側に拒否権はない。

とはいえ多感な年頃である十二歳の少年が、この結婚に反発を覚えないわけがない。多少の抵抗はあるものだと考える方が自然だろう。

婚姻《こんいん》の申し出に対するリシャールからの返事は、三日前に手紙で届けられている。手紙の内容はどこまでも儀礼的で、よそよそしいものだった。インクの滲《にじ》んだ羊皮紙を何度指先でなぞりながら読んでも、流麗《りゅうれい》な文字から考えや感情は読みとれず、彼の人となりをその文面から判断することは難しかった。

しかし、リシャールがどんな相手であれ、コルネリアは年下の子供たちの扱いにはいささか自信がある。幼い頃から第一皇子のトビアスや、親戚《しんせき》の子供たちの面倒を見る機会が多かったのだ。どんな子供が相手でも、あっという間に打ち解けられると自負している。

それに、リシャールは先の戦争で最愛の両親を失ったばかりで、天涯孤独《てんがいこどく》の身だ。悲しみに暮れている彼の側《そば》で、寄り添い、慰《なぐさ》める程度であればコルネリアにもできるだろう。

可哀想《かわいそう》なリシャールを、うんと甘やかそうと強く決意したコルネリアは、ふとこちらに向かってくる足音に気がついた。

「コルネリア様、やはりこちらにいらっしゃったのですね」

クスノキの枝をはらいながら、体格の良い男が姿を現した。皇帝直轄の騎士団員の証《あかし》である藍色《あいいろ》の騎士服に身を包み、背中の中程まで伸びた黒髪を無造作に赤いベルベットのリボンで結っている。

「フェルナンド！」

親しげにコルネリアがその名を呼ぶと、男は榛色《はしばみいろ》の瞳を少しだけ細めた。

フェルナンド・ソルディィ。

彼は先の戦争で大きな勲功をあげた騎士団長ソルディィ侯爵《こうしゃく》の一人息子で、数年前までコルネリアの護衛騎士だった男だ。年はコルネリアの五つ年上の二十四歳だが、皇帝の信頼も厚く、今は皇帝直轄の王宮騎士団の騎士に叙《じょ》せられている。

いつもはとても騎士とは思えないほど紳士的な彼だが、ひとたび剣を握らせれば彼に勝てる者はほとんどいないという。

なぜか未《いま》だフェルナンドには婚約者もいないため、ピエムスタ帝国の貴族令嬢たちがこぞって熱い視線を送っているという話だ。

「コルネリア皇女殿下《でんか》に、ご挨拶を申し上げます。殿下の慈愛《じあい》が、どうかピエムスタ帝国中に広まりますように」

フェルナンドは自然な動作でコルネリアの手を取り、指の先に口付けをした。護衛騎士を辞めた今も、昔と変わらず騎士の礼を欠かさない生真面目《きまじめ》なフェルナンドに、コルネリアは目を細めた。

コルネリアがフェルナンドに初めて出会ったのは、八年前。当時騎士見習いだった彼は、セアム三世直々の指名でコルネリアの護衛として叙任された。

フェルナンドはいつも物腰穏やかで、コルネリアの知らないことをたくさん知っていた。フェルナンドが語る街の人々の様子や、お祭りで売っている食べ物の話など、コルネリアは目を輝かせて聞いたものだ。皇女として気を張る生活をしていたコルネリアにとって、王宮の外の話は何より楽しかった。

そういった経緯もあり、コルネリアにとってフェルナンドはずっと憧《あこが》れの対象だった。フェルナンドの実直な性格をセアム三世も気に入っており、フェルナンドはコルネリアの有力な婚約者候補だと囁《ささや》かれていた時期もある。

「話は聞きましたよ。コルネリア様が、エッスタンへ嫁ぐと。国民の誰もが愛する皇女コルネリア様が戦火で荒れ果てた土地に嫁ぐのですから、皆この話で持ちきりです」

隣に座ったフェルナンドの言葉に、コルネリアは頷いた。

「ええ、わたくしもやっと結婚することになったわ。行き遅れと呼ばれてもおかしくない年齢だけど……」

「コルネリア様、そのようにご自分を卑下《ひげ》しないでください。貴女《あなた》様は、誰よりも素晴らしく賢い方です。陛下もそのことを慮《おもんぱか》って、コルネリア様に相応しいお相手を探しておいででした。しかし、そんなコルネリア様のお相手が、よりにもよってエッスタンの元王子とは」

フェルナンドは唇を噛《か》む。その横顔には、皇帝への落胆《らくたん》が滲《にじ》んでいた。

「そんな顔しないで、フェルナンド。帝国のために、わたくしはエッスタンに行くのよ。皇族として、これ以上ないほどの名誉《めいよ》だわ」

コルネリアは穏やかな口調で言う。しかしフェルナンドの表情は晴れなかった。

「嫁入りに同行する護衛騎士として志願しましたが、陛下に止められてしまいました」

「当たり前でしょう。フェルナンドは次期騎士団長なんだから」

エッスタンへの輿入れにあたって、コルネリアはピエムスタから十五人の護衛騎士と八人のメイドを帯同《たいどう》させる予定だ。セアム三世が直々に選んだ彼らは、ピエムスタ帝国への忠誠も厚く、仕事ぶりも優秀だ。しかし、帯同する護衛騎士のリストの中にフェルナンドの名前はない。次期騎士団長候補である彼がこの国を離れることは望ましくないと判断されたらしい。

皇帝の決定に未だ不満があるらしいフェルナンドの眉間には、くっきりと皺が刻まれている。

「私は心配です。コルネリア様は聡明な方ですが、他人を優先しすぎるきらいがある」

「そうかしら？」

コルネリアは首を傾《かし》げて困ったように笑う。フェルナンドは不快そうに唇を歪《ゆが》めた。

「コルネリア様のお相手であるリシャール・ラガウェンは、コルネリア様の七つも年下だそうですね。これではいくらなんでもコルネリア様がお気の毒です。エッツスタンに子供のお守りをしにいくようなものだ。陛下の決定は、コルネリア様の幸せを何も考えていない」

固く握られたフェルナンドの武骨な拳《こぶし》が震えた。手のひらに爪が深く食い込んでいる。

コルネリアはフェルナンドの拳にそっと触れ、首を振った。

「大丈夫よ。きっと心が通じれば、愛はなくとも、家族になることはできるもの」

「しかし、それではコルネリア様の幸せが……！」

「フェルナンド、あまりお父さまの決定を悪く言ってはいけないわ。貴方《あなた》は次期騎士団長候補なのよ？　貴方の立場が悪くなってしまうかもしれないから……」

「親愛なるコルネリア様が不幸になるのを、指を咥《くわ》えて黙って見ていろと言うのですか？　ここに来られたということは、エッツスタンに行くか、内心悩んでいらっしゃるのでしょう。コルネリア様は、悩み事があるといつもここにおいででした」

「…………」

「エッツスタンはピエムスタ帝国の領土となっても、小癪《こしやく》にも未だにピエムスタ帝国に反抗している。

そんなエッスタンが、ピエムスタ帝国の皇女であるコルネリア様を大事にするはずがないでしょうに！　コルネリア様にもしものことがあったら、どうするのです！」

「さすがにわたくしの命まで奪うことはないでしょう。お父様には、この結婚は一時的なものだと言われています。数年我慢《がまん》すれば、離縁してもらうつもりよ。その後は、田舎《いなか》に領地をもらって、悠々自適《ゆうゆうじてき》な生活をするの。……結婚する前から離婚の話をするなんて、おかしな話だけど」

苦笑するコルネリアの足下に、急にフェルナンドが膝《ひざ》をついた。

「コルネリア様、私と結婚していただけませんか？　私はいずれ騎士団長となり、侯爵位を継いでユーブルクの領主となります。僭越《せんえつ》ながら皇女様の結婚相手として、不足はないはずです。貴女には、何不自由ない暮らしをさせると約束しましょう」

突然の求婚に、コルネリアは目を丸くした。ユーブルクは、ピエムスタ帝国の南西に位置するソルディ家の領地だ。肥沃《ひよく》な平原を有し、どこまでも続く小麦畑に沈む夕日が美しいと、何度かフェルナンドから聞いたことがある。

冗談かと思って曖昧《あいまい》な微笑みを浮かべたコルネリアだったが、見上げるフェルナンドの視線は真剣そのものだ。数々の令嬢たちの胸をときめかす榛色の瞳が、真剣にこちらを見ている。

「コルネリア様は、この帝国の至宝《しほう》です。だからこそ何があっても、私が貴女を守り抜くと誓います。ソルディ家もまた、貴女を全力で守るでしょう。陛下もまた、溺愛《できあい》するコルネリア様が希望するとなれば、無下にすることはないはずだ」

恭《うやうや》しく伸ばされた手を、コルネリアはじっと見た。

この手を取れば、コルネリアは祖国に残ることができる。皇族としての義務を捨て、気の置けない間柄のフェルナンドと過ごす日々は、きっと心穏やかなものになるだろう。

（フェルナンドがいつも楽しそうに話してくれたユーブルクも、いつか訪れてみたいとは思っていたけれど……）

差し出された手を、コルネリアが取ることはなかった。

「……ありがとう、フェルナンド。貴方はいつだって、わたくしの忠実な騎士ね。でも、お父様の決めた結婚ですもの。今さらなかったことにはできないわ。皇帝の意思は、わたくしの意思だから」

「コルネリア様！　貴女は、ご自身のことだけを第一に考えていればいいのです！」

「そんなこと、ピエムスタ帝国の皇女に許されるわけがありません。それに、わたくしがフェルナンドに嫁げば、エッスタンにはわたくしの代わりに他の貴族令嬢が行くことになるでしょう。わたくしの代わりに誰かが不幸になるのは、嫌よ」

「しかし……」

「それに、夫となるリシャールはまだ家族を亡くしたばかりの、可哀想な子なのよ。誰かが側で支えてあげないと」

コルネリアの胸の内に、ぼんやりと未来の夫が浮かんだ。髪の色や瞳の色すらもまだ知らない彼を、どうしても見捨てることができない。

フェルナンドは真意を探るような眼でじっとコルネリアを見つめていたが、コルネリアの決心は揺るがなかった。

長い沈黙のあと、フェルナンドはふと自嘲《じちょう》するように俯く。

「……貴女は誰よりも他人の幸せを祈っている。そのくせに、貴女自身の幸せは、考えていないようだ」

コルネリアは何も答えなかった。これ以上受け答えをしてしまえば、自分の皇族としての義務を捨てて、甘く誘うフェルナンドの手を取ってしまいそうな気がする。

一陣の風が、二人の間を通り抜ける。冷たい風は、間もなく来る冬の訪れを感じさせた。

ややあって、コルネリアは困ったように微笑んだ。

「貴方の気持ちはすごく嬉《うれ》しいの。だけど、忠義心で結婚相手を選んではいけないわ。心の底から好きな人に、プロポーズしなきゃ駄目よ」

「コルネリア様、私は――」

フェルナンドの言葉を遮《さえぎ》るように、中庭にメイドのコルネリアを呼ぶ声が響いた。どうやら、遠く南の領土に嫁いだ姉がリドス宮殿を訪れたらしい。北方の地に嫁ぐ妹に、別れを告げに来たのだ。

コルネリアは慌《あわ》ただしく立ち上がった。遠方からの客人を待たせるわけにはいかない。

「もう行かなきゃ！　フェルナンド、元気でね」

そう言って、コルネリアは美しい礼をしてガゼボを去っていく。静寂に包まれた中庭で、フェルナンドは一人立ち尽くす。

「……忠義心だけで、プロポーズをしたつもりはないのですがね」

苦み走った顔のフェルナンドがぽつりと呟《つぶや》いた一言は、思い出の詰まった中庭を去るコルネリアの耳に、届くことはなかった。

◇◆

祖国ピエムスタ帝国に別れを告げ、半月の長い旅路を経て、ついにコルネリアとその一行は北の大地、エッツスタン公爵領に足を踏み入れた。

一行の最終目的地であるオルナは、ソロアピアン大陸の最北にある不凍港を有すエッツスタンの首都だ。美しい装飾が施された赤煉瓦《あかれんが》の街並みは、祖国ピエムスタの華やかな街並みと比べるとどことなく重々しい。

「隣国とはいえ、やはりエッツスタンは別世界ね」

窓の外を見ながら、コルネリアはぽつりと呟く。

ソロアピアン大陸に伝わる昔話の中では、人間に追いやられたエルフたちが、エッツスタンに辿《たど》りつき、首都オルナを築いたという。

ピエムスタ帝国の人々の髪の色は茶色や赤毛などの色合いが一般的だ。一方、エルフの末裔と呼ばれるエッツスタンの人々の髪の色は銀や金など、淡い髪色が多い。肌も雪のように白く、瞳の色も青や緑など淡い色彩がほとんどだ。

そんなオルナの人々は、ピエムスタから来たコルネリアとその一行を出迎えることもせず、家々の中や陰からじっと見ている。その視線は、もちろん好意的なものではない。中には馬車に向かって、口汚く罵《ののし》る民もいた。

コルネリアの輿入れは皇族からの降嫁《こうか》という扱いであり、帝国の貴族にとっては最大の誉れだ。

本来ならパレードのような大々的な催し物くらいはあってもおかしくない。

しかし、エッスタン公爵となったリシャールは歓迎するどころか、護衛も最低限という有様で、冷たい視線の中を進ませている。コルネリアを馬車の外で護《まも》る若い騎士が、人々の視線からコルネリアを護るように肩を怒らせたが、あまり効果はなさそうだ。

「まるで、囚人になった気分です。コルネリア様をこのような視線に晒《さら》すなんて、なんたる侮辱《ぶじょく》！」

同行したメイドは怒りのまま馬車のカーテンを閉めようとしたが、コルネリアはカーテンを開けたままにするよう命じる。

「このまま、オルナの街並みを見せてちょうだい」

オルナの街は荒れ果てていた。かつてはエルフたちが作った美しい都市と吟遊《ぎんゆう》詩人たちに称《たた》えられたこの場所は、エッスタン王国の首都として栄えていたはずだが、今はあちこちに戦火の生々しい爪痕《つめあと》が残っている。

石畳はところどころ抉《えぐ》れており、家々のガラスは割れていた。大通り沿いの店は揃《そろ》って戸口が閉ざされており、人影はまばらだ。この土地に住む人々の心が荒れていることは容易に想像がつく。

「石を投げられないだけ、マシだと思いましょう。先帝のヨハム二世がエッスタンに何度となく侵攻したのは事実。反発があるのも当然よ」

コルネリアは抑えた声で言う。

コルネリアの祖父にあたる先代皇帝ヨハム二世は、エッスタン王国を支配するために何度となく戦争を仕掛けている。先代と今の皇帝の考えは全く違っているとはいえ、エッスタンの人々が警戒するのも無理はない。

歴史あるエッスタンの王族が住まうエルムヴァール城は切り立った山の上にあった。城下町を王城に向かって進んでいくと、徐々に馬車が通れないほどに道が細く入り組みはじめる。

やがて、城に繋《つな》がる小道の前で完全に馬車が動けなくなってしまった。

そこへやってきたエッスタンの騎士が、コルネリアの乗る豪奢《ごうしゃ》な四頭立て馬車の窓を叩《たた》く。

「失礼。ここからは、徒歩で城までお進みください」

癖《くせ》のあるピエムスタ語でそれだけを告げ、彼はさっさと去っていった。あまりに侮蔑《ぶべってき》的な態度に、コルネリアを護衛していた騎士たちは気色《けしき》ばむ。

「無礼な！　この方は、ピエムスタ帝国の皇女、コルネリア様であらせられるぞ！」

「わたくしは構わないわ。行きましょう」

コルネリアは馬車から降りて、城に向かう急な坂道を上りはじめる。

揃いの藍色《あいいろ》のメイド服や騎士服を身につけたピエムスタ帝国の従者たちの中で、純白のドレスを纏《まと》ったコルネリアは一際目立っていた。

栗色の髪は美しく結い上げられ、ぽってりした唇は珊瑚色《さんごいろ》に染められている。最高級のシルクをふんだんに使った白いドレスは美しく、前身頃に刺繍《ししゅう》された花々は繊細で目を見張るものがあった。控えめにあいた白い胸元には、ピエムスタ帝国の王族しか付けることを許されない翠玉《すいぎょく》のネックレスが輝いている。たっぷりと襞《ひだ》をとったスカートはふんわりとしていて、コルネリアの腰の細さを強調するようだった。顔を覆《おお》うマリアベールは貞淑《ていしゅく》の証である百合《ゆり》が金糸であしらわれている。

ピエムスタ帝国の皇女が夫となる人物に初めて会う日ということもあり、メイドたちは張り切ってコルネリアを飾り立てた。しかし、王城までの急な階段を上るのに適している格好をしているとは言いがたい。

騎士の手を借りながら、重いドレスを纏ったコルネリアとその一行はゆっくりと王城に近づいていった。山から吹き下ろす冷たい風が、コルネリアのマリアベールをはためかせる。

ようやく中門をくぐったコルネリアはエルムヴァール城を仰ぎ見た。見上げた城は、暗雲が垂れ込めた空のような灰色で、圧迫感を覚えるほどに荘厳《そうごん》だ。城壁には、歴代の王たちのレリーフがあしらわれている。

これからこの立派な城に住むことになるのかとぼんやり思ったその時、コルネリアは頭上に敵意を孕《はら》んだ強い視線を感じた。城門の前に、数人の従者を従えて腕を組む小柄な少年が緋色《ひいろ》のマントをはためかせて立っている。

彼の胸にはタカの紋章のあしらわれた見事な金細工のブローチが輝いていた。誇り高きエッスタン王家の証だ。

(あの子が、私の夫になるリシャールなのね……)

コルネリアはゆっくりと城への階段を進み、リシャールの前に立つ。

今までに出会った美しいエッスタン人のなかでも、リシャールはとりわけ美しい少年だった。

癖のないプラチナブロンドの髪は艶《つや》やかで、肌は透きとおるように白く、引き結ばれた唇は紅を塗ったように可愛らしいアプリコット色。その顔立ちは恐ろしいほどに整っており、まるでコルネリアが幼い時に何度も読んだ物語に出てくる美しいエルフのようだ。

そして、何より目を引くのは、強い意志を感じさせる澄んだアイスブルーの瞳。その瞳は気高く、大人びていて――ひどく悲しそうに見えた。コルネリアは魅せられたように、その双眸《そうぼう》から目を逸《そ》らすことができない。

一方のリシャールは、コルネリアを値踏みするように頭の天辺《てっぺん》から爪先まで眺《なが》める。

「お前が、コルネリアか」

変声期前の凜《りん》とした声でつむがれるエッスタン語は、声を張り上げたわけでもないのに、よく通った。

急に呼び捨てにされて驚いたコルネリアだったが、ゆっくりとリシャールに近づき、美しい礼を取る。

「はい、わたくしが、ピエムスタ帝国セアム三世の娘、コルネリア・ラムベールと申します。エッスタン公爵に、ご挨拶を――」

完璧なエッスタン語ですらすら述べられるコルネリアの言葉を、リシャールは途中で遮った。

「俺は、お前を妻にしたくてしたわけじゃないからな」

リシャールのあまりに非情な一言に、コルネリアの後ろに控えていた護衛騎士たちが、一瞬にして「なんと無礼な！」と殺気立つ。コルネリアは騎士たちを視線だけで諫《いさ》め、改めてリシャールと向かいあった。アイスブルーの瞳は、相変わらずこちらを見ている。冷たく、誇り高いその目が逸《そ》らされることはない。

出会ってすぐに無礼な物言いをされたことに対する怒りは、不思議となかった。

エッスタン王国からピエムスタ帝国の公爵領として格下げされたエッスタン王国は、地図上から姿を消してしまった。生まれながらの王族であるリシャールは、祖国を奪われてしまったに等しい。

それが、王族であった彼の矜持《きょうじ》をどれほど傷つけたか、想像に難《かた》くない。

リシャールがこれまで経験してきた様々な出来事は、十二歳の子供にはとても耐えられぬほど、重い宿命であったはずだ。それでも、リシャールはその悲しみに押しつぶされないよう、必死で己を鼓舞《こぶ》しながら、年上の花嫁を静かに睨《にら》みつけている。

悲しみと孤独を燻《くすぶ》らせながらも、なお誇り高いアイスブルーの瞳は、コルネリアの心を囚《とら》えて離さない。

「リシャール、わたくしは仮初《かりそめ》の妻なのです。ですから、ほんの短い間だけ、貴方の妻でいさせてくださいな。ほんの少しだけで、良いですから」

気付けば、コルネリアはリシャールを優しく抱きしめていた。

◇
◆

ひどく簡易的な結婚式が終わり、コルネリアはエッスタン公爵夫人として、正式に降嫁した。

結婚式のあと、コルネリアとその一行が案内されたのは、王族が生活をするエルムヴァール城の西棟から離れた、東棟と呼ばれる古い建物の一室だった。

豪奢な西棟とは対照的に、東棟はどんよりと暗く、まるで監獄《かんごく》のような外観をしている。案内をした従者から聞いた話によると、かつてクーデターを起こした先々代の王弟が監禁されていた場所だったらしい。

コルネリアが持ってきた荷物は全て東棟へ運ばれたが、その道具を収めるまともな家財は何ひとつない。あるとしても、壊れているか、使うのも憚《はばか》られるほど埃《ほこり》を被《かぶ》っているかのどちらかだ。

ピエムスタ帝国から来た皇女が冷遇《れいぐう》されているのは誰が見ても明白で、忠義心あふれるコルネリアの従者や護衛騎士たちからの不満が噴出した。

「偉大なるピエムスタ帝国の皇女に対して、エッスタンごときがこのようなひどい扱いをするとは、なんたる屈辱《くつじょく》！　コルネリア様は、本来このような場所に身を置くお立場の方ではないのに！」

「……きっと、何か理由があるのよ。わたくしは平気だから、怒らないでちょうだい」

これが明確な嫌がらせだと分かっていたものの、コルネリアはそう窘《たしな》めるしかない。

しかし、エッスタン側の冷遇はこれだけに留まらなかった。妻になったコルネリアは、リシャールの居城である西棟や、貴族たちが集って話し合い等が行われる中央棟に入ることすらも許されなかったのだ。当然、数日前に結婚したはずのリシャールとは没交渉だ。

コルネリアとその一行を締め出そうとするように、エッスタンは冷たい態度をとり続け、ピエムスタの従者たちは激しく抗議した。

一方、エッスタン側の冷遇に対して、コルネリアは静観していた。

幸いにも、食料や薪《まき》など、生きていくために最低限必要なものは用意されている。何か足りないものがあったとしても、持参したドレスや宝石を売れば、しばらくは大丈夫だろう。とにかく、ここで下手《へた》に騒いでエッスタン側を刺激するのは悪手《あくしゅ》だ。

しかし、このまま隙間風が吹く東棟でぼんやり過ごすわけにもいかない。

（お父様がわたくしをここに送ったのは、エッスタンの再起を願ってのこと。だけど、今の状況のままでは、冬が来れば寒さや飢餓《きが》による死者が出てしまうわ）

この王城に来る途中に、コルネリアは城下の民の様子を目の当たりにしている。街並みは多くの建物が崩れたままで、人々の栄養状態も思わしくない。そのため、食料調達や街の復興は喫緊《きっきん》の課題だろう。エッスタンの厳しい冬を乗り切るだけの燃料も必要だ。

今のエッスタンは、全てにおいて足りないことだらけだった。

冷え切った部屋でコルネリアはさっそくペンをとり、セアム三世に向けてエッスタンの支援を申し出る手紙をしたためた。

愛娘の切なる訴えであれば、セアム三世は必ずや力になってくれるだろう。

「この書簡《しょかん》を、お父様に届けてくれないかしら。一刻も早く」

そう言って、コルネリアは体力自慢の赤髪の騎士に手紙を託す。騎士は心配そうな顔でコルネリアを見つめた。

「俺は陛下にコルネリア様の状況をお伝えしたいと考えております。コルネリア様があばら家のような場所に住まわされていると。陛下からの公式の抗議であれば、エッスタン側もすぐに態度を変えるでしょう」

「駄目よ」

コルネリアはきっぱり言った。

「わたくしが求めているのは、ピエムスタ帝国からの十分な援助だけ。他には何も望んでいないわ。わたくしの状況を口にすることは、許しません」

「……御意《ぎょい》」

コルネリアに恭しく礼をした赤髪の騎士は、早足で駆けていく。ピエムスタまで早馬で一週間ほどかかる。冬が来る前には、セアム三世からの返事が届くだろう。

しかし次の日、事態は急展開した。

分厚い雲からしとしとと小雨が降る肌寒い昼下がりに、青い顔をしたメイドがコルネリアの部屋に入ってきた。

「こ、コルネリア様！　至急、議会の場に出るよう先ほど命令が……」

「議会に？　いったいどうして？」

「分かりません……」

王政の中心である中央棟にコルネリアが呼ばれるとなると、間違いなく異常事態だ。

コルネリアは、髪を一つにまとめ、飾り気のない藍色のドレスにショールだけ羽織り、中央棟に向かった。灰色の王城は、雨に濡《ぬ》れてさらに陰鬱《いんうつ》な色に変貌《へんぼう》している。

東棟と西棟の間に立つ中央棟は、王政の中心だけあって、独特の緊張感が漂っていた。エッスタンの偉人たちの肖像画が数多く並べられた廊下は、常に誰かに見張られているような居心地の悪さを感じさせる。長い廊下を歩いた先に、目的の部屋があった。ドアの前で待機していた従者は、コルネリアを一瞥《いちべつ》するなりドアを開ける。

深緑を基調とした議場には貴族たちが集められ、どこか物々しい雰囲気に包まれていた。コルネリアは、リシャールの座る玉座から離れた場所にある壇上に通される。まるで、これから糾弾《きゅうだん》される罪人のような扱いだ。

「ご機嫌よう。お話ししたいことがあるようですね」

繊細な彫刻が施されたアームチェアに座るリシャールに、コルネリアは丁寧に頭を下げる。リシャールは、何も答えなかった。顔に表情はなく、まるで美しく飾られた人形のようだ。

議場の扉が閉められ、重苦しい沈黙が場を支配する。貴族たちの中から、細身で神経質そうな金髪の男が、立ち上がった。コルネリアの記憶違いでなければ、彼の名前はブランジェット侯爵。結婚式で、コルネリアに一際《ひときわ》鋭い視線を送っていた人物だ。彼の紫色の瞳には、明らかにコルネリアを蔑《さげす》むような色が浮かんでいた。

「コルネリア殿、困りますぞ。祖国ピエムスタ帝国に告げ口など」

急な一言に、コルネリアは訝《いぶか》しげな顔をする。

「……なんの話でしょう？」

「この期《ご》に及んでしらを切るおつもりか！　こちらに証拠はあるんですよ！」

そう言うと、ブランジェット侯爵はさっと分厚い封筒を頭上に掲げた。コルネリアの整った字で名前が書いてある。コルネリアが昨晩書いたばかりの、セアム三世に宛てて書いた手紙だった。

ブランジェット侯爵は手紙をひらひらさせながら、わざとらしく肩をすくめた。

「我々は常に貴女を監視しております。ちなみに、手紙を運ぼうとしていた卑《いや》しい赤毛の騎士はこちらで拘束《こうそく》させていただきました」

「手紙の内容は、読まれたのですか？」

「ふん。内容なんて読まなくても分かります。どうせ我々の処遇に不満があると書き連ねているのでしょう？」

大切な愛娘があばら屋のような場所で半監禁状態だと知れば、セアム三世は激怒するだろう。厳しい制裁は免《まぬが》れない。

だからこそ、皇帝に告げ口をされないように、ブランジェット侯爵はコルネリアを密《ひそ》かに監視させていたようだ。何の策もなしにコルネリアを冷遇しているわけではなかったらしい。

コルネリアはちらりとリシャールを見た。リシャールの表情は人形のように変わらない。コルネリアを擁護《ようご》する様子はないが、一方でブランジェット侯爵の言葉尻に乗ってコルネリアを弾劾《だんがい》する気もなさそうだ。コルネリアの出方を窺《うかが》っているのだろう。

ブランジェット侯爵は芝居がかった仕草で首を振った。

「まったく、これだからピエムスタ帝国の皇女は困る。ここでは、この偉大なるエッツスタンは我らの国。我々のルールに則《のっと》って……」

「わたくしを疑うのであれば、その封を解き、手紙の内容を読んでいただいても構いません」

毅然《きぜん》と言い放ったコルネリアに、ブランジェット侯爵は目を剝《む》いた。

「な、なんですと？」

「ですから、手紙の内容を読んでも良いと言っているのです。読まれて困るようなことは書いておりません」

コルネリアの一言に、貴族たちがざわめいた。彼らが驚くのも無理はない。本来ならば、家族に宛てた手紙など、誰だって開かれたくはないものだ。しかしコルネリアはそれをあっさり許した。

ブランジェット侯爵は、丁寧に施された封蠟《ふうろう》をむしり取るように封筒を開けた。

「は、はったりを！　ピエムスタ語に詳しい者を呼べ！　この手紙を今すぐ……」

「いい、俺が読む。多少のピエムスタ語なら読める」

話を遮ったのはリシャールだった。貴族たちはざわめく。

リシャールはコルネリアの手紙を開いた。

「親愛なる皇帝陛下、……」

一通りのピエムスタ語は読めるらしいリシャールは、たどたどしいながらもゆっくりとエッスタン語に翻訳《ほんやく》しながら手紙を読んだ。しばらくは表情を変えなかったリシャールだったが、やがてその目に困惑の色が浮かびはじめる。

内容は、エッスタンの復興が進んでいないことや、城下町の人々の栄養状態が悪いという内容が詳細に示されており、末尾には資金や食料の援助まで要請《ようせい》していた。コルネリア自身の話には、一切触れられていない。

コルネリアを糾弾しようとしていたブランジェット侯爵の顔が、みるみるうちに強張《こわば》りはじめた。

貴族たちは、ひそひそと言葉を交わしあう。

「まさか、ピエムスタ帝国に資金援助を願い出ているとは」

「資金援助に加えて食料も融通してもらえるのはありがたい。この国ではどんなに大金を積んでも、食料すらまともに買えないのだから……」

ハンソニアとの戦いで、国庫はおろか、食料すら底を尽きている状態だ。エッスタンの人々は飢えに苦しみ、雨漏りのする屋根の下で肩を寄せあうように暮らしている。今のエッスタンが復興するために、資金や食料はいくらあっても足りないだろう。

リシャールが手紙を読み終わると、コルネリアは凛とした声で告げた。

「今のエッスタンは極めて危うい状況です。このままでは食糧《しょくりょう》が尽き、冬の間に餓死《がし》する民もいるでしょう。そうならないために、一刻も早くピエムスタ帝国に連絡すべきだと判断いたしました。……でも、勝手なことをして、わたくしが皆さんの不安を煽《あお》ったのは事実。申し訳ございません」

　そう言って、コルネリアは低頭する。ピエムスタ帝国の皇女が頭を下げる姿を前に、貴族たちは困惑顔のまま、気まずそうに顔を見あわせた。プライドの高い彼らだからこそ、ピエムスタ帝国の気高い皇女の謝罪にどれだけの重みがあるのか分かるのだろう。

「援助ごときで惑わされるな！　ここで付け込まれては、エッスタンはピエムスタ帝国の言いなりになってしまうぞ！　第一、そこの皇女様はピエムスタ帝国から騎士たちを連れてきている。みたところ、皆腕利《うでき》きの騎士たちだ！　これでは、城内にいつ攻撃を仕掛けてくるか分からない反乱分子を抱えているようなものだ」

　旗色が悪くなったブランジェット侯爵は声高に反論する。

　確かに、コルネリアの側に常に控えている護衛騎士たちはいずれも一目見て一騎当千《いっきとうせん》の猛者《もさ》たちだと分かる。そんな騎士たちを側に置いている状況で「信用してほしい」と訴えても、おいそれと信頼を得られるものでもないだろう。ブランジェット侯爵の言葉ももっともだ。

　しばらく熟考したコルネリアは、小さく息を吐いた。

「確かに、その通りですね」

「ほらみろ、やはりあの騎士たちは我々誇り高いエッスタンを内部から制圧するため――」

「では、ピエムスタ帝国から連れてきた騎士やメイドたちを、ひとり残さず帝国へ帰還させましょう。わたくしのことは、帝国から送られた人質だと思っていただいて差し支えございませんわ」

「なっ……」

「わたくしはピエムスタの皇女です。価値のある人質でしょう？　どうぞ存分に利用して、ピエムスタ帝国から支援を引き出してください」

思わぬコルネリアの一言に、エッツスタンの貴族たちはしばし啞然《あぜん》とする。

水を打ったような沈黙が議場に落ちた。まさか、ピエムスタ帝国の皇女が自分の騎士とメイドを全員帝国へ戻すと言い出すとは思わなかったのだろう。

長い沈黙の後、リシャールが口を開く。

「どうして、貴女はそこまで……」

変声期前の高く通る声に、困惑の色が滲んでいる。結婚式以来まともに見ようともしなかったアイスブルーの瞳がこちらに向けられていた。澄んだ瞳は美しく、さながら冷たく晴れた冬空のようだ。

コルネリアはゆったりと微笑んだ。

「貴方の力になりたいのです」

穏やかに、しかしきっぱりとコルネリアは言う。リシャールは呆気《あっけ》にとられ、何か言おうと口を開いた。しかし、リシャールの言葉を遮るように、ブランジェット侯爵が唾《つば》を飛ばして反論する。

「リシャール様、このような言葉に決して心を許してはなりません！　この女の目的は、このエッツスタンをじわじわと内側から弱らせ、完全にピエムスタ帝国に服従させることだ！　そうに決まっている！　毒婦というのは、口ばかり達者なものです！」

追い詰められたブランジェット侯爵の一言は、もはやコルネリアへの憎悪を隠そうともしていない。周りの貴族たちも、それに同調するような雰囲気が流れた。言いようもないほどの暗い影が、コルネリアの心を覆う。

（やっぱり、わたくしが何を言っても信じてもらえないかしら……）

コルネリアが諦《あきら》めかけた、その時だった。

「ブランジェット侯爵、少し口が過ぎるようだ」

リシャールが椅子から立ち上がり、議場を突っ切ってコルネリアの前に立った。

「コルネリア。こちらの誤解で、貴女の騎士を捕縛してしまい、申し訳ございません。彼は適切な治療の後、解放します。貴女の手紙も、お返ししましょう」

先ほどまでの冷たい口調とは打って変わって、丁寧《ていねい》な物言いだ。コルネリアは差し出された封筒を受け取って、深く頭を下げた。

「……確かに拝受いたしました」

「貴女の指摘通り、このままでは民が苦しむことになる。それだけは、避けなければなりません。そのために、ピエムスタ帝国の資金援助は得ておきたい。ただ、食料や資材については、時によって必要になるものが変わってくるので、事前に相談していただけませんか」

「承知いたしました。次から父に手紙を書く時は、必ずリシャール様にお尋ねします」

淡々と返事をしながら、内心コルネリアは驚いていた。十二歳という若さで、自分のプライドより民を優先できる判断力がある。王族としての並外れた矜持があったとしても、彼は判断力を鈍らせないだけの冷静さも持ち合わせているらしい。

議場をぐるりと見渡したリシャールは、さっと手をあげた。

「今日の議会はこれで終わりだ。解散しろ」

「リシャール様！」

抗議するようなブランジェット侯爵の声は無視され、議場のドアが開かれた。

壇上を去る前に振り返ると、リシャールの小さな身体がブランジェット侯爵の悪意に満ちた視線をちょうど遮っていたことに、コルネリアは遅れて気がついた。

コルネリアは小さな背中に呟く。

「ありがとうございます。約束は、必ず守ります」

「……早く行ってください」

目も合わせずに、リシャールはそれだけ告げる。コルネリアは微《かす》かに頷いて、豪奢な広間を出た。

◇◆

翌日、コルネリアは約束通りピエムスタから連れてきた護衛騎士とメイドたちに、祖国へ帰還するよう命じた。

当然、一同はコルネリアの身を案じ、大反対したものの、他でもない主人の命令ならば逆らえない。従者たちはその日のうちにエルムヴァール城を出た。

「あなたたちのことは、心から誇りに思っているわ。ここまでついてきてくれてありがとう。お父様やお母様には、心配しないでと伝えてちょうだい」

夕日で赤々と照らされる城門で、コルネリアは騎士やメイドたちに別れを告げる。帰路に就く赤髪の騎士に、皇帝への手紙は預けてある。今度こそ、セアム三世のもとに届くはずだ。

両親に並々ならぬ心配をかけてしまうのは気が重いが、二人ならばコルネリアの意思を尊重してくれることだろう。

エッスタンを去る従者たちの背中が見えなくなるまで、コルネリアはいつまでも見送った。

（ああ、ついにわたくしはひとりなのね……）

広い夕空をぽつりと飛ぶ一羽の海鳥をじっと見ながら、コルネリアはぎゅっと両手を握りしめる。

自分の決定に後悔はないものの、言いようもない不安が深い霧のように胸の中にたちこめていた。

しかし、こうするしか他なかったのだ。あのまま護衛騎士やメイドたちを側に置いていれば、どちらにせよリシャールの信頼は得られないだろう。それでは、あの誇り高く、悲しい瞳をした少年は、いつまで経《た》っても孤独のまま。

コルネリアは栗色の髪を風になびかせて、これで良かったのだと何度も自分に言い聞かせる。そうでもしなければ、胸の中の決意が簡単に揺らいでしまいそうだった。

「コルネリア様」

ふと後ろから誰かに呼びかけられて振り向くと、城門の前にフロックコートを着た中年の男が立っていた。ロマンスグレーの髪をオールバックにした厳《いかめ》しい顔つきの彼は、訝しげな顔をしたコルネリアに頭を下げる。

「お初にお目にかかります。私はリシャール様の執事《しつじ》をしております、セバスチャン・エミンガムと申します。こちらでは風邪を召されてしまいますゆえ、どうぞ城の中にお入りください。お部屋にご案内いたします」

自分の身体が芯《しん》から凍《こご》えていることに、コルネリアはようやく気付いた。エッスタンの夕風は凍《い》てつくような冷たさだ。コルネリアは青白い顔のまま頷き、黙ってセバスチャンについていく。

しばらく経って、コルネリアは異変に気づいた。先導するセバスチャンは朽ちかけた東棟ではなく、一度も足を踏み入れたことのない西棟に向かおうとしている。

西棟への立ち入りを禁じられていたコルネリアは、西棟の入り口でついに足を止めた。

「わたくしの部屋のある東棟は、反対方向だと思うのだけれど……。何かの間違いではなくて？」

「いいえ、間違いではございません」

余計なことは口にしない主義らしく、セバスチャンはそれ以上、何も説明しようとしない。コルネリアは次々と頭に浮かぶ疑問を呑《の》みこみ、黙ってついていった。

エルムヴァール城は古く、石と煉瓦でつくられた重厚な造りだ。城の中は燭台《しょくだい》に灯《とも》された蠟燭《ろうそく》の炎があちこちで揺らめき、その揺れる明かりを受けて、精巧に刺繡されたエッスタン王族の紋章であるタカのタペストリーが輝いている。名君と呼ばれた国王と王妃を失ったこの城は、ひどく静かだった。

豪華絢爛《けんらん》な廊下を進み、西棟の三階にある一室の見事な蔓薔薇《つるばら》と白鳥が描かれた扉の前で、セバスチャンはついに足を止めた。

「コルネリア様には、今後はこちらの部屋で生活していただきます。東棟にある荷物も、近々すべてこちらに運びましょう」

案内された部屋は、これまでの埃っぽい粗末《そまつ》な部屋とは比べものにならないほどに広く、美しい部屋だった。

落ち着いたベージュとゴールドに統一されたカーテンやカーペットには、そこかしこにエッスタン王族の証であるタカの紋章があしらわれている。調度品はどれも一級品だ。天蓋《てんがい》付きのベッドは広く、窓際に置かれた象嵌《ぞうがん》細工が美しいコモードには、百合のあしらわれた見事な金細工の燭台が置かれている。壁の一面を占める本棚には、革張りの本がずらりと並んでいた。

そして、何より目を引くのが大きな窓の外に見えるエッスタンの街並みだ。西向きの窓についたバルコニーからは、赤煉瓦の城下町が一望できた。

コルネリアは小さく感嘆《かんたん》の声を漏らす。

「とても素敵な部屋ね」

素直に褒《ほ》めるコルネリアに、セバスチャンはにわかに背筋を伸ばして頷いた。

「こちらは、王妃の間でございます。代々王妃殿下が住まわれた部屋となります」

「王妃の間ですって？　そんな大事なお部屋を、わたくしなんかが使っても良いのかしら」

「当然です。リシャール様のご命令ですから」

淀《よど》みないセバスチャンの返事に、コルネリアは目を見張る。

「リシャールの命令だったのね……」

一瞬本当か疑ってしまったものの、目の前のいかにも実直そうな執事が嘘《うそ》をつくとはとても思えない。

さすがにコルネリアひとりを荒れた東棟に放置するわけにもいかないと判断したのか、はたまた異国から来た孤独な皇女に同情したのかはわからないが、ありがたい配慮だ。なにより、あの冷たい人形のように表情を変えないリシャールが、少しでも自分を思いやってくれたことが嬉しい。

セバスチャンは暖炉の薪を足したあと、ソファに座るように促《うなが》した。

「……すぐに夕餉《ゆうげ》の用意をさせます。サーシャ、夕食を！」

セバスチャンが手を叩くと、扉が開き、メイドが現れた。いかにもエッスタン人らしい、華やかな美人だ。金髪をきっちりと三つ編みにしており、切れ長の瞳は澄んだ青色で、お仕着せのメイド服が白いなめらかな肌を引き立たせている。歳《とし》は、おそらくコルネリアと同じくらいの年齢だろう。

金髪のメイドは緊張した面持ちでペコリと頭を下げた。

「初めまして。私はサーシャ・ノルデアと申します。恐れ多くも、コルネリア様の身の回りの世話を仰せつかりました。以後コルネリア様のメイドとして、精一杯お仕えさせていただきます」

「よろしく、サーシャ。エッスタンのことについて、色々教えてね。頼りにしているわ」

「私にお手伝いできることであれば、何でも聞いてください！　さっそくですが、夕食の準備をしてもよろしいでしょうか？」

「お願いできるかしら。見送りでバタバタしていて、朝から何も食べていなかったの」

「承知いたしました」

サーシャとセバスチャンは手際よく夕食の準備をした。

テーブルに並べられたのは、香草がのったパンに、ゆで卵とスープだった。すべての料理を並べ終えたサーシャは、恥ずかしそうに目を伏せる。

「こんな時でなければ、もっとおもてなしもできたんですが、今日はこれが精一杯で……」

「気にしないでちょうだい。エッスタンの状況を分からずに、ここに来たわけではないわ。これからも、わたくしを特別扱いする必要はありません」

先のハンソニアとの戦いで小麦畑が荒らされてしまい、エッスタンは食糧不足に苦しんでいる。その上、今年の夏は日照り続きで不作だったと聞く。王城でも、当然得られる食料は限られている。

これ以上は望めない待遇だろう。

コルネリアは出された食事をゆっくりと味わいながら口に運んだ。ピエムスタ帝国の食事より若干薄味ではあるものの、ひとつひとつの素材が味を生かされている。シェフの腕がいいのだろう。なにより、冷えた体に温かい食事がありがたい。

食後に出された紅茶を飲んだコルネリアは、にっこりと微笑んだ。

「とてもおいしかったわ。ありがとう」

素直にそう言うと、サーシャは緊張していた顔を綻《ほころ》ばせる。

「うちの城のシェフの料理は、本当においしいんですよ！　ね、セバスチャンさん？」

「サーシャ、コルネリア様は疲れていらっしゃるのですよ。あまり大きな声を出さないように。夕食のトレイは私が片づけます。私はこれにて退出しますが、くれぐれも粗相のないように。いいですね？」

「は、はい！」

「それではコルネリア様、良い夜をお過ごしください」

折り目正しく一礼して部屋を去ろうとするセバスチャンに、コルネリアは声をかける。

「リシャールにお礼を伝えてほしいわ。本当に、感謝していると」

「……はい、必ずお伝えいたします」

しっかりと頷いて、セバスチャンは踵《きびす》を返し、部屋を出ていった。

残されたサーシャはコルネリアに湯浴《ゆあ》みを勧める。王妃の部屋の横には豪奢な浴室が備え付けてあり、コルネリアは久しぶりに身体を清めることができた。

サーシャは明るく、よく気が利くメイドで、コルネリアにも優しく接してくれた。聞けば、議会での一部始終を人づてに聞き、コルネリア付きのメイドになりたいと自分から願い出たらしい。

「議会でのお話を聞いて、コルネリア様は絶対に悪い方じゃないと確信しました！　それに、ブランジェット侯爵のことが、私はすっごく嫌いなんです。あの人、メイドにとっても横柄《おうへい》なんですもん。だから、今回の一件でちょっとスッキリしました」

サーシャの率直であけすけな物言いや、くるくると変わる表情を、コルネリアは好ましく思った。このメイドなら、今後もうまくやっていけそうだ。

湯浴みと着替えを終えると、サーシャはコルネリアの栗色の髪を、香油を垂らした櫛《くし》で丁寧に梳《す》いてくれた。

「コルネリア様の御髪《おぐし》は美しいですね。エッスタンでは珍しい髪の色です」

「ありがとう。サーシャの髪もとてもきれいよ」

コルネリアに褒められたサーシャははにかんだが、ふと眉尻を下げて俯いた。

「あの、コルネリア様……」

思い詰めた様子で、サーシャは言いにくそうに切り出した。コルネリアは首を傾げて、サーシャの言葉の続きを待った。

「どうしたの？」

「お坊ちゃまを悪く思わないでください」

お坊ちゃま、というのは、おそらくリシャールのことだろう。その気さくな呼び方から、サーシャがリシャールのことを深く慕っていることが伝わってくる。

「ご両親を亡くされたお坊ちゃまは、エッスタンをどうにか立て直そうとずっと気を張っていらっしゃるのです。まだあんなに小さくていらっしゃるのに、私たち臣下に涙ひとつ見せず、この城の主人としていつも堂々と振る舞っていて……」

サーシャの大きな目に、みるみる涙が溜《た》まっていく。コルネリアは、そっと頷いた。

「リシャールは、頑張ったのね」

「はい。本当に、本当に頑張っていらっしゃったのです」

胸の前で祈るように手を組み、サーシャは大きく息を吸った。

「お坊ちゃまは、エッスタン王族の生き残りです。国王陛下と王妃殿下を失い、お坊ちゃまをも失えば、私たちエッスタンの民は何を支えに生きていけばいいのでしょう。お坊ちゃまは、エッスタンの希望です。ですからどうか……」

そこまで言うと、サーシャは大粒の涙を零す。

言葉は少ないものの、サーシャや城の人々がどれほどまでにリシャールを慕い、大事に思っているかを察するには十分だった。

コルネリアはサーシャを振り返り、優しく指の背で涙をぬぐった。

「リシャールをここまで支えてくれてありがとう。貴女たちのような優しい人たちがリシャールの側にいてくれて、よかったわ。わたくしも、これからリシャールを支えられるよう、頑張るわね」

優しく微笑むコルネリアに、サーシャは再び大きな目を潤《うる》ませて、しっかり頷いた。

◇
◆
星のない真夜中に、リシャール・ラガウェンはそっと自室を抜け出した。今日もまた、悪夢を見て飛び起きてしまった。

悪夢で一度目を覚ましてしまうと、再び眠りにつくのが難しくなる。リシャールの経験上、こういう夜は城を歩き回るのが一番手っ取り早い。時間が経てば悪夢でささくれ立った心も落ち着いてくるし、そのうち疲れて瞼《まぶた》も重くなるかもしれない。

リシャールは慣れた足取りで城内を歩き始める。この時間に従者たちは眠りについているため、リシャールの足音だけが、やけに寒々しく長い廊下に響いた。

廊下に飾られたタペストリーのタカの紋章を見るたびに、リシャールの気持ちは重く沈んでいく。

リシャールの見る悪夢は、決まって両親の夢だった。自ら戦場に赴《おもむ》いて戦士たちを慰労《いろう》した両親は、王城への帰路でハンソニアの卑劣《ひれつ》な戦略によって馬車ごと谷底に落とされてしまった。王城で二人の帰りを待っていたリシャールが迎えたのは、両親の亡骸《なきがら》だった。

その後の記憶は、すっぽり抜け落ちている。ピエムスタ帝国の強大な軍事力に助けられたエッツスタン王国は、辛くも戦争に勝利したものの、国としてはもはや成り立たなくなっていた。誇り高いエッツスタン王国は、エッツスタン公爵領となり、ピエムスタ帝国の支配下に置かれた。

夢の中の両親は、リシャールを責め立てる。

『どうして無力なお前が生き残ってしまったの？』

『お前のせいで、エッスタン王国はめちゃめちゃだ！』

優しかった両親がリシャールを責めることはないだろう。これは、王子として並々ならぬ責任感が見せるただの夢。そう分かっていても、夢の中で責められるたびに、リシャールは自分の不甲斐《ふがい》なさに思い悩み、苛《さいな》まれる。

この悪夢について誰かに相談することも考えたが、宰相たちや城の召使いたちは天涯孤独の身となったリシャールを過分に気遣っている。これ以上余計な心配はかけたくなかった。

それに、自分の弱さを見せることによって、失望されるのが怖い。だから、リシャールは悪夢にうなされる夜を、こうして一人で耐え忍ぶのだ。

長い廊下は暗く、手に持った蠟燭の明かりだけが頼りだ。窓の外は銀糸のような雨が降っており、それがさらにリシャールの気持ちを憂鬱《ゆううつ》にする。綺麗な星々でも見えたら、多少の慰めにもなったものを。

悪夢に加え、もうひとつ、リシャールの頭を悩ませていることがある。

『リシャール、わたくしは仮初の妻なのです。ですから、ほんの短い間だけ、貴方の妻でいさせてくださいな。ほんの少しだけで、良いですから』

一月前にリシャールの妻となった女、コルネリアについて思い出したリシャールは、再びモヤモヤとした気持ちに苛まれた。

(なんなんだ、あの人は……！)

出会い頭にリシャールを優しく抱きしめたコルネリアに、リシャールは複雑な思いを抱いている。

ソロアピアン大陸最大の領土を誇るピエムスタ帝国の皇女のコルネリアは、齢は七つ年上の十九歳。十代半ばが結婚適齢期であることから、少々行き遅れと言ってもおかしくない歳だ。当然、エッスタンの貴族たちからは不満が噴出した。

『卑劣なピエムスタめ！　売れ残った皇女をリシャール様に押し付けるとは』

『不祥事《ふしょうじ》を起こした皇女の流刑先《るけいさき》としてエッスタンは選ばれたのでしょうな。まったく、舐《な》められたものだ！』

まだ顔も見てすらいないのに、宰相たちは口を揃えてコルネリアを悪女だと決めつけた。

貴族たちの噂話《うわさばなし》を信じてどんな高飛車な女が来るのかと待ち構えていたリシャールだったが、嫁いできたのは意外にもおっとりした風貌の優しげな女だった。顔立ちは楚々《そそ》として整っており、栗色の髪は毛先まで艶やかで美しい。

特にリシャールの目を惹《ひ》いたのが、爽やかな初夏の森の新緑を思わせるその瞳だった。今までにリシャールが出会った誰よりも、澄んだ明るい緑色だ。その上、彼女の口にするエッスタン語は洗練されており、流暢《りゅうちょう》かつ優雅だった。

僅《わず》かな瑕瑾《かきん》すら見当たらない、完璧な皇女。それが、リシャールがコルネリアに対して抱いた最初の印象だった。

しかし、相手はあのピエムスタ帝国の皇帝の娘だ。ブランジェット侯爵に「あの女は信頼ならない」と進言されたリシャールは、彼の言うとおりコルネリアを朽ち果てた東棟に閉じ込めた。案内した侍従によれば、コルネリアは荒れた部屋に連れて行かれても眉ひとつ動かさなかったという。

こうして、コルネリアは東棟で静かに生活しはじめた。もちろん、リシャールはコルネリアと、一緒に夕食すら取っていない。

（このまま放っておけば、あの人《コルネリア》はいずれピエムスタ帝国に帰るだろう。そのほうがお互いのためだ）

誇り高いエッスタンの王族が、かつて敵国だったピエムスタ帝国の皇族と馴《な》れ合ってはいけない。なにより、あの美しい瞳が自分へ憎しみの色を浮かべているのではないかと思うと、再び会うのが怖かった。なぜだか、あのコルネリアという女に、リシャールは嫌われたくない。嫌われるようなことをしているのは自分なのに、矛盾している。

リシャールはコルネリアと、過剰なほどに距離を置いた。自分の居城や公務を行う中央棟すらも立ち入ることを禁じた。ブランジェット侯爵は自分の意思に沿ってリシャールが従順に振る舞うのを喜び、「自分こそがエッスタンの陰の権力者だ」などと威張り散らしていたらしい。しかし、リシャールはコルネリアを冷遇したかったわけではなく、ただ向き合うのが怖くて距離を置いていただけだ。そうすれば、少なくとも心の平穏は保たれるのだから。

しかし、事件は起きた。ブランジェット侯爵との衝突をきっかけに、コルネリアはピエムスタ帝国の従者たちを送り返してしまったのだ。

自分の味方である護衛騎士やメイドたちが去って行くのを、じっと見送っていたコルネリアを遠くから見て、胸が締め付けられた。冷遇に耐えかねてピエムスタ帝国に戻っても、誰も彼女を責めなかっただろう。それでも、コルネリアはリシャールの妻としてエッスタンに残る決意をした。

（コルネリアは、人質としてエッスタンに残ってもいいと言っていた。俺の、力になりたいのだと……。どうして、あの人はそこまでするんだ）

ブランジェット侯爵が話す通りの醜悪《しゅうあく》な女ならばよかったのにと、何度も思った。そうであれば、心置きなく嫌いになれたのに。

気付けばリシャールはコルネリアのために亡き母が使っていた王妃の部屋を与え、メイドも付けるようにとセバスチャンに命じていた。今回ばかりはブランジェット侯爵の意見は聞かなかった。

数時間後、部屋に戻ってきたセバスチャンに、リシャールはコルネリアの様子を尋ねた。

『コルネリアはその……、どうだった？　あの部屋を気に入っただろうか』

『とても喜んでおられましたよ。感謝していると、伝えてほしいと』

『……そうか』

『リシャール様、お言葉ですが、一言よろしいでしょうか。私には、コルネリア様がブランジェット侯爵の言うような悪女だとは思えません』

普段は無口なセバスチャンが、珍しく小言めいたことを言ったのを、リシャールは無視した。いや、何も返せなかったのだ。

窓の外は相変わらず雷が鳴っている。考え込んで、ずいぶん歩いてしまった。いい加減、部屋に戻ろうとしたその時、城のガラスがビリビリと震えるほどの雷鳴《らいめい》が轟《とどろ》き渡る。おそらく城の近くに落ちたのだろう。顔を顰《しか》めていると、ふいに目の前の蔓薔薇と白鳥が描かれた扉が、ガチャリと音をたてて開いた。

扉から顔を出した人物を見て、リシャールは硬直する。

「……あ」

「まあ！　雷が落ちたから外を見ようとしたら、珍しいお客様だわ」

部屋の扉を開けたのは、コルネリアだった。

どうやら大きな雷の音に驚き、様子を見ようと部屋から出たらしい。公式の場でないからか、コルネリアの口調はいつもよりくだけている。

リシャールと比べると頭ひとつ分以上背の高いコルネリアは、リシャールの視線と合わせるために腰を折った。

「こんな夜にどうしたの？　そんなに薄着じゃ、寒いでしょう」

ストンとした夜着すらも上品に着こなしているものの、髪を下ろしているせいか、昼間の印象よりずいぶん幼い。エッスタンの貴族たちを前にしてもひるまず、堂々と渡り合っていたピエムスタ帝国の皇女と同一人物だとは思えない。

「この部屋を訪ねようと思って来たわけではありません！　考えごとをしていたら、たまたま通りかかって……」

しどろもどろになるリシャールの手を、コルネリアは摑《つか》んだ。その手は、ふわりと温かい。

「こんなに手も冷たくなってしまって。風邪《かぜ》を引いてしまうわ」

「あ、いや……」

「もしかして雷が怖いの？　とにかく部屋に入りましょう」

そう言ってコルネリアは断る隙を与えず、リシャールが手に持つ燭台を取り上げる。そして部屋に招き入れ、暖炉の前のソファに座らせた。ちろちろと燃える暖炉が、リシャールを暖める。

「寒かったわよね。薪を足しましょうか？」

「……気遣っていただかなくても結構です」

あくまでもつれない返事をしながら、リシャールはこっそりあたりを見回す。両親が亡くなってからというもの、この王妃の間には一度も入ったことがなかった。

（お母様が使っていた時と、まったく変わっていない……）

落ち着いた色に統一されたカーテンやカーペットも、調度品の配置さえも、記憶のままだ。そもそも、部屋の印象を変えるほど、コルネリアの私物がない。嫁入りした時に、コルネリアの荷物はピエムスタ帝国の皇女とは思えないほど少なかった。

「直接お礼を言っていなかったけれど、こんなに素敵な部屋を使わせてくれてありがとう。光栄だわ」

「……勘違いしないでください。俺の側に置いた方が、貴女の監視がしやすいから王妃の部屋を選んだだけだ」

素直ではない一言に、コルネリアはただ優しく微笑んで頷いただけだった。

（調子が、狂う……）

コルネリアを前にすると、どんな毒気も抜かれてしまいそうだ。

リシャールが黙っていると、コルネリアは立ち上がって暖炉の上にあるリボンがかけてある小さな箱をとった。

コルネリアは人差し指を唇に当ててにっこりと微笑む。

「ねえ、眠れない夜は、ちょっと悪い子になって、お菓子でも食べない？」

差し出された小さな箱に入っていたのは、素朴《そぼく》なメレンゲ菓子だった。

リシャールは毒が入っているのではないかと逡巡《しゅんじゅん》したものの、コルネリアが先にメレンゲ菓子を口にしたのを見て、警戒を緩める。

ふわりと軽いメレンゲ菓子を前歯でかじると、シャクリと音を立てて口の中でとろけていく。素朴な甘さの中に、すこしだけ酸味がある。

「……おいしい」

「お気に召したようで嬉しいわ。中にラズベリーのジャムが入っているの。違う種類のお菓子もあるけど、いかが？」

リシャールがメレンゲ菓子を気に入ったと気づいたコルネリアは、嬉しそうに他のお菓子を勧めてくる。

「キャンディーやヌガーもあるわ。たくさん食べてもいいのよ。貴方は少し痩《や》せすぎだから、もう少し食べなきゃ」

「貴女の荷物はかなり少なかったが、お菓子ばかり持ち込んだようですね」

リシャールが皮肉げに片頬を上げると、コルネリアは一瞬驚いたように目を丸くし、すぐに顔を綻ばせた。

「ええ、そうなのよ。ピエムスタには美味《おい》しいお菓子がたくさんあって、リシャールに食べて欲しかったの。貴方が好きになってくれたら嬉しいわ」

「……ッ、本当に調子が狂う」

冷たい皮肉を素直な好意で返され、リシャールは誤魔化すように、コルネリアの差し出したお菓子を無心で頬張った。コルネリアはそんなリシャールを、優しい眼差《まなざ》しで見つめる。

「この間の議会では、わたくしのピエムスタ語の手紙をリシャールはしっかり読めていたわね。ピエムスタ語は、得意なの？」

「得意というほどでもありません。エッスタンの王族として、必要な教養として身に着けたまでです」

「それでも、すごいわ。リシャールは賢いのね」

コルネリアはリシャールの頭を撫でる。子供扱いされたように感じてリシャールはムッとしたが、なぜか振り払うことができない。

「こうやって貴方の頭を撫でていると、トビアスのことを思い出すわ」

「……ピエムスタ帝国の皇子ですか」

話には聞いたことがある。ピエムスタ帝国には、リシャールと同じ年の皇子がいると。皇族たちは時として骨肉の争いになると聞くが、コルネリアの話しぶりからすると、どうやら姉弟仲は良いらしい。

「ええ、そうよ。トビアスはこのキャンディーが好きでね、よくメイドにねだってこっそり買ってきてもらっていたのよ」

コルネリアは楽しそうにピエムスタ帝国の話をする。柔らかく落ち着いた声は、どこまでも耳に心地いい。その間じゅうずっとコルネリアの柔らかな手が、仔犬を撫でるように優しくリシャールの頭を撫でていた。

(ずっと、撫でていてほしい……)

人に頭を撫でられるなんて、久しぶりだった。いつものリシャールは、エッスタンの主人として、完璧でなければならない。だからこんな風に、誰かに甘えるなんて許されない。

しかし、従者やメイドたちが見ていない今なら、少しぐらい甘えても許されるのではないか。そんな気持ちが胸の中で芽生え、リシャールはそっと目を閉じた。

頭を撫でられているだけなのに、体がほんわりと温かくなっていく。

だんだんと瞼が重くなってきたリシャールは、小さなあくびを漏《も》らした。コルネリアはくすりと笑う。

「あら、すっかり眠そうな顔をしているわ。今日はこの部屋で寝ていきなさいな」

「で、でも……」

「ひとりでは眠れなかったんでしょう？　いいのよ。わたくしのことは年の離れたお姉さんだと思ってちょうだい。ちょうど、トビアスのことがわたくしも恋しく思っていたところだったの。トビアスもね、わたくしの部屋に時々来ていたのよ」

コルネリアはリシャールの肩を押して優しくベッドに寝かせると、自らもその隣に横になる。そして、リシャールの頭をふかふかのブランケットでくるんだ。ブランケットごしに、暖かな手が耳のあたりに添えられる。コルネリアは一時的に耳が聞こえにくくなったリシャールのために、鼻先が触れるほどに顔を近づけて、優しく言った。

「こうすると、あまり音は聞こえないわ。怖いわよね。今日はとりわけ雷がたくさん鳴っているから」

「か、雷が怖いわけじゃ……」

その途端再び窓の外が光り、雷鳴が轟く。再び窓ガラスがビリビリと震え、リシャールは思わず顔を顰《しか》めた。音があまりに近かったため、もしかしたら城壁のどこかに落ちたかもしれない。

（ハンソニアの騎士たちが傷つけた城壁を、ようやく修繕《しゅうぜん》したばかりだというのに――）

「ベッテラム《くそったれ》」

舌打ち混じりにリシャールが口にした言葉に、隣に横になったコルネリアは首を傾げた。

「それは、どういう意味なの？」

不思議そうにコルネリアは訪ねた。リシャールは一瞬押し黙る。『ベッテラム《くそったれ》』は市民たちが使う低俗な言葉で、もとは馬の糞《くそ》のことを指す言葉だが、忌々《いまいま》しいことが起こった時エッツスタン人の誰もが口にする。この国の幼い子供でも知っている罵倒語《ばとうご》だ。

「……ベッテラム《くそったれ》の意味も知らずに、エッツスタンに来たんですか？」

「ごめんなさい。実は、まだわからないエッツスタン語がたくさんあるの」

流暢なエッツスタン語を話すくせに、簡単な罵倒語はわからない。改めて、コルネリアはピエムスタ帝国の皇女なのだと思い知る。

完璧に見えていたコルネリアの意外な弱さを見た気がして、リシャールは心のどこかで安堵《あんど》していた。

(それなのに、この人はひとり異国《エッツスタン》に残ることを選んだのか)

コルネリアと向き合うことを恐れ、ずっと逃げ回っていたリシャールはだんだん自分が恥ずかしくなってきた。コルネリアはずっと、リシャールと向き合おうとしてくれていた。それなのに、リシャールは彼女の境遇を考えもせずに、意固地になって撥《は》ねつけていたのだ。

後悔の念が、胸の中にじわじわと押し寄せる。リシャールは、きゅっとコルネリアの夜着の袖を握った。

「……さっきの言葉は、汚い言葉なのでコルネリアは覚えなくていいです」

むしろ、純真なコルネリアには知ってほしくない。しかし、コルネリアは首を振る。

「どんな言葉だって教えてほしいわ。わたくしはエッスタンのことについて、もっと知りたいの。もちろん、リシャールのことも」

「……別に、俺のことなんか知っても、面白くないでしょう」

「わたくしは、リシャールの妻。つまり、家族なのよ。家族のことを知りたいと思うのは当然でしょう」

「家族……」

その言葉の暖かさに、リシャールの心の奥がじんと震えた。一年前に尊敬していた両親を喪《うしな》ってから、ずっと暗く沈んでいたリシャールの世界に、暖かな火が灯されたような気がした。

穏やかにコルネリアは頷く。

「そうよ。わたくしたちは、家族。だから、困ったことがあれば、何でも言っていいのよ。雷が怖かったら、この部屋に来てくれてもいいし……」

再びゴロゴロと雷が鳴った時、コルネリアの手が優しくリシャールの顔を包み込む。

「リシャール、泣くほど怖かったの？」

「えっ……」

眦《まなじり》に指をあてると、涙で濡れていた。リシャールは自分が泣いているのだと遅れて気付く。慌ててごしごしと涙を拭《ふ》いたものの、あとからあとから涙は溢《あふ》れ出る。

久しぶりに感じる、包み込むような暖かさに、今まで閉じ込めていた感情が溶け出してしまったらしい。

コルネリアは、しゃくりあげるリシャールを優しく抱きしめた。

「大丈夫よ。わたくしがいるから、大丈夫……」

囁《ささや》かれる優しい言葉は、どこまでもリシャールの冷えきった心に染みわたっていく。雨粒が不規則にガラスを叩く音と、リシャールのすすり泣く声だけが、部屋に満ちた。

こんな子供のように情けなく涙を流すなんて、人の上に立つ者として失格だ。それなのに、コルネリアの前ではそれさえ許されている気がした。

リシャールが泣き止《なや》むまで、コルネリアは何を言うでもなく、ずっと側にいて背中をさすってくれた。

その夜、リシャールは久しぶりに安心して眠りにつき、夢を見た。その夢は、優しかった両親に存分に甘える夢だった。

第二章　可愛らしい夫婦

　コルネリアがエッツスタンに来て、三度目の春が来ようとしている。

　予算についての書類に目を通していたコルネリアは、執務室の窓から柔らかな陽光が入ってくるのに気付いて、ふと目を細めた。

「不思議ね。こんなに寒いのに、日差しは春のように明るいんだもの」

　コルネリアの一言に、書類の整理をしていたセバスチャンは顔を上げ、窓の外を見る。

「もう少しで、本格的に暖かくなるでしょう。雪解《ゆきど》けも間近です」

「そうなれば、雪で閉ざされた山脈側の陸路も開けるし、行商人の行き交いもより盛んになるでしょうね」

　エッツスタン公爵領《こうしゃくりょう》はピエムスタ帝国の絶大な援助もあって、少しずつ復興が進み、訪れる人々も増えている。もちろん、ピエムスタ帝国の手厚い支援の陰には、公爵夫人であるコルネリアの尽力があった。

　ピエムスタ帝国が行き遅れの皇女をエッツスタンに押し付けたのだと憤っていた貴族たちも、今ではすっかりコルネリアに一目置いている。

　なにしろ、コルネリアは巧みにピエムスタ帝国からの支援を引き出し、エッツスタンとの貿易を支援した。

コルネリアが紹介したエッツスタンの工芸品はピエムスタ帝国内でも高く評価され、今では立派な輸出品だ。外貨を得たエッツスタンは、文化や経済面での発展も見込まれ、貿易ルートも抜本的に見直されつつある。

ピエムスタ帝国が誇る才媛《さいえん》に八面六臂《はちめんろっぴ》の働きを見せ付けられれば、貴族たちは黙るほかない。

しかし、コルネリアの仕事ぶりに面と向かって文句を言ってくる人物が、たった一人だけいた。

「コルネリア、また仕事なんかして！　今日はパーティーの日だから、仕事しないって約束したじゃないですか！」

忙《せわ》しないノックのあとに、プラチナブロンドの髪の少年が文句を言いながら部屋に入ってきた。リシャールだ。騎士たちとの剣の訓練を終えて真っ先にコルネリアの部屋に来たらしく、リシャールの頬はほんのり桃色に上気している。

書類を繰る手を止め、コルネリアは思わず口元を綻《ほころ》ばせた。リシャールが部屋を訪れると、コルネリアの心はいつも春の陽だまりのように温かくなる。毎日一緒にいるのに、リシャールといると全く飽きないから不思議なものだ。

「あら、リシャール坊や。もう訓練が終わったのね」

「ええ、終わりました。ですから、コルネリアももう仕事は終わりです。サーシャがコルネリアの部屋で待っていますから、急いでください。セバスチャンも、今日はコルネリアに仕事をさせてはいけないとあれほど言ったのに！」

咎《とが》めるように見つめられたセバスチャンは、さらりと一礼した。

「これは、大変申し訳ございませんでした」

「セバスチャンが謝る必要はないわ。わたくしがお願いしたんだもの。それに、もう少し確認しておきたいことが……」

「あとはセバスチャンめにお任せください。女性の準備は、とかく時間がかかるものですから」

セバスチャンはそう言って、やりかけの書類をまとめはじめる。リシャールは「早く行きましょう」と手を取って急《せ》かし、コルネリアを無理やり執務室から連れ出した。

今宵《こよい》、エッツスタンの王宮でパーティーが開かれる。

先の戦争で国王と王妃を失ったエッツスタンは、長いこと喪《も》に服していた。しかし、四度目の春が来てようやく、春の訪れを祝うパーティーがエルムヴァール城で開かれることになったのだ。

戦後の暗い空気を一掃するような華やかなイベントに、貴族たちだけではなく、エッツスタンに住む国民たち皆が喜んだ。セバスチャンの報告によれば、城下町では気の早い男たちが飲めや歌えの大騒ぎをしているらしい。

もちろん、エルムヴァール城も大層賑《にぎ》わっていた。実に四年ぶりとなるパーティーに、城の人々は張り切って城中を磨《みが》き、飾りあげている。

臙脂色《えんじいろ》のカーペットが敷かれた廊下を、手を繋《つな》いで並んで歩くリシャールとコルネリアに、城で働く人々がからかい交じりに声をかける。

「まあ、今日も仲睦《なかむつ》まじいご夫婦ですこと」

「なんて可愛らしいご夫婦なのかしら」

雷の夜の一件以来、コルネリアとリシャールの距離は一気に縮まった。コルネリアはリシャールを弟のように可愛がり、リシャールもまたコルネリアに心を許している。

尊敬する両親を喪ってふさぎ込んでいたリシャールは徐々に活発な性格を取り戻し、笑顔を見せるようになった。好きだった剣の稽古《けいこ》や乗馬も再開し、勉学にも熱心に取り組んでいる。

最初はコルネリアに冷たかった城で働く人々も、リシャールに笑顔をもたらしたコルネリアに深く感謝し、態度を改めた。

エッスタンの国民性について、コルネリアはひとつ、気付いたことがあった。

エッスタンの人々は、一度身内として受け入れた相手に対してはどこまでも優しく、温かい。排他的といえばそれまでだが、長らくハンソニア王国とピエムスタ帝国という強大な二国に挟まれ、繰り返し侵略されながらも国を護《まも》ってきた歴史を鑑《かんが》みると、よそ者に懐疑的《かいぎてき》になるのは当然の帰結といえるだろう。

平民と貴族の距離も近く、メイドや従者たちは、コルネリアやリシャールに一定の敬意は払いつつも、常に親しげに話しかけてくれる。皇族が神聖視されているピエムスタ帝国出身のコルネリアにとっては新鮮だったが、好ましくも思っていた。

エッスタン復興の目途《めど》も立ってきたことから、セアム三世からは何度か帰国するよう促されている。しかし、コルネリアは何かと理由をつけてエッスタンに留まり続けていた。

(リシャール坊やを置いてはいけないわ。だって、こんなに大きくなっても、雷が怖いと言ってわたくしの部屋に来てしまうんだもの)

コルネリアはリシャールの横顔を見ながら、くすりと笑う。リシャールは十五歳になり、背もそれなりに伸びたが、未《いま》だに雷の鳴る夜はこっそり部屋を訪ねてくる。いつもはツンとしているリシャールの子供らしい一面を、コルネリアはたまらなく愛《いと》おしいと思っていた。

コルネリアの視線に気づいたリシャールは、訝《いぶか》しげな顔をして首を傾《かし》げた。

「どうかしましたか？」

「ううん、なんでもないわ。それより、わたくしのリシャール坊やは、また背が伸びたかしら？　シャツが窮屈《きゅうくつ》そうだわ。また仕立屋さんを呼ばなくてはね」

「仕立屋は先月も呼びました。確かに裾《すそ》が少し短くなっていますが、しばらくはこのままで構わないでしょう」

「駄目よ。リシャールは若いけれど、エッスタンの領主にふさわしい格好をしなければいけないわ」

「俺のシャツより、コルネリアのドレスを新しく誂《あつら》えてほしいです。今日のパーティーには、お母様のドレスを仕立て直したものを着て出席するんでしょう？」

リシャールは若干不満げな顔をして、唇を尖《とが》らせた。

今日のパーティーでは、コルネリアは城のクローゼットに眠っていた先代の王妃のドレスを仕立て直したものを着る予定だ。リシャールはドレスを新調するようにしきりに勧めたものの、コルネリアはそれを固辞した。

「お義母様《かあさま》のドレスは、とても素晴らしいものよ。それに、わたくしなんかのために新しくドレスを新調するくらいなら、城下町の復興のために使うべきだわ」

「コルネリアが新しいドレスを新調すれば、城下町の布屋やお針子たちが金を得るのです。しかも、『エッスタン公爵夫人のお気に入り』というだけで、箔《はく》がついて他の貴族たちがこぞってそのお針子たちを贔屓《ひいき》にするでしょう。そうすれば、経済が動いてエッスタンが豊かになる。経済とはそういうものだと、つい先日、コルネリアが教えてくれたばかりです」

訳知り顔で語るリシャールに、コルネリアは曖昧《あいまい》な顔をして微笑《ほほえ》んだ。

（わたくしの影響力なんて微々たるものでしょうに）

そうはいっても、リシャールがコルネリアを大事に思ってくれていることは素直に嬉《うれ》しい。コルネリアはリシャールの柔らかい髪を指で梳《す》いた。

「リシャールはすごいわね。わたくしが教えたことを、すぐに理解してくれるわ。でも、ドレスはいいのよ。その分、予算を別のところに使えたもの。限られた予算は、効率的に使わないと」

「公爵夫人のドレス一着仕立てられないほど、エッスタンは落ちぶれていません！」

エッスタン公爵領は、少しずつだが確実に復興しつつある。経済もようやく上向きになり、税収も増えてきたのも事実だ。確かに、公爵夫人のドレス一着分くらい購入したって、誰も文句は言わないだろう。

しかし、コルネリアはそっとリシャールの手を握り、とびきりの笑顔で言った。

「ねえリシャール、お義母様のドレスは、新しいものを仕立てるよりずっと素敵なの。きっと、ドレスを見たら納得するはずよ」

「でも……」

リシャールは納得していない様子だったが、コルネリアは無理やり話題を変えた。

「それより、最近はずいぶん暖かくなってきたわね。剣のお稽古もやりやすくなったでしょう？」

「はい。冬のあいだは、寒さですぐに手がかじかんで、剣を握るのも辛《つら》い時がありましたから」

「ちゃんと毎日お稽古をして、えらいわ。リシャールはすごく剣の扱いが上手《うま》いらしいじゃない」

「いえ、まだまだです」

はにかんだ顔で謙遜《けんそん》するものの、この国一の剣豪と名高いエッスタンの騎士団長カルロス・エクスタインから剣の稽古を付けてもらいはじめたリシャールは、めきめきと腕前を上げていると報告を受けている。今では、並大抵の騎士では彼の相手にならないらしい。身体《からだ》全体にしなやかな筋肉もついて、細く頼りなかった身体はすっかり逞《たくま》しくなった。

背も急激に伸びてきて、コルネリアとリシャールの身長差はかなり縮まっている。きっと、すぐにコルネリアの身長を追い越すだろう。理想的な領主となるのも、そう遠くない未来かもしれない。リシャールの成長を楽しみにしている反面、少し寂しく感じてしまうのも事実だった。

コルネリアは仮初の妻だ。いずれ、リシャールが誰かと恋に落ち、新しい妻を迎える日が来れば、この城を去ることになる。そのことを考えると、どうしても胸の奥がつくんと痛む。

きっと、リシャールもいつかは本当の愛を見つけるだろう。その時が来たら、笑って祝福してこの城を去らなければならないのに、エッスタンでの暮らしが充実しすぎて、ずっとこのままでいたいと願ってしまう自分がいる。

(わたくしったら、どうかしているわね)

着替えのためにそれぞれの自室に戻ると、サーシャがさっそく駆け寄ってきた。数人のメイドたちも後ろに控えている。

「コルネリア様、早くなさってくださいな！　このエッスタンの誰よりも、美しく磨き上げなくては！」

いつも慎《つつ》ましやかな格好しかしない自分の主人を思いっきり着飾らせることができるとあって、

サーシャはとにかく張り切っている。助《すけ》っ人《と》のメイドたちも、らんらんと目を輝かせていた。

サーシャに背を押されて、コルネリアは鏡台の前に立つ。コルネリアの体型に合わせて仕立て直されたイブニングドレスが、すでに用意してあった。

サーシャはちらりとコルネリアを見る。

「本当に、クラウディア様のドレスでよろしいのですか？　たしかに、このドレスはコルネリア様にお似合いだとは思いますが……」

「ええ、いいのよ」

淡いベージュのドレスは、エッスタン王国の元王妃クラウディアが好んで着ていたものらしい。

胸元から裾まで輝く薔薇《ばら》の花が刺繍《ししゅう》されていて、花弁の部分には小ぶりなダイヤモンドが縫《ぬ》い付けられ、歩くたびに可憐《かれん》に輝く。クラウディアがこのドレスを仕立ててからゆうに十年は経《た》っていると聞いているが、クラシックな型のため、古さを感じさせないデザインだ。

サーシャたちの手を借りながら、コルネリアは亡き王妃のドレスに袖を通す。

(これでいいの。仮初の妻であるわたくしに、新しいドレスは不要だわ)

コルネリアがリシャールの妻でいられる時間は限られている。そんな脆《もろ》い立場にいる領主の妻が、贅沢《ぜいたく》をして良いはずがない。

「コルネリア様、髪型やアクセサリーはどうしましょうか？」

「お任せするわ。エッスタンの流行は、あなたたちのほうが詳しいでしょうし」

「わかりました！」

張り切ったメイドたちは、コルネリアを美しく着飾らせていく。

普段は簡単にまとめられているだけの栗色の髪は、緩いハーフアップにされ、化粧もしっかり施された。豪奢《ごうしゃ》なドレスを引き立てるように、メイドたちはピエムスタ帝国から持ってきた翠玉《すいぎょく》のネックレスを選んだ。

「こちらでいかがでしょうか？」

鏡に映った自分を見て、コルネリアは驚いた。いつもは化粧っ気のない、疲れた顔をしている自分が、今日は公爵夫人らしく見える。まるで別人だ。

「すごいわ。本当に素敵。でも、少し派手じゃないかしら？」

「そんなことはありません！　お似合いです！」

「そう？　おかしくないなら、それでいいんだけど……」

鏡の前で全身をチェックしたコルネリアは、慌《あわ》ただしく衣装の最終チェックをするサーシャと自分を見比べて、軽くため息をついた。

「サーシャはスタイルが良くて羨《うらや》ましいわ。ほっそりしていて、どんなドレスでも似合うんでしょうね。わたくしは、どんどん胸ばかり大きくなってみっともない。このドレスだって、本当はサーシャのようなほっそりした人が着たほうがいいのに」

「なにをおっしゃるのですか。コルネリア様のそのお身体に、男性方はぐっとくるんですから」

「……ええっと、どういう意味かしら？」

不思議そうに首を傾げるコルネリアだったが、サーシャがその意味を告げる前に、軽やかなノックが部屋に響いた。ガチャリと部屋のドアが開く。

「コルネリア、そろそろ準備は終わりましたか？」

「まあ、リシャール!」

黒色のマントを翻《ひるが》して現れたのは、パーティーに向けて正装したリシャールだった。輝かんばかりの美男子を前に、メイドたちが揃《そろ》ってうっとりとした顔をする。

前髪をあげて額を出しているせいか、いつもより大人びて見える。彼の身体にぴったりあう朱色の騎士服は、首を覆う襟《えり》部分から肩にかけてエッスタン王族の象徴であるタカの刺繍が縫い付けてあった。ズボンは細身で編み上げのブーツをあわせている。

部屋に入ってきたリシャールは、鏡の前のコルネリアをじっと見つめて足を止める。アイスブルーの瞳に、一瞬不思議な熱が蜃気楼《しんきろう》のように揺らめいた。

なかなか動かないリシャールに、コルネリアは訝しげな顔をする。

「リシャール、どうしたの?」

「あ、ああ……。すみません」

ぼんやりとしていたリシャールは、慌ててコルネリアの手を取った。着飾った二人が並ぶと、メイドたちがはしゃいだように「素敵です」「なんて美しいご夫婦なのでしょう」と囃《はや》し立てた。

リシャールは、誰もがうっとりとするような笑みをコルネリアに向ける。

「コルネリアの見立て通り、お母様のドレスがよく似合いますね。まるでコルネリアのために仕立てられたみたいだ」

「そうでしょう!」

なぜか自分を褒《ほ》められたようにサーシャは胸を張った。美しく着飾った主人を自慢したくて仕方ないのだ。

最終確認を終えて、ふたりは大広間へ向かった。陽はすでに落ち、空は紫紺色《しこんいろ》に染まっている。

楽師《がくし》たちは演奏を始めており、広間から漏《も》れ聞こえてくる美しい音色が耳を楽しませた。その合間を縫うように、招待客たちの笑い声が聞こえてくる。すでに、エルムヴァール城には大勢の貴族たちが集まってきているらしい。

「コルネリア、今日の貴女は本当に素敵です。あまりに美しくて、……言葉にできません」

長い廊下を歩いている時、リシャールが唐突にそう言った。楽団の音楽に耳を澄ませていたコルネリアは、突然の一言に驚いて一瞬反応が遅れてしまう。

「……まあ、わたくしの可愛いリシャール坊やは、お世辞が上手くなったわね」

「お世辞なんかじゃない」

リシャールは一瞬怒ったような顔をした。こちらを見つめてくるアイスブルーの瞳は真剣で、反論を許さない雰囲気すら感じさせる。

「コルネリアは、本当に美しいんだ」

「そ、それは、ありがとう……」

「行きましょう」

リシャールはコルネリアをエスコートする。握るその手が少し震えていることに、コルネリアは気づかなかった。

◇◆

赤々と燃え上がる篝火《かがりび》が、重厚なエルムヴァール城を照らしていた。

華やかに着飾った貴族たちが、今日はエッスタン中から集まってきている。

大広間の天井《てんじょう》から吊《つ》るされているのは、巨大なシャンデリアとエッスタン王家の紋章が入った大きな旗だ。その下で、パーティーの主役であるエッスタンの若き公爵リシャールとその妻コルネリアが、楽師たちの奏でる音楽に合わせて優雅に踊っている。集まった誰もが、うっとりと公爵夫妻を見守った。

成長期を迎え、どんどん背が高くなるリシャールは、名君と呼ばれていた故国王の怜悧《れいり》な面影を鮮やかに引き継いでいる。切れ長の瞳には理知的な光を宿し、まだ少年らしい線の細さはあるものの、すらりとした体軀《たいく》は均整がとれてしなやかだ。

しかし、今宵視線を集めているのはリシャールばかりではない。

「なあ、コルネリア様はあんなにきれいな方だったか……？」

「以前はもっとこう、地味で目立たない感じだったよな？」

「ああ。でも、今夜はまるで別人のようだ」

かつてのエッスタン王妃が愛した薔薇のドレスを纏《まと》った今日のコルネリアは、見違えるように美しかった。

化粧をした顔は垢抜《あかぬ》けて楚々《そそ》とした美しさが目を惹《ひ》く。艶《つや》やかな髪はハーフアップにまとめており、繊細な銀細工のバレッタで止めていた。バレッタには小粒の真珠があしらってあり、ステップを踏むたびに美しくきらめく。

皆の前で踊る美しい公爵夫妻の姿は、エッスタン復興の象徴として、人々の胸に刻まれた。

音楽が終わり、リシャールとコルネリアは笑顔で来賓《らいひん》たちに手を振る。エッスタンの貴族たちは一斉に歓声と拍手を送った。

やがて、楽団が次の曲を奏で始めると、貴族たちが一斉にダンスホールで踊りはじめる。招待客たちは思い思いに談笑したり、用意された料理に舌鼓《したつづみ》を打ったりして、存分に楽しんでいるようだ。給仕たちも、忙しそうに招待客の間を縫ってグラスを運んでいる。

(よかった。これならパーティーは大成功ね)

久しぶりの夜会の熱気にコルネリアが目を細めていると、リシャールがこっそり耳打ちしてきた。

「……すみません、ダンスを途中で間違えてしまいました」

リシャールは唇を噛《か》んだ。緊張していたのか、今日のリシャールは珍しく何度かステップを間違えた。小さなミスだったものの、よほど悔しかったらしい。

「いいのよ。きっと誰も気づかなかったわ」

「コルネリアは完璧だったのに、恥ずかしいです」

「最初は誰だって上手くいかないものよ。これから慣れていきましょう」

「……慣れる気がしませんね」

ふい、とリシャールはコルネリアから視線を逸《そ》らした。「どうしたの?」と首を傾げていると、貴族の一人に話しかけられる。それを皮切りに、ふたりの周りにはあっという間に人垣ができた。招待客は皆、若きエッスタン公爵夫妻に興味津々《しんしん》だったのだ。

それからは、息をつく暇《ひま》もなく招待客が押し寄せ、飲み物を口にする暇もないほどだった。人波がようやく途切れた頃には、変声期真っただ中のリシャールの声がさすがに嗄《か》れ始めていた。

心配したコルネリアは、給仕を呼ぼうと手をあげかける。だが、給仕が来る前にふたりの後ろから媚《こ》びたような甘ったるい声がした。

「リシャール様、果実水はいかがかしら」

振り向くと、輝くようなブロンドの貴族令嬢がこちらを見上げていた。リシャールと同じくらいの年頃だろうか。美しい金髪は波打ち、長いまつ毛に縁どられた瞳は菫色《すみれいろ》だ。豪奢な桃色のドレスはふんだんにレースを使われており、首元のオパールのネックレスは見たこともないほど大きく、眩《まぶ》しく輝いている。

リシャールは少し考えたあと、差し出された果実水を受け取り、口を開いた。

「……いただきます。ブランジェット家のカロリナ嬢、でしたか？」

カロリナと呼ばれた令嬢は、大げさなほどに菫色の目を見開いた。

「まあ、私のことを覚えていてくださっていたんですね！」

「はい。三年前にティーパーティーで話したことがありましたよね」

「さすがリシャール様、素晴らしい記憶力ですわ。初めてお会いした時からずっと、リシャール様はずば抜けて賢い方でした」

カロリナと呼ばれた貴族令嬢は、はしゃいだ様子でリシャールに話しかけた。コルネリアには、挨拶《あいさつ》どころか視線ひとつ寄越さない。

リシャールは一瞬不快そうに顔を顰《しか》めたものの、コルネリアが小さく頷《うなず》いて話し続けるよう促《うなが》したため、渋々といった顔でカロリナの相手をしはじめた。

案の定、コルネリアがまるでそこにいないかのように、カロリナはリシャールにだけ話しかける。

あっという間に蚊帳《かや》の外にはじかれてしまったコルネリアは、侍従から受け取ったワイングラスを傾けながら、しげしげと二人を見つめた。

（なんてお似合いのふたりなのかしら）

色素の薄い髪に、透きとおった肌と整った顔立ち。美しいエッスタン人らしい外見の特徴を持ったカロリナがリシャールと並ぶと、まるで絵本の中の王子と姫が現実世界に飛び出してきたような錯覚に陥《おちい》る。豪華絢爛《けんらん》なシャンデリアも、美しく微笑む貴族たちも、ふたりのために誂えられた舞台のようだ。

ブランジェット家はエッスタンの建国当初からある由緒正しい家系である。エッスタンの南に広大な領地を持つ大貴族であり、数多《あまた》の宰相《さいしょう》たちも輩出している。もしコルネリアがエッスタンの公爵夫人という立場に収まらなければ、カロリナがリシャールの結婚相手に選ばれていたかもしれない。

一方で、年の離れたコルネリアとリシャールが並んでも、全く夫婦には見えないだろう。せいぜい、地味な家庭教師とその教え子、といったところだ。

無意識に自分とカロリナを比べてしまったコルネリアは、自己嫌悪に苛《さいな》まれる。

リシャールにとって、コルネリアはピエムスタ帝国から押し付けられた妻。本来はこのように厚かましく彼の隣に居座るべきではない。リシャールの横にいるべきなのは、カロリナのような、若く美しいエッスタン人の貴族令嬢だ。

美しい若者二人を黙って眺めていたコルネリアだったが、ふとある異変に気づいた。リシャールの白皙《はくせき》の頬が、いつにも増して紅潮している。

（酔ってしまったのかしら？　でも、リシャールが持っているのは果実水だし……。まさか、ここのところ、パーティーの準備で無理をさせてしまったから、風邪《かぜ》を引いたんじゃ……）

心配したコルネリアは、そっとリシャールに声をかける。

「リシャール、顔が赤いわ。一度部屋に……」

「リシャール様とコルネリア様にご挨拶を申し上げます」

リシャールに声をかけた瞬間、横から割り込む声があった。声をかけてきたのは、カロリナの父、ブランジェット侯爵《こうしゃく》だ。どうやら、愛娘《まなむすめ》がリシャールと話していることに気付いてこちらに来たらしい。

「良い夜ですね、ブランジェット侯爵」

コルネリアが腰を折って挨拶すると、ブランジェット侯爵は薄い唇の端を吊り上げて微笑んだ。

「恐れ多くも仲のよろしいおふたりの間を、カロリナが割り込んでしまって申し訳ございません。うちの娘は、リシャール様にずっと憧《あこが》れておりました。こうしてお話しする機会を今か今かと待ち望んでいたのです」

「やだ、お父様！　恥ずかしいから言わないでちょうだい！」

話に割り込んできた侯爵に、カロリナはわざとらしく頬を膨《ふく》らませてみせた。好意を否定しないあたり、本当に恋心を抱いているらしい。しかも、話しぶりからずいぶん昔からのようだ。

（わたくしさえいなければ、きっとこの子《カロリナ》の恋は、叶《かな》っていたのでしょうね。リシャールも、こんな美しい子が結婚相手なら、さぞかし嬉しかったでしょうに）

軋《きし》むように痛む胸を無視して、コルネリアはおっとりと微笑んだ。

「リシャールに話しかけてくださったカロリナ嬢には、心から感謝いたします。リシャールも、こういう機会でもなければ、同年代の子たちとお話しできないでしょうから」

「ええ、リシャール様はコルネリア様が独占していますから、時々はエッスタンの貴族の子たちと交流の機会をいただければ幸いに存じます」

侯爵の一言は、まるでコルネリアがリシャールの交友を制限していると非難しているようだ。言葉の裏に隠された悪意に気づいたリシャールは、表情を険しくする。

「今の発言はコルネリアに失礼だ。俺はコルネリアと一緒にいたいからいるだけで、コルネリアに非はない」

きっぱりと反論するリシャールに、ブランジェット侯爵が鼻白んだ顔をした。

「お言葉ですが、いくらコルネリア様が貴方様《あなた》の配偶者だといえども、ずっとべったり一緒にいるのは感心できませんな。理想的なエッスタンの王族であれば、このような機会に様々な貴族たちと交流し、情報交換するものです」

「その情報交換とは、他人の外見をコソコソと批評し、つまらない噂話《うわさばなし》に花を咲かせることか？コルネリアと一緒にエッスタンの未来について語ったほうが何倍もためになる」

リシャールの冷たい一言に、ブランジェット侯爵の眉がピクリと動いた。

両親を亡くし、かつてブランジェット侯爵に諾々《だくだく》と従っていたリシャールだったが、ここのところは反ピエムスタ帝国派のブランジェット侯爵をあからさまに避けている。

一瞬、剣呑《けんのん》な視線が交わされたものの、ブランジェット侯爵はにこやかに話を続けた。

「……ピエムスタの皇女であられたコルネリア様とリシャール様が、これほどまでに仲がよろしくなるとは。予想外でしたな」

ブランジェット侯爵は、値踏みするような不躾《ぶしつけ》な視線をコルネリアに寄越す。コルネリアは言いようのない居心地の悪さを感じた。ややあって、ブランジェット侯爵はフン、と鼻を鳴らす。

「リシャール様はコルネリア様に夢中と見えるが、はてさてどのような手練《てれん》を持って、リシャール様を誘惑したのやら」

コルネリアは一瞬キョトンとしたものの、リシャールを房事《ぼうじ》で籠絡したのだろう、と婉曲《えんきょく》に言われているのだと遅れて気が付いた。下世話な話題に、周りにいた貴族たちが、あからさまに好奇の視線を送りはじめる。

「ぜひ一度我が娘に、その技を教えていただきたいものですな。きっと、ピエムスタ帝国には、素晴らしい秘技があるのでしょう」

「あら、それはカロリナも聞きたいですわ。だって、コルネリア様はだいぶ結婚が遅かったわけですもの。きっと、色々な経験がおありなのでしょう？」

カロリナが無邪気《むじゃき》さを装った顔で問いかける。コルネリアは顔を真っ赤に染めて俯《うつむ》いた。

「い、いえ、その……」

「ああ、聞いておきなさい。こんな機会はめったにない。なんせ、ピエムスタ帝国の皇女は政治にしゃしゃり出るのに夢中で、社交の場は軽視していらっしゃるのだ。こういう場所ではないと聞けない話もあるだろう」

ブランジェット侯爵とカロリナは、ニヤニヤとコルネリアを見つめた。コルネリアは、羞恥《しゅうち》のあまり、今すぐこの場を逃げ出したい気持ちになる。何か答えようにも、口が見えない糸に縫い付けられてしまったように開かない。

何も答えないコルネリアをさらに追い詰めようと、ブランジェット親子が口を開こうとした刹那《せつな》、ふいに低い声が割って入ってきた。

「この無礼者どもめが」

ブランジェット親子は驚いて、声のした方向を振り返る。

声の主は、リシャールだった。いつもの声とは全く違う、人を平伏させる、生まれながらの為政《いせい》者《しゃ》の声。コルネリアは、その声がリシャールが発したものだと一瞬わからなかった。

「マーキス・ブランジェット。これまでの功績に鑑みて看過《かんか》してきたが、お前のコルネリアへの言動は、少々目に余る」

リシャールの声は、さらに低く、地を這《は》うように響く。コルネリアの背中に冷たいものが伝う。それはまわりの貴族たちも同じだったらしく、こちらに好奇の視線を寄越していた貴族たちはさっと視線を逸らした。

公衆の面前で叱責されたブランジェット侯爵は、屈辱で顔を真っ赤にする。

「リシャール様！　貴方様に忠義を誓う私の諫言《かんげん》に、もう少し耳を傾けるべきでは？　お言葉ですが、我がブランジェット侯爵家は建国から貴方様エッスタンの王族に忠義を誓った家系！　代々我が家系からは王妃を数多く輩出しています。王族にはブランジェット家の血も流れている……」

「血を引くから、なんだ？　ブランジェット一族と俺が先祖を同じくするからといって、それがコルネリアへの暴言を許す理由にはならない」

さして大きな声を出したわけではない。しかし、若い領主の鋭い声はブランジェット侯爵を黙らせる威圧感があった。さすがのブランジェット侯爵家の親子も、取り返しのつかない失言をしたらしいと気付いたらしく、青い顔をする。

リシャールが、コルネリアを振り返った。

「……すみません、コルネリア。貴女に嫌な思いをさせてしまった」

その目には、先ほどまでの人を威圧するほどの鋭さはない。ただただ、コルネリアを心配する色があった。

「いいえ、気にしないで。ブランジェット侯爵のお考えも聞けたし、ご令嬢ともお会いできてよかったわ」

コルネリアは、無難に微笑んでみせる。ブランジェット侯爵親子もさすがにここまで言われては引き下がるしかないらしく、挨拶もそこそこに苦々しげな顔で去っていった。

コルネリアはそっとリシャールに耳打ちした。

「ブランジェット家はエッスタンにとって重要な家門でしょう？　あんな態度をとってもよかったの？」

「コルネリアを護るためなら、どんな相手を敵に回したって平気です」

そう言い切ると同時に、リシャールの身体が一瞬ふらついた。コルネリアは慌ててリシャールを支える。

「リシャール、どうしたの？」

「……少し、眩暈《めまい》がします」

「顔が赤いわ。熱があるのかも……」

心配したコルネリアは、手を伸ばしてリシャールの頰に触れる。その瞬間、電流が走ったかのようにリシャールの肩が大きくビクリと震えた。

「な、何を……！」

「あっ、ごめんなさい。そんなに驚くとは、思っていなかったの」

「すみません、大げさに反応してしまいました。……確かに、気分が悪いかもしれません」

「そうでしょう？　ちょっと人混みに酔ってしまったのかもしれないわね。パーティーはわたくしに任せて、部屋に戻ったほうがいいわ」

「……はい」

リシャールは大人しく頷き、踵《きびす》を返す。

会場を去っていくリシャールの背中を、コルネリアは心配そうに見送った。

◇◆

リシャールは寝室に駆け込み、熱い息を吐いた。

(なんだ、これは)

身体が妙に熱い。今しがたコルネリアの指先が優しく触れた部分が、溶けてしまいそうだ。

リシャールはヨロヨロとベッドの上に突っ伏した。手足にうまく力が入らない。悪化する前に、自室に戻れたのが、不幸中の幸いだった。

相変わらず、パーティーの優雅な音楽が階下で響いている。リシャールは重い身体をベッドに沈め、目を瞑《つむ》った。

煌《きら》びやかなドレスを身に纏った今日のコルネリアは、美しかった。コルネリアの部屋に入り、その姿を見た瞬間、稲妻に撃たれたような衝撃が身体を走り、息が止まりそうになったほどだ。あの瞬間、世界が二人だけになってしまったかもしれないと思ったほど、リシャールの視界にはコルネリアしか入らなかった。その後、なんとか平静を装ってエスコートしたものの、胸の中では心臓がずっと暴れていた。

何度も練習し、難なく踊れていたはずのダンスは、全て頭の中から抜け落ちてしまった。コルネリアのフォローがなければ、散々なものになっていただろう。

「コルネリア……」

火照《ほて》る唇でその名前を呟《つぶや》くだけで、体温が少しずつ上がるような気がする。踊りながら感じた彼女の指先の感触が、手のひらに蘇《よみがえ》ってくる。

しかし、そんなリシャールの浮ついた心に水を差したのが、コルネリアに向けられた男たちの視線だ。これまでコルネリアを地味だと陰口を叩《たた》いていた貴族たちすらも、美しく着飾ったコルネリアをやに下がった顔で見つめていた。隣にリシャールがいるのにも拘《かか》わらず、あからさまに下心を持ってコルネリアを見つめる不届き者さえいた。

（コルネリアは俺の大事な人なのに……）

大広間に残してきたコルネリアが、今も男どもからあからさまに下心を孕《はら》んだような目で見つめられていると思うと、胸の奥が焼けるような苛立《いらだ》ちを覚えてしまう。

今からでもセバスチャンを呼んで、コルネリアをパーティーから引きあげさせてもらうべきかと、リシャールは熱っぽい上半身を起こそうとした。相変わらず頭痛がひどい。靄《もや》のかかった頭は、もはやコルネリアのことしか考えられない。

その時、軽やかなノックのあと、誰かが部屋に入ってくる気配があった。軽い足音だ。

「コルネリア……？」

リシャールの口から、思わず会いたい人の名前が零《こぼ》れ落ちた。

「リシャール様、私ですわ」

その声は甘ったるく、ひどく耳障《みみざわ》りな声だった。コルネリアの柔らかな声ではない。自室に入ってきた女は、当たり前のようにリシャールの横たわるベッドに座った。強い香水の匂《にお》いがあたりに立ち込める。

部屋に入ってきたのは、カロリナ・ブランジェットだった。

コルネリアではない女が来訪したことに、リシャールの期待は、落胆に変わる。目の前で媚びたような笑顔を浮かべる女が、穢《けが》らわしいとすら思えた。

リシャールは重い体をなんとか起こし、カロリナを睨《にら》みつける。

「……この部屋を誰のものだと心得る。出て行け」

「まあ、怖い！　そんなお顔で私を見つめないでくださいまし」

睨みつけるリシャールを全くものともせず、ふてぶてしくカロリナは猫撫《ねこな》で声《ごえ》で答える。

「リシャール様はお年頃ですから、閨《ねや》の相手が必要かと思いましたのよ？」

歌うような声で語られる、閨の相手という生々しい言葉に、リシャールは肌が粟立《あわだ》つのを感じた。

「どうやって部屋に入ってきた。衛兵がいたはずだ」

「お父様にお願いすれば、衛兵なんて簡単にどうにかしてくれますのよ」

リシャールは舌打ちしたくなった。いくらリシャールと不仲であるとはいえ、未だにブランジェット侯爵の力は強い。衛兵の配備を把握する程度は容易《たやす》いだろう。

カロリナはリシャールの腿《もも》に手を置く。リシャールを見つめる菫色の瞳は、秋波《しゅうは》の陰に権力への強い執着が見え隠れしていた。この女の腹の底なら簡単に読める。エッスタン王族のリシャールに取り入って、コルネリアからリシャールの妻の座を奪いたいのだ。

喉元《のどもと》にせり上がる物を感じて、リシャールは腿にかけられた手を冷たくはらう。つれない態度のリシャールに、カロリナは不満そうに唇を尖らせた。

「先ほどのパーティーでは、とんだ恥をかいてしまいました。だから、名誉挽回《ばんかい》のチャンスをいただけないかしら。こう見えても、私は男性を満足させることは得意でしてよ？」

「……断る。穢らわしい」

「あら、その反応！　まだ経験がおありではないのかしら。それでは、私を練習台だと思えばいいのですよ。まあ、だいたいの殿方は私を一度抱けば私に夢中になりますけれど」

カロリナは人差し指を唇にあてて嫣然《えんぜん》と微笑む。

確かに、目の前のカロリナという名の貴族令嬢は世間一般的に言えば美しい女だ。整った顔立ちの中にあどけなさを孕む顔つきは庇護欲《ひごよく》をそそられ、ぷっくらした唇はなんとも蠱惑的《こわくてき》だ。胸元の深く開いたドレスから、豊かな谷間が覗《のぞ》く。波打つ髪は豊かで、窓から入ってくる月明かりに照らされてなんとも神秘的に輝いている。

カロリナに惹かれる男たちは山ほどいるだろう。しかし、リシャールの思う相手はたった一人だけ。

「コルネリアを裏切るようなことは、できない」

コルネリア、という単語に反応したのか、それまで美しい微笑みを浮かべていたカロリナの唇がぐしゃりと歪《ゆが》んだ。

「あの年増《としま》な女のどこがいいんですか？　ピエムスタ帝国の皇女と聞いていたからどんな美女が来るかと思えば、地味な茶髪に、取り立てて特徴のない顔立ち。その上、お父様の話ではピエムスタ帝国の権力をかさに、政治に口を出して、威張り散らしているらしいじゃないですか！　ああもう、ピエムスタ帝国からきた卑《いや》しい血のくせに思い返すだけでも忌《い》まわしい！　お父様だって、あの女は邪魔だと――」

「コルネリア以上に聡明《そうめい》で優しい人はいない！　お前のような穢らわしい女が侮辱するな！」

「まあ！　リシャール様が、あの女に誑《たぶら》かされているという話は本当だったのですね。でも、コルネリア様はエッツスタンには不要だとお父様はおっしゃっていましたわ。この国はエッツスタン人の国なのに、あの女は穢らわしいピエムスタの女の身分でリシャール様の妻になって！　高貴なエッツスタン王族の血にはふさわしくないと、お父様が――」

「先ほどから口を開けばお父様、お父様とばかり言うんだな。少しは自分の言葉で語ったらどうなんだ。他人の意見を借りてしか自分の意見を語れない人間の話なんて、聞く価値もな……ッ」

皆まで言う前に、リシャールは胸を押さえて荒い息を吐く。全身が燃えるような熱さなのに、体の芯は冷え切って、他人の熱を渇望《かつぼう》している。気を抜けば、目の前の女に倒れこんでしまいそうだ。

カロリナはリシャールの顔を覗き込んだ。

「あらら、口では厳しいことをおっしゃっているけれど、ずいぶん苦しそう。何も考えず、私に身を委ねてくだされば、楽園へと連れて行って差し上げますことよ？」

「……拒否する」

「アレを飲んで、ここまで冷静でいられるお方は初めてでしてよ」

カロリナの意味深な一言に、リシャールはハッとする。

思い返せば、体調の異変を感じたのは、カロリナが渡した果実水を飲んでからだ。

「……ベッテラム、何を飲ませた？」

「まあ怖い顔。あの果実水にはね、ちょっとした媚薬《びやく》が入っていたんです。遠い海から渡ってきた、とっておきのものですのよ」

「……海から渡ってきた、媚薬？」

リシャールの眉がぴくりと上がる。ようやくリシャールが自分に興味を持ったと勘違いしたカロリナは、顔を輝かせた。

「ええ。媚薬を飲んで房事を行えば、たちどころに気持ちよくなってしまうんですよ。だから、きっとリシャール様もお気に召すはずです！　やる気に満ち溢れすぎて、一晩中腰を振る殿方もいるほどですもの」

リシャールの胸に嫌な予感がよぎる。

昔、父王から聞いたことがある。ハンソニアには、奇妙な紅色の花が咲いていると。その花の根を刻み、煎《せん》じて飲めば、たちどころに気分が高揚《こうよう》し、この世では味わえぬほどの悦楽を得られる。

しかし、その薬は人を狂わせ、常用すれば廃人同様となってしまうという。

ハンソニアの貴族たちは、ライバルを貶《おとし》めたいときにはその薬を少しずつ服用させ、破滅させるのだ。だからこそ、「海を渡ってきた」と銘《めい》打《う》たれた薬に手を出しては、絶対にいけないと。

その薬は、「紅根薬《こうこんやく》」と呼ばれていた。

（ハンソニアがエッスタンを陥れるために、紅根薬を使っているのだとしたら）

リシャールはぞっとする。相変わらず、カロリナは一人でぺらぺらと喋り続けている。

「リシャール様は、きっとまだ媚薬の量が足りなかったのかもしれませんわ。だから、もう少し飲めばきっと……」

カロリナは、ドレスのスリットから、青色の小瓶《こびん》を取り出した。中にはとろりとした液体が入っている。

「それを、どこで手に入れた……」

「えっ」

「その媚薬とやらをどこで手に入れたかと聞いている！」

「しょ、商人ですわ。なんでも、貴族の方々を巡っているとかで……」

「チッ！　広まっているということか！」

リシャールは拳《こぶし》で壁を叩いた。背中に冷たい汗が伝う。ハンソニアは先の戦争で大きく国力を削《そ》がれ、再び戦争する余力はもうない。しかし、未だにエッスタンを諦めてはいないのだろう。

リシャールの纏う雰囲気に気圧《けお》されたカロリナは、菫色の瞳を瞬《しばた》かせた。自分が置かれている状況が、まだ理解できていないようだ。

「ど、どういうことですか？　どうしてそんなに怒っていらっしゃるの？」

「衛兵！　衛兵はいるか！」

リシャールの声に応じて、衛兵たちが部屋に駆け込んできた。

「お呼びでしょうか？」

「至急、ブランジェット家に出入りしていた商人たちを全て調べろ！　カロリナ・ブランジェットがハンソニアの紅根薬とみられる薬を持ち込んだ。どうやらハンソニアのものが、エッスタンに流通させようとしているらしい。すぐに規制しなければ、内側からエッスタンが滅びることになるぞ！」

「御意！」

「ついでに、俺の部屋に断りもなく侵入したこの不届き者を地下へ連れて行け！」

衛兵たちは、スカートを蹴《け》りあげて抵抗するカロリナを連れて、足早に部屋を出て行く。一瞬立ち止まった衛兵の一人が、心配そうにリシャールを見つめた。

「お坊ちゃま、お顔が大変赤いようですが……」

「俺のことは、どうでもいい。今すぐセバスチャンを呼んでくれ！」

「はい！」

衛兵はすぐに部屋を出て行く。すぐにパーティーは中止になるだろう。

リシャールもまた、すぐに行動しようと痛む頭を押さえながらベッドから降りる。しかし、床に足をつけた途端に視界がグニャリと歪んだ。

「つはぁ、ああっ……、こんな、時にっ……！」

身体の中の熱が暴走しそうだ。耳鳴りがする。ゾクゾクとした得体のしれない感覚が走り、震えが止まらない。

倒れそうになる身体を支えようと、なんとかリシャールは壁に手をついた。歩かなければならないのに、身体は全く言うことをきかない。立っているのがやっとだ。荒い息を吐きながら、リシャールは頭を振った。

（いったい、なんだこれは！）

熱病に冒されている時とも違う。不思議な高揚感もある。

いったい自分の身に何が起こっているのか皆目見当もつかない。リシャールは壁に身体をもたせかけたまま呻《うめ》いた。

リシャールが苦悶《くもん》していると、廊下からこちらに近づいてくる足音が聞こえ、リシャールは顔を上げる。

「一体何事なの？」

ノックの音の後、重厚なドアを開けて部屋に小柄な女が現れた。

美しい栗色の髪。初夏の森を思わせる、新緑色の瞳。ふっくらとした、魅力的な唇。見た瞬間に、身体中が多幸感に包まれる。

「コルネリア……」

「リシャール！　顔が真っ赤じゃない！」

コルネリアは驚いたように、リシャールのもとへ駆け寄る。頬にコルネリアの指先の体温を感じたその瞬間、脳裏で大きな感情が爆発した。

（もっと、この熱がほしい）

リシャールは思わず、コルネリアの背中に手を回して抱きしめる。いつも見上げていたはずのコルネリアは、腕の檻《おり》に閉じ込めるとあまりに華奢《きゃしゃ》で、そして柔らかい。リシャールは自分の中で何かが壊れていくのを感じた。

「り、リシャール？　何をするの……」

コルネリアが腕の中でもがくのに、リシャールはこの熱がどこかに逃げてしまわないようにと、さらに強く抱きしめる。この衝動のまま、この腕の中にいる人の全てを自分のものにしてしまいたいとすら思ってしまう。

リシャールはコルネリアの顎先《あごさき》に指を這わせ、上を向かせた。戸惑《とまど》ったような潤んだ瞳が、じっとこちらを見ている。この一対の美しい双眸《そうぼう》には、自分しか映してほしくない。

（ああ、このまま、コルネリアをどこかに閉じ込めてしまいたい）

相手の自由を奪ってまで、自分の独占欲を優先させようとするなど、愚《ぐ》の骨頂《こっちょう》だと頭の片隅ではわかっている。それなのに、なぜか愚《おろ》かな妄想《もうそう》を止められない。

リシャールはコルネリアの顎に添えた指に力を込め、彼女の唇に自らのそれを重ねようとした。

「リシャール、やめて……」

ふいに、弱々しく呼んだ声が、リシャールの理性を一気に呼び覚ます。拒否されたのだと、遅れて理解する。冷や水を浴びせかけられたように、身体中の熱が一気に下がった気がした。

リシャールの力が緩んだその瞬間、コルネリアが悲鳴を上げて力いっぱいリシャールを押した。二人の間に、距離が生まれる。

解放されたコルネリアは、ふらふらと床にへたり込む。美しく結っていた髪はほどけ、髪留めも

床に転がっている。肩で息をしながら、どうして、と柔らかな唇が動いた気がした。

「い、いま俺は、なにを……」

リシャールの顔から、みるみる血の気が引いていく。

「俺は、俺はなんてことをっ……、うわぁああああっ！」

リシャールの絶叫が、部屋中にこだました。

◇
◆

がらんとした食堂には、誰もいない。

夕方過ぎから降りはじめた細雪《ささめゆき》が、あたりをすっかり白一色に染めていた。城の外は鈍色《にびいろ》の雲が低く垂れ込めている。エッスタンに、凍《い》てつく冬が訪れようとしていた。

コルネリアは暗い表情で、席に着く。丁寧《ていねい》に磨かれた銀食器が整然と並び、ゆらゆらと揺れる蠟《ろう》燭《そく》の明かりを反射している。しばらくリシャールを待っていると、重苦しいノックの音が響いた。

食堂のドアを開き、セバスチャンが入ってくる。

「リシャール様からの伝言です。今晩のコルネリア様との夕食はお断りしたいと……」

「そう……。分かったわ」

コルネリアが頷くと、シェフとメイドたちが食堂に入ってきて料理を広い机に並べはじめる。今日のメニューは、カリカリに焼いたパンとスパイスのきいた蕪《かぶ》のスープ、そして子羊のソテー、それにコルネリアが好きな桃のコンポートまである。城の料理人たちが気を利《き》かせて、コルネリアの好物を用意してくれたのだ。

しかし、コルネリアの気分は晴れない。メイドたちが時々お茶を勧める以外は、ほとんど無言の夕食だ。

パーティーの夜から、リシャールはコルネリアを少しずつ避けるようになった。

（リシャールは、本当にショックだったのね……）

パーティーでカロリナが渡した果実水には、紅根薬が混入されていたらしい。その果実水を飲んで一時錯乱《さくらん》状態に陥ってしまったリシャールは、異変に気付いて部屋に入ってきたコルネリアを衝動のまま押し倒してしまった。

抱きしめられた瞬間、コルネリアはリシャールがコルネリアの身長を追い越そうとしていることに改めて気が付き、驚いた。

それに、あの瞳。子供から大人になる途中の不安定に揺れる瞳の奥で、揺らめいた不思議な光にコルネリアは魅了された。弟のように思っていたリシャールのいつもと違う雰囲気にふと胸がざわめいたコルネリアはひどく動揺し、気付けば悲鳴を上げて押し返してしまっていた。

拒絶されたリシャールは、すぐに理性を取り戻し、コルネリアを解放した。

幸いなことに、カロリナが飲ませた紅根薬はかなり少量で、リシャールはしばらく安静にした後、いつも通り公務に戻った。

『あの時は、すみませんでした。錯乱していて……』

公務に戻ってすぐ、痛々しいほどに憔悴《しょうすい》して頭を下げるリシャールに、コルネリアは同情した。

姉のように思っていただろうコルネリアを押し倒すような真似《まね》をしてしまったのだ。きっと、よほど気まずい思いをしたに違いない。コルネリアは「気にしないで」と答えるしかできなかった。

それからは、いつも通りの二人に戻ったはずだ。

『エッスタンで、紅根薬の流通は絶対に許さない』

そう宣言したリシャールは徹底的に紅根薬のルートを取り締まった。紅根薬のもとになっていたのはブランジェット家の領地ロベネウにある、小さな貿易会社だった。ここしばらく妙に金回りがよかったことから、すぐに足がついた。媚薬として売られていた大量の紅根薬は間違いなくハンソニア製のものであり、ロベネウの港に密輸されていたらしい。

ハンソニアの狙いは、紅根薬をエッスタンで流通させ、じわじわとエッスタンを弱体化させることだろう。それだけは絶対に避けなければならない。

リシャールの命により、貿易会社は徹底的に潰《つぶ》され、顧客たちもそれなりの罰を受けることになった。

もちろん、カロリナも例外ではなく、社交の中心であるエルムヴァール城への立ち入りを禁止された。カロリナだけでなく、娘の不始末の責任を取る形で、その父親であるブランジェット侯爵も領地に戻ることになった。

まさか名門ブランジェット家の一人娘が、紅根薬に手を染めているとは考えもしなかったと、貴族たちは口を揃えて言った。社交界に衝撃が走り、しばらくブランジェット家の醜聞《しゅうぶん》が話題に上らない日はなかったほどだ。

しかし、それ以上に話題になったのがリシャールの鮮やかな手腕だ。強いリーダーシップを発揮したリシャールは次から次へと成果をあげた。

思わぬリシャールの成長に驚き、喜ぶコルネリアだったが、二人の関係も、少しずつ変化が起きていた。

コルネリアが最初に違和感を覚えたのは、些細《ささい》なことだった。

珍しく雷雨の日に、コルネリアの部屋をリシャールが訪れなかったのだ。

雷を怖がるリシャールを迎えようと、コルネリアはハーブティーを淹《い》れて待っていたのに、結局コルネリアは冷めたハーブティーをひとりで飲む羽目になった。

それから、次第にリシャールとコルネリアが一緒にいる時間は減っていった。公務は別行動になり、雑談よりも淡々とした事務的な会話が増えていく。

理由を問い詰めても、リシャールは決して答えようとせず、ついには今日のように一緒に夕食すら取らない日もあるほどだ。

(リシャールは年頃だもの。ひとりで過ごしたい時だってあるわよね。むしろ、わたくしなんかと今までずっと一緒いてくれたこと自体が奇跡だったのよ)

コルネリアは何度も自分に言い聞かせる。そうでもしなければ、寂しさでおかしくなってしまいそうだ。

「リシャールは、今日は何をしていたの？」

夕食を食べ終えたあと、いつも通りそう尋ねると、セバスチャンは首を振る。

「今日は、剣の稽古《けいこ》のあとはずっとお部屋にこもられておりました。何をされていたかはよく……」

「そう……」

いつもの回答に、コルネリアは目を伏せた。心にぽっかりと穴が開いてしまったような、喪失感。

コルネリアにとって春の日差しのような存在だった美しい少年は、変わってしまった。

「ごちそうさま。美味《おい》しかったわ」

そう言って、コルネリアは立ち上がる。

窓の外は、曇り空がどこまでも続いていた。

◇
◆

その夜、珍しくリシャールがコルネリアの部屋を訪れた。

「コルネリア、話があります」

書き物をしていたコルネリアは久しぶりのリシャールの訪問に喜んで立ち上がったものの、リシャールの何の表情も読み取らせない顔を見て、言葉に詰まった。

これまでのリシャールであれば、コルネリアと目が合えば零れるような笑顔を向けてくれたはず。

しかし、今のリシャールは無表情で、凍るように冷たい目がただコルネリアを見据えるばかりだ。

コルネリアはソファに座るよう勧めたものの、リシャールは「話はすぐに終わりますから」と短く答えた。

雪の降る微《かす》かな音すら聞こえるような静寂の後、リシャールは口を開く。

「遊学のため、俺はピエムスタ帝国へ向かいます」

抑えた声で突然宣言され、コルネリアは息を呑《の》んだ。寝耳に水だ。

リシャールは淀《よど》みなく続ける。

「遊学の期間は五年の予定です。皇帝陛下には、事前に許可は得ました」

「どうして……」

「表向きは遊学としていますが、戦を学ぶためです。ピエムスタとラークが戦っている今、エッスタン領の公爵として何もしないわけにはいかないでしょう」

「嘘《うそ》！」

コルネリアの顔が一気に蒼白になった。

ピエムスタ帝国は、半年ほど前に南の新興国家ラーク王国に突然宣戦布告された。

元々は小国だったラーク王国だが、先代国王の時代に、密《ひそ》かに武器の開発と製造に力を入れていたらしい。戦の始まりはほとんど急襲に近く、初動で後れをとってしまったピエムスタ帝国軍は、劣勢を強《し》いられている。

そんなピエムスタ帝国に、リシャールは行こうとしているのだ。

「そんな……。戦場なんて、リシャールにはまだ早いわ」

「俺は春で十六歳になります。戦に出るには十分でしょう」

「エッスタンには派兵の要請は出ていないでしょう。貴方が戦場に行く必要はないはずよ」

エッスタン公爵領は、先の戦争での復興途中であることを理由に、派兵を免除されている。だが、リシャールは首を振った。

「ピエムスタ帝国の公爵として、戦に協力するのは当然のことです。それに、ハンソニア王国は、未だにエッスタンを我が物にしたいと虎視眈々《こしたんたん》と狙っている。だからこそ、俺は今のうちにピエムスタ帝国流の戦を学んでおきたい」

紅根薬の一件で、ハンソニア王国がエッツスタンを諦《あきら》めていないと明らかになった以上、これから先、ハンソニアとエッツスタンとの対立を隠しもしなくなるだろう。

先の戦争でハンソニアは国庫を使い果たし、しばらくは戦もできない状態だ。昨年は歴史的な猛暑のため、食料不足が続いていると聞く。今のハンソニアに、エッツスタンを侵攻する余力はない。

しかし、それは一時的なものだ。すぐにまた、ハンソニアはエッツスタンを狙ってくるだろう。

リシャールの言うことは筋が通っていた。それでも、コルネリアは真っ向から反対する。

「やっぱり行ってほしくないわ。危険すぎるもの。今はピエムスタ帝国の公爵とはいえ、貴方は本来エッツスタン王国の王子なのよ？」

「遅かれ早かれ、戦は経験すべきかと。今のままでは、俺はエッツスタンの王子としての責務を十分に果たすことができないでしょう。知識も経験も、俺は全く足りていませんから」

「どうして？　わたくしに頼ってくれれば、何も問題はないはずよ」

コルネリアは反射的に答えた。リシャールは激しく首を振る。

「それじゃ駄目なんです。このままコルネリアに全てを任せっぱなしにする気はありません。俺は、エッツスタン王国を復活させ、国王としてこの地を統《す》べる義務があります」

思わぬ一言が、コルネリアの胸にぐさりと突き刺さる。

このままリシャールが自分を信用し、ずっと頼ってくれるとばかり思っていたが、とんだ思い違いをしていたようだった。所詮コルネリアはピエムスタ帝国の皇女であり、リシャールにとっては仮初《かりそめ》の妻だ。そんな女に、いつまで経っても頼りきりになる気はないということだろう。

そうなると、コルネリアの存在意義は大きく揺らぐ。現在コルネリアがこなしている領主としての仕事を、リシャールがこなせるようになれば、ピエムスタ帝国の皇女などエッスタンには不要だ。

（ああ、そうだわ。わたくしは仮初の妻なのだから、ずっとリシャールが頼ってくれるわけじゃない……）

いつの間にか自分は、ずっと今のままでいられると勘違いしてしまっていたらしい。リシャールにとってコルネリアは、強国ピエムスタから押し付けられた妻でしかないのに。

自分の立場は弁《わきま》えているつもりだったものの、いざその事実を前にすると、胸の中を隙間風が通るような、言いようもない空《むな》しさを覚えた。

ピエムスタ帝国の名君から帝王学を学ぶことができれば、リシャールにとってかけがえのない経験になる。それに、次期皇帝のトビアスと今のうちに親交を持っておくのも、悪くない選択だ。

コルネリアの弟である第一皇子トビアスはリシャールと同い年であり、ピエムスタ帝国の皇位継承権第一位だ。未来のピエムスタ帝国の皇帝と結びつきを持っておけば、一生の宝になるに違いない。

考えれば考えるほど、リシャールがピエムスタ帝国に遊学した方が彼のためになるという結論に至ってしまう。

これ以上の主張は、自分の我儘《わがまま》でしかない。コルネリアは項垂《うなだ》れたあと、小さく頷いた。

「分かったわ」

その瞬間、リシャールのアイスブルーの瞳が僅かに震えた。暗鬱な陰影が見え隠れする。

（この顔は、リシャールが泣きそうな時の……）

そう思った次の瞬間、リシャールはコルネリアから視線を逸らした。そして、「それでは、今後の話を」と短く言って、ポケットから一枚の封筒を取り出す。ピエムスタ帝国王家の紋章であるモミノキを象《かたど》った紋章が入った封筒に入っていたのは、セアム三世から正式に遊学を許可する旨を書いた手紙だった。

リシャールは手紙の内容に沿って淡々と今後の予定について話し始める。話はかなり具体的に決まっており、もはや決定事項のようだ。コルネリアが反論する余地は、初めからどこにもなかったらしい。

「いつの間にお父様と連絡をとっていたの？」

「冬の間、ずっとやり取りをしていました」

「そうだったの……。全然気付かなかったわ」

「コルネリアに話せば、反対されることはわかっていましたから。貴女の中の俺は、ずっと小さい子供のままですので」

違う、と言いかけてコルネリアは言葉に詰まる。リシャールの言うことは、あながち間違っていない。リシャールは背丈も高くなり、顔つきもずっと精悍《せいかん》になった。そのことから目を逸らして、いつまでも弟扱いしていたのはコルネリアだ。

とっさに否定できず、黙ってしまったコルネリアに、リシャールはほろ苦い笑みを浮かべる。

「俺は、このままでは嫌です」

リシャールは静かに告げた。暖炉の薪《まき》がパチパチと爆《は》ぜる。

長い沈黙の後、コルネリアは小さくため息をついた。

「戦場の砲弾は、雷よりも大きい音がすると聞いたわ。本当に、大丈夫なの？」

「コルネリアは、最後まで俺を子供扱いするんですね」

リシャールはふっと微笑んだ。コルネリアはリシャールをじっと見る。精悍な顔つきは、確かに少年期とは明らかに違う大人の男性のものになりつつある。それでも、コルネリアにとっては「可愛いリシャール坊や」に違いない。

「怖くなったら、いつでも戻っていらっしゃい」

「そうやって俺を子供扱いする人は、コルネリアだけですよ」

「貴方はいつまでも、わたくしの大事なリシャール坊やだもの……」

「……今は、そうですね」

意味深な言葉の意味を、リシャールが語ることはなかった。

◇◆

数日後、リシャールがピエムスタ帝国に遊学すると、正式に発表された。

公爵としてのリシャールの仕事は公爵夫人であるコルネリアに一任されることとなり、「コルネリアの言葉は俺の言葉だと思い、従うように」とリシャールは貴族たちに厳しく命じた。

忙しい日々が飛ぶように過ぎていき、雪が解け、ぽつりぽつりと春の花が咲き始めたころ、ついに騎士たちと共にリシャールがピエムスタ帝国に出発する日が来た。

「リシャールを、よろしくね」

リシャールの門出を見守る人々でごった返す城で、コルネリアは騎士たちひとりひとりに言葉をかけた。歴戦の猛者《もさ》である騎士団長をはじめとした騎士たちはみな、忠誠心の強い生え抜《はぬ》きの者たちだ。きっと、リシャールを守ってくれるだろう。

そして、コルネリアは最後にリシャールの前に立った。

いつの間にか同じ高さになったアイスブルーの瞳を前に、コルネリアは言葉に詰まる。この期《ご》に及んで、コルネリアはリシャールに行かないでと縋《すが》りつきたい衝動に駆られていた。だが、いくら頼んだところで、リシャールの決意は揺るがないだろう。

コルネリアは小さく息を吸い、精一杯の笑みを浮かべる。不安は山ほどあるものの、今は笑顔でリシャールを送り出したかった。

「……お早いお帰りを。どうか身体には、気をつけて」

「はい。エッスタンを、お願いします」

「ええ。いってらっしゃい」

短い会話のあと、リシャールは一瞬何かを言いかけたものの、その言葉を口に出すことはなかった。その代わり、網膜に焼き付けるかのようにじっとコルネリアを見つめ、リシャールは踵を返す。

葦毛《あしげ》の馬に乗ってエッスタンを去るリシャールの後ろ姿を、コルネリアはいつまでも見送っていた。

間章　離れてもあなたを想う

晩秋のエッツスタンに初雪が降ったのは、一週間前のことだ。今はまだ昼間の陽の光で消えてしまうような量の雪しか降っていないものの、いずれエッツスタンの大地は一面の銀世界になるだろう。

そんなエッツスタンの中核たるエルムヴァール城の議場で、コルネリアは宰相《さいしょう》たちを前に繊細な彫刻が施されたアームチェアに腰を下ろしていた。本来は夫であるリシャールが座るはずのその席だが、リシャールは一年前からピエムスタ帝国にいるため、領主の名代としてコルネリアがその席に座っている。

「それでは、ヴィスワ川の下流に橋を架《か》けることに、異存はありませんか？」

コルネリアの落ち着いた声が部屋に響いた。集まった貴族たちは頷《うなず》く。

「あの川に橋を架ければ、非常に助かりますな。我々の領地からも、人夫と資金を供出いたします」

「北方の領地に物資を運ぶのも便利になりましょう」

貴族たちは次々に、賛成の意を表した。コルネリアはゆったりと頷く。

「感謝いたします。雪解《ゆきど》けの時期に、工事ができるように取り計らいましょう。それでは、今日の議題はこれで。皆さま、今日はありがとうございました」

コルネリアが、貴族たちに労《ねぎら》いの言葉をかけると、貴族たちは次々に立ち上がり、部屋から退出していった。コルネリアもまた、議場を出て西棟の執務室へと向かう。

会議が思いのほか長引いたせいで、窓の外はすでに暗い。

（夕食までまだ時間があるわね。それまでに少しでも書類に目を通しておかないと）

コルネリアは領主代理としてエッスタン公爵領《こうしやくりよう》の政務を預かる身だ。そのため、いつも多忙を極めていた。

エッスタンには、未《いま》だハンソニアとの戦争の爪痕《つめあと》が各地に色濃く残っている。政治決定も性急に行わなければならない事項が大量にあった。

（リシャールがいてくれると、いいのだけど……）

コルネリアの脳裏に、年下の夫の横顔がちらついた。

リシャールがいなくなって初めて、コルネリアはこれまで年下の夫の存在がどれほど心の支えになっていたかを実感した。リシャールが隣にいた時はいつも暖かかった胸の奥底も、今は冷え冷えと凍《こご》えるようだ。

時々、こうして廊下を歩いている時も、物陰からリシャールがひょっこり現れて「コルネリア、働きすぎですよ」と心配そうに声をかけてくれるのではないかと期待してしまう自分がいる。リシャールはこの城にいないと、頭ではわかっているのに。

コルネリアは、豪奢《ごうしゃ》な廊下の空気にため息をひとつ零《こぼ》した。

「おや、コルネリア様がため息をつかれるなど、珍《めずら》しい！　お疲れですかな？」

突然後ろから声がして、コルネリアは肩をぴくりと震わせる。振り返ると、先ほどの会議に参加していた若い伯爵《はくしやく》が立っていた。どうやら、コルネリアを追いかけてきたらしい。

「ため息をついている姿を見られてしまうなんて恥ずかしい。でも、大丈夫ですわ」

コルネリアはにっこり笑う。若い伯爵は、その笑顔を前に一瞬見惚《みと》れたように硬直したが、すぐに気を取り直して言った。

「お疲れのようであれば、お休みになられては？　最近、コルネリア様が働きすぎではないかと、我々も心配しております」

「お気遣《きづか》いなさらないで。疲れているわけではなくて、リシャールを恋しく思ってしまっただけですから」

「ああ、そうでしたか。確かに、リシャール様とコルネリア様は、姉弟《きょうだい》のように仲睦《なかむつ》まじいことで有名でしたからね。寂しく思われるのは当然かと」

伯爵は、顎《あご》を撫《な》でながら大げさに頷く。こちらに向けられた薄い空色の瞳は同情の色に満ちているように見えるが、その奥には何か別の、嫌なものが蠢《うごめ》いているように感じられた。

（そういえば、この伯爵様は、この前もわたくしが一人でいる時に声をかけてきた気がするわ。用事があるのなら、会議の席でも発言できたはずなのに）

不思議に思うコルネリアに、伯爵は一歩、また一歩と近づいてくる。

「コルネリア様は、お可哀想《かわいそう》です。ずっと夫君がいない生活は、さぞお辛《つら》いことでしょう」

「ご心配には及びません。この城の者たちがおりますから、大丈夫ですよ。皆、本当によくしてくれますもの」

「そうは言ってもこの城にいては心休まらないのでは？　ぜひ私の領地で静養されてはいかがか。我が領地は、景勝地《けいしょうち》としても有名でして。私直々に案内して差し上げましょう。期間はそうだな、一週間ほどでいかがかな？」

「この城を離れることはできません。リシャールが不在の間、わたくしが彼に代わってこのエッスタンを守るよう仰《おお》せつかっております」

コルネリアはやんわり断ったが、伯爵はさらに一歩近づきながら言う。

「コルネリア様、貴女《あなた》は少し真面目《まじめ》すぎるようだ。少しくらい羽目を外したとしても、誰も貴女を責めはしませんよ。それに、私であれば貴女の無聊《ぶりょう》を慰《なぐさ》めることもできる」

「あの、えっと……」

「貴女は少し働きすぎですし、療養と言えば誰も怪しまず――」

その時、いつの間にか現れたセバスチャンが伯爵とコルネリアの間に入り、コホンと咳払《せきばら》いをする。

「コルネリア様はご多忙な方でいらっしゃいます。私が代わりに要件を伺いますが」

セバスチャンの鋭い声に、伯爵はたじろいだ。

「いや、そういうわけじゃ……」

「では、お引き取りください」

セバスチャンがギロリと睨《にら》みつけると、伯爵は「失礼した」とそそくさとその場を後にする。

「まったく、油断も隙もない……」

小さくそう呟《つぶや》いたセバスチャンは、コルネリアに恭《うやうや》しく頭を下げた。

「すみません、馳《は》せ参じるのが遅くなりました」

「ありがとう。セバスチャンには、いつも助けてもらってばかりね」

「当然のことをしたまでです。リシャール様がご不在の間、私の主人はコルネリア様なのですから。ところで、あの不届き者はなんと申しておりましたかな？」

「彼の領地でゆっくり休んではどうかと、招待してくださったの」

「ほう、あのお方の領地に……」

セバスチャンの目が一瞬剣呑《けんのん》に光る。コルネリアは頬《ほお》に手を当てて苦笑した。

「申し訳ないけれど、お断りしたわ。そんな時間はないもの」

コルネリアの脳裏に、やるべき仕事が大量に浮かぶ。たった数日でも不在にすれば、コルネリアの執務室の机の上に、決済待ちの書類が堆《うずたか》く積まれることになるだろう。

「それに、リシャールからこの城を頼むと言われているの。約束を破るわけにはいかないでしょう？」

「……あの男の領地への静養に行くことは反対させていただきますが、少しは休まれたほうがよろしいのでは？　リシャール様がピエムスタに発《た》たれてから、コルネリア様は少々働きすぎかと」

セバスチャンの気遣うような言葉に、コルネリアはゆっくりと首を振った。

「休んでいる暇《ひま》はないわ」

仮初《かりそめ》の妻であるコルネリアが、この城にいられる期間は限られている。リシャールが戻ってくるまでに、なるだけエッスタンの復興は進めておきたい。

セバスチャンは何かを言いかけたものの、結局は何も言わずに一礼してコルネリアの後ろに下がる。

コルネリアは残された仕事を片付けるため、執務室へと歩きはじめた。

ピエムスタ帝国での遊学を終えたリシャールは、そのうちにこのエッスタン公爵領の正式な領主として再びこの地に戻るだろう。そうなれば、コルネリアは速《すみ》やかに離縁を切り出し、エッスタンを去るつもりでいた。

その時までに、なるだけエッスタンを立て直し、リシャールが領主として問題なくやっていけるように整えておくのが、今のコルネリアの使命だ。

真の主がいないエムルヴァール城の長い廊下は、やけにひっそりとしていた。

ふと、窓の外に細い月が浮かんでいるのが目に入ったコルネリアは、静かに目を細める。

(リシャールも、同じ月を見ているのかしら……)

ここにいない夫を思い出したことで、胸の中に再び寂しさが押し寄せる。そんな寂しさを振り切るように、コルネリアは歩みを早めた。

◇◆

ピエムスタ帝国とラーク王国の国境に位置するウルベン砂漠。

夕空の片隅に、細い月と一番星が輝いていた。砂漠の地平線が、紫紺色《しこんいろ》に染まっている。

(コルネリアも、同じ月を見ているのだろうか)

赤茶けた岩場の上でその月を見上げていたリシャールは、小さくため息をついて、何もない砂ばかりの大地を見渡す。山がちなエッスタンで育ったリシャールにとっていつまで経《た》っても見慣れない光景だ。

十六歳で故郷エッスタン公爵領を離れ、ピエムスタ帝国に遊学したリシャールは、セアム三世より直接帝王学や軍事について学んだ。学んだというより、叩《たた》き込《こ》まれたという方が正しいかもしれない。

そして、十七歳になると同時にリシャールは戦場に立つよう命じられた。

ラーク王国との戦争は長引き、ピエムスタ帝国は疲弊《ひへい》している。リシャールのような食客など、本来は迎える状態ではないのが実情だったのだろう。リシャールとしても、いつまでもピエムスタ帝国に面倒になる気はないため、帝国のために戦場に出ろと言われれば、断る理由もない。

（この戦争を終わらせ、コルネリアに並び立つにふさわしい男となってエッスタンに帰る）

この一年で、リシャールの身長はぐっと伸びた。おそらく、すでにコルネリアの背は追い越しているだろう。それに、背が伸びただけではない。数ヶ月前にリシャールはラーク軍を相手に劇的な勝利を収め、初凱旋《はつがいせん》を果たしたばかりだ。若い公爵の活躍に、ピエムスタ帝国は大いに熱狂し、リシャールは一躍有名になった。

リシャールは自分の活躍を綴《つづ》ってコルネリアに手紙を書いた。これで、少しは自分について見直し、男として見てくれるのではないかと信じて疑わなかった。

しかし、コルネリアからの返事は、勝利したリシャールの祝福よりも、ただただ身体《からだ》を心配する文言ばかり並んでいた。心配性のコルネリアにとって、戦争の勝敗より、リシャールが怪我《けが》をしていないかのほうが気になるらしい。

何度も読んだ手紙の内容を思い出して、リシャールは苦笑する。

（次の手紙では、戦のことではなく、最近生まれた仔馬の話をしよう。そうすれば、少しはあの人

も喜んでくれるかもしれない）

コルネリアの大反対を押し切って戦場に来たのだ。これ以上、余計な心配はかけたくない。

しばらくして、リシャールの最も信頼する部下のカルロスがリシャールを呼んだ。

「トビアス殿下《でんか》から、伝令が。陽が沈み次第、敵陣に突撃せよと……」

同い年のトビアス・ラムベールは、ピエムスタ帝国の第一皇子であり、ピエムスタ帝国の次期皇帝になる男だ。コルネリアとよく似た面差しをしているものの、彼はコルネリアと違って陽気で大胆な性格をしている。セアム三世の気質を色濃く受け継いだのだろう。正反対な性格のリシャールとトビアスだったが、同い年ということもあり、いつの間にか竹馬《ちくば》の友のようになっていた。

しかし、トビアスは人の上に立つ者らしく冷酷《れいこく》な一面がある。

「……あいつも、無茶を言う。死にに行けというのか」

リシャールは苦笑しながら腕を組んだ。

この砂漠では、数日砂嵐が吹き荒れており、ラーク軍は足止めを余儀《よぎ》なくされていた。その上、砂嵐はここ数年で最も激しいものだったらしく、この場所から馬で半刻ほど走った場所にある、これまで難攻不落とされていた敵の砦《とりで》が崩れ、大きな被害が出たと間諜《かんちょう》から伝え聞いている。

つまり、今が好機だ。勝てば間違いなく起死回生の一手となる。

問題は、軍の規模の差だった。リシャールが率いている騎士たちは百にも満たない。対して、待ち受けるラークの騎士たちは優に五倍以上はいるだろう。

圧倒的な人数不利ではあるものの、トビアスはリシャールに賭《か》けたらしい。

「命令に、従いますか」

低く訊《たず》ねるカルロスの顔は青い。優秀な騎士であり、また軍師でもある彼すらも、トビアスの戦略は危険だと気付いている。策なく突撃すれば、いとも簡単に全滅するのは目に見えていた。

それでもなお、部下であるカルロスはリシャールの意見を尊重する。それは、リシャールがエッスタンの王族の末裔《まつえい》だからではない。リシャールが軍師としてすでに自分よりも優れた才を持っていると知っているからだ。

リシャールは熟考の後、頷いた。

「行くぞ」

すでに日が暮れようとしている。リシャールは近くに繫《つな》いでいた葦毛《あしげ》の愛馬に飛び乗り、手綱《たづな》を握りしめる。すでに配下の騎士たちは騎乗を終え、リシャールの命令を待っていた。

「出撃せよ！」

騎士が掲げるエッスタン王族のタカの紋章を象《かたど》った旗が、大きく靡《なび》いた。

その日、エッスタン公爵領主リシャール・ラガウェンの天才的な采配により、ピエムスタ帝国は劇的な勝利を収めた。

そして、その勝利により、ピエムスタ帝国は決定的な転換点を迎えることになる。それは、リシャールが後にピエムスタ帝国の英雄となる、その最初の一歩であった――。

第三章　領主の帰還

ソロアピアン大陸の北方にあるエッツスタンの夏は短い。だからこそ、エッツスタンの城下町は一番星が輝き始めてもなお、賑《にぎ》やかだった。大通りには花とランタンで飾り付けられた夜店が並び、人いきれと、歌や笑い声で満ちている。人々は、過ぎ行く夏を惜しんでいるのだ。

いや、今日に限って言えば、人々が浮かれ騒ぐ理由はそれだけではない。

「リシャール様が五年ぶりに帰ってこられるぞ！」

「ピエムスタでの戦は大活躍だったらしいではないか！」

「なんでも、ラーク軍をあっという間に撃退してしまったらしい」

「まさに英雄だ！　我々エッツスタン人としても鼻が高い！」

人々は口々に正式な領主であるリシャールを称《たた》えた。今日の夜、リシャールは五年の遊学を終え、エッツスタンに帰ってくるのだ。

半年ほど前、ピエムスタ帝国とラーク王国の戦は、ピエムスタ帝国軍の勝利に終わった。リシャールはエッツスタン公爵《こうしゃく》として戦に参加し、圧倒的な軍事手腕を見せつけた。突如登場した若い領主の名声は、ピエムスタ帝国全土に広まり、リシャールは皇帝から多くの栄典が授与された。その活躍はエッツスタンまで届き、人々は若い領主の活躍に熱狂した。中には、リシャールの下で戦いたいと自分からピエムスタに渡った若者たちもいたらしい。

人々は五年ぶりにエッスタンの地を踏む主人の帰還を、今か今かと待ち望んでいる。

喜びに満ち溢《あふ》れた街を、コルネリアは城のバルコニーから静かに見降ろしていた。何の宝飾もつけていない艶《つや》のある栗色の髪が夜風に靡《なび》いている。

(リシャールが、帰ってくるのね)

夫であるリシャールが不在の間、領主の名代を務めていたコルネリアは、今年で二十八歳になった。

『エッスタンを、頼みます』

そう託された通り、コルネリアは懸命に領主代理としてエッスタンを治めてきた。その道のりは決して平坦なものではなかったが、母国であるピエムスタ帝国からの援助と、エッスタンを心から愛する領民たちの協力によってここまで辿《たど》り着くことができた。

エッスタンはこの数年で、不死鳥のように蘇《よみがえ》った。かつての荒れた街並みは、今や大陸で最も美しい街に変貌《へんぼう》し、今もなお発展を続けている。

「コルネリア様、そろそろ中へお入りになってください。夜風で身体《からだ》を冷やしてしまっては大変ですよ」

バルコニーでぼんやりしていたコルネリアに、メイドのサーシャが室内から気づかわしげに声をかけた。コルネリアは頷《うなず》いて、部屋に戻る。

「リシャール様がお帰りになるのですから、このままではいけませんわ」

サーシャはコルネリアを椅子に座らせた。コルネリアの髪は、夜風ですっかり乱れてしまっている。

しかし、コルネリアはゆっくりと首を振った。

「いいわよ。リシャールも年増《としま》の妻の格好なんて気にしないわ。見苦しくない程度に結い上げてちょうだい。服は……いつものものを」

「もう！　こういう時に、着飾らないなんてもったいないですよ。コルネリア様は本当にお美しい方なのに！」

サーシャの言葉に、コルネリアはただ困ったような微笑《ほほえ》みを浮かべた。

「……今日はリシャールが主役よ。わたくしが着飾ったって、仕方ないもの。わたくしは仮初《かりそめ》の妻に過ぎないし」

「そんなことを言わないでください！　リシャール様が不在の間、この国を支えてくださったのは他でもない、コルネリア様なんですから！　もっと胸を張って偉そうにしたって誰も文句は言えませんよ。もし文句を言う不届き者がいたら、私が許しません！」

サーシャは、腰に手を当てて頬《ほお》を膨《ふく》らませた。その可愛らしい仕草に、コルネリアはくすりと笑う。

「ありがとう、サーシャ」

この優しいメイドの言葉に、何度心救われたかわからない。コルネリアはサーシャに礼を言って、鏡の中の自分を見つめた。

エッスタンに来た時より伸びた髪は、今は腰に届くほどの長さだ。緩やかに波打つ栗色の髪をハーフアップにまとめ、いつもよく着るすとんとした若草色のドレスに身を包むその姿は、エッスタンの公爵夫人には見えないほど地味だ。だが、無理に着飾る必要性はどこにもない。コルネリアは所詮、仮初の公爵夫人なのだから。

「それにしても、やっとリシャール様が帰ってきますね！　コルネリア様もさぞ嬉《うれ》しいでしょう。リシャール様がピエムスタに遊学される前は、お二人はいつも姉弟《きょうだい》のように一緒でしたから」

「そうだったわね。懐《なつ》かしいわ」

年下の夫と過ごした四年の月日は、コルネリアにとって宝物のような日々だった。リシャールがピエムスタ帝国に遊学して、彼と距離を置いたからこそ、その思い出は一層美しく輝いている。だからこそ、サーシャとの思い出話には話題が尽きない。

コルネリアは、くすりと笑った。

「正直な話をすると、リシャールが成人したなんて未《いま》だに信じられないの」

「きっと、コルネリア様より背も高くなられたことでしょう。もうリシャール様を子供扱いはできませんね。お坊ちゃまとも呼べなくなります」

「そうよ。……リシャールは領主になるんだから」

コルネリアは遠くを見つめて成長したリシャールの姿に思いを馳《は》せた。視線の先には、夜になってもなお明るい城下町がある。コルネリアはこの風景が好きだった。しかし、この風景を見ることができるのも、残り僅《わず》かだ。

全てが落ち着けば、予定通りコルネリアはリシャールに離縁を申し込もうと考えていた。

「リシャールが帰ってくれば、わたくしはようやくお役御免ね。この城ともお別れだわ」

「……コルネリア様は、本当にエッツスタンを去られるおつもりなのですか？」

「わたくしはこれまでずっとエッスタンの領主代理として頑張ってきたのよ。これからは、ゆっくり過ごしても、罰は当たらないと思わない？」

「でも、リシャール様が帰ってこられれば、これからは、領主のお仕事のご負担だってだいぶ軽くなると思います。エッスタンでゆっくりされてもいいんじゃ……」

「わたくしは、リシャールの仮初の妻。お飾りの妻がいたら、リシャールもやりにくいでしょう」

父であるセアム三世と約束したのは「数年間荒廃したエッスタンを守ること」だ。コルネリアは言いつけ通り、エッスタンを守りきった。リシャールもまた、先の活躍で大衆からの支持を得ている。公爵としても立派にやっていけるはずだ。

リシャールが無事に帰還し、領主としての引き継ぎを終えさえすれば、自分の役割は十分果たしたと言えるだろう。

それに、リシャールだって、コルネリアと離縁することを望んでいるはずだ。

(破婚が成立すれば、わたくしはすぐにピエムスタ帝国に戻らなくては)

この計画を打ち明けたのは、信頼できるサーシャと執事のセバスチャンだけだ。いつもは真っ先にコルネリアの味方になってくれる二人ではあるものの、今回ばかりは猛反対している。

サーシャは必死で訴えた。

「コルネリア様はずっとここにいるべきです。エッスタンをここまで復興させたのは、コルネリア様なんですから！」

「そう言ってくれるのは、すごく嬉しいわ。でも、エッスタンを復興させたのは、ここに暮らす人々よ。わたくしは、そのお手伝いをしただけ。よそ者のわたくしがずっとここに居座るのは間違っているわ。本来エッスタンは、エッスタンの民の国なんだもの」

「そんなことありません！　昔と違って、エッスタンの人々は、ピエムスタ帝国に多大なる恩義を感じておりますし、本当にコルネリア様のことが大好きで……ッ」

「サーシャはわたくしを買いかぶりすぎよ。それに、わたくしはこれから不幸になるわけじゃないの。これからは、故郷に戻ってゆっくり過ごすの。刺繍《ししゅう》や、油絵なんかをしながら……」

「コルネリア様は、こういう時だけすごく頑固です」

サーシャは不服そうに頬を膨らます。コルネリアは困った顔をした。

「これは当然の決断よ。本当に可哀想《かわいそう》なリシャール。政略結婚で、わたくしなんかとの結婚を勝手に決められて。でも、これからはリシャールも好きに生きてほしいわ。好きな人と恋に落ちて、子供だって……」

一抹《いちまつ》の寂しさが、コルネリアの胸をかすめた。長らく会っていないけれど、昔と変わらず弟のように思っているリシャールと別れるのは辛《つら》い。

しかし、コルネリアはリシャールの幸せのためと、己の甘さを叱るのだった。

「ねえ、サーシャ。この話はおしまいにしましょう。この城の主人を迎える準備をしなくてはね。可愛いリシャール坊やがせっかく帰ってくるんだもの」

コルネリアは、胸の中の寂しさを追い払うように立ち上がる。何か気がかりなことがあった時は、実務的な仕事をして気を紛《まぎ》らわせるのが彼女のいつものやり方だった。

現に、この城の主《あるじ》を迎えるためにいくつか最終確認をしなければならないことがある。サーシャの手を借りて着替え終わった今、ぼんやりしている暇《ひま》はない。

「さあ、仕事の時間よ。まずエントランスに行って、セバスチャンとお話をしなきゃ――」

――刹那《せつな》、慌《あわ》ただしい足音とともに、急に扉が開かれた。

ノックもせずにレディの部屋の扉を開ける不届き者の登場に、サーシャの顔がサッと険しくなる。

「誰ですか！　なんて不作法な――、きゃあっ！」

入ってきた人物の顔を見て、サーシャは黄色い悲鳴をあげた。

それもそのはず、コルネリアの部屋に入ってきたのは、背の高い美丈夫《びじょうふ》だった。髪の色はプラチナブロンドで、幾らか厳しすぎる鋭い輪郭に、近づきがたいほどに整った顔立ち。なにより目を惹《ひ》くのは、冷たい星を宿したようなアイスブルーの瞳。その瞳は誇り高く、そして懐かしい――……。

「コルネリア！」

「ええっ、り、リシャール？」

驚きのあまり、コルネリアの声がひっくり返る。

そこにいたのは、すっかり成長した二十一歳のリシャールだった。

背はコルネリアの身長より頭ひとつ分以上大きくなり、線の細かった身体も厚みを増し、歴《れき》とした男らしい体つきになっている。

よく見るとリシャールのプラチナブロンドの髪は乱れ、金鋲《きんびょう》と豪奢《ごうしゃ》な刺繍で飾られたエッスタンの騎士服も、どこか埃《ほこり》っぽい。どうやら旅装も解かずに、コルネリアの部屋に直行してきたらしい。

「コルネリアに早く会いたくて、護衛の騎士たちを置いてきてしまいました」

聖歌隊の少年が歌うように柔らかだった声は、すっかり声変わりをして、耳に心地のいいテノールボイスになっている。所作も優雅で美しい。

リシャールは、ピエムスタ帝国の遊学を経て、非の打ち所がない、立派な紳士となって帰ってきたのだ。

（ああ、わたくしは、いつまで経《た》ってもリシャールだけはずっと子供でいてくれると、思い込んでいたんだわ）

相手はもう、かつて弟のように可愛がっていた『リシャール坊や』ではない。この土地の新しい領主なのだ。あまり馴《な》れ馴《な》れしいのも良くない。――それに、近々コルネリアは彼に離縁を申し込む気でいるのだ。

コルネリアは居ずまいを正すと、深々と腰を折った。

「エッスタンの真の領主に、ご挨拶《あいさつ》申し上げます。ようこそお帰りなさいました、リシャール様」

「ただいま戻りました、コルネリア。元気そうで何よりです。しかし、久しぶりに夫に会うっていうのに、そんな質素な服を選ぶなんて」

コルネリアに向けられた親しげな笑顔は、確かに懐かしいリシャールのもの。それなのに、コルネリアの心臓が、なぜだかトクンと震えた。

コルネリアが不思議な鼓動《こどう》に戸惑《とまど》っていると、アイスブルーの瞳が、まっすぐにコルネリアを見つめてくる。相変わらずコルネリアの心を囚《とら》えて離さないその瞳は、不思議な熱を帯びているように見えた。

「コルネリア、ますます綺麗《きれい》になりましたね。質素な服でも、貴女《あなた》の魅力は隠せない」

「……ッ！」

急な褒《ほ》め言葉に、コルネリアは目を見開いて口をぱくぱくさせた。胸の中の「雷を怖がる可愛いリシャール坊や」が音をたてて崩れていく。

そのうちに、城で働くメイドたちが主の帰還に気付いて大騒ぎで部屋に押しかけてきた。皆、口々に「お帰りなさい」と口にし、リシャールは穏やかにそれに応えていく。

コルネリアがそっとリシャールの瞳を見ると、あの不思議な熱は嘘《うそ》のように消え失せていた。

コルネリアの胸の中がざわつく。

（さっきのリシャールの視線は、なんだったのかしら……）

思わず吸い込まれてしまいそうな、それでいて胸の中がソワソワして目を逸《そ》らしたくなるような不思議な瞳。なぜだかあの瞳がくっきりとコルネリアの胸の中に刻み込まれて、いつまでも消えそうにない。

その夜、エッツスタンの城には華々しい金の刺繍飾りの旗が掲げられ、エッツスタンの人々にリシャールの帰還が知らされた。

◇◆

エッツスタンに帰還した翌日、リシャールはコルネリアと連れだって首都オルナの視察に出た。数年で目覚ましい復興を遂げたエッツスタンの城下町は、今日も人々でごった返している。

戦争の爪痕《つめあと》はもはやどこにもなく、道は舗装《ほそう》され、石畳の通る街は以前のように美しい。海に近い広場には色とりどりの野菜や果物が売られており、港には交易船がずらりと並んでいる。

特に賑わいをみせるのは、エッツスタンの港だ。昔よりはるかにきちんと整備され、多くの船が停泊している。他国からの船も多く、行き交う人々の人種も様々だ。

「驚いた。ここがあの荒れ果てたエッツスタンだったとは、とても思えない！」

リシャールは、驚嘆《きょうたん》の声を上げた。隣を歩いていたコルネリアははにかむ。

昨晩戻ったばかりのリシャールに家臣たちはもっと休むように進言したものの、リシャールは「一刻も早く、一人前の領主になりたいから」と言ってきかなかったのだ。

そんなに早く仮の領主である自分を追い出したいのかと、コルネリアはひっそり凹《へこ》んだものの、真の領主であるリシャールが望むのであれば仕方ない。

興奮したようにキョロキョロするリシャールに、コルネリアは穏やかに訊《たず》ねる。

「五年ぶりのエッツスタンはいかがですか？」

「素晴らしいです。昨日は急いで城へ向かったため、周りの景色を見る余裕がなかったのですが、これほどまでにエッツスタンが賑やかになっているなんて……。全く想像もしていませんでした」

「エッツスタンはもともと、優れた工芸品がたくさんありましたからね。貿易したいと思っていた国は少なくなかったはずですよ」

「今思うと、昔はほとんど鎖国状態でしたからね。しかし、数年でこんなにも変わるなんて」

「港が変われば人も変わるものです」

「素晴らしい人だ、コルネリアは」

アイスブルーの瞳が、再び不思議な熱を帯びる。どこか落ち着かない気分になったコルネリアは、その視線から逃げるように明後日《あさって》の方向を向いた。このような瞳で見つめられてしまうと、なぜだかドギマギして何も言えなくなってしまう。

しかし、そんな熱い視線よりコルネリアをさらに辟易《へきえき》させたのは、リシャールの距離感だった。

エスコートは自然で、どこまでも紳士的だ。しかし、問題は城下町の視察の間、当たり前のようにコルネリアの腰に手を回していたことだった。本当の妻のように扱われている気がして、いやでも胸が高鳴ってしまう。まるで、リシャールではない紳士と一緒に歩いているようだ。

リシャールの変わりように、コルネリアは今更ながら五年という歳月の長さを感じてしまう。

(まったく、どれだけ女の子と遊んできたの?)

なんだかもやもやした気持ちになるコルネリアだったが、無理やり話題を変えた。

「そういえば、トビアスは元気でしたか？」

コルネリアは七つ年下の年の離れた弟の話題を口にした。

彼は皇帝の息子《むすこ》として、自ら戦場に赴《おもむ》き、リシャールとともに戦ったと聞いている。

「はい。トビアスにはピエムスタにいる間、本当に色々なことを教えてもらいました。最初は、『お前なんかお姉様にふさわしくない男だ』とかなんとか、なにかと敵対視されたものですが、最終的になんとか懐柔《かいじゅう》しました。今では良い友人同士ですよ」

「まあ、よかった」

コルネリアはホッと胸を撫《な》で下ろす。トビアスは明るく、人好きのする少年だが、リシャールに比べると、いささか物事に対して大雑把《おおざっぱ》すぎるところがある。コルネリアは子供っぽいトビアスと大人びたリシャールとでは気が合わないのではないかと、密《ひそ》かに心配していたのだ。しかし、杞憂《きゆう》だったらしい。

トビアスはいずれピエムスタの皇帝になる。そうなれば、リシャールにとって、この上ない味方になるはずだ。トビアスと友になれたということだけで、リシャールの遊学は意味があるものだっただろう。

たっぷり一日かけて城下町を視察した二人が帰路《きろ》についたのは、夕日が沈みはじめた頃だった。城に戻り、夕食をとろうと食堂に向かうところで、セバスチャンがリシャールを呼び止めた。

「大事なお話があるのですが、少しよろしいですか？」

リシャールは軽く頷き、セバスチャンのあとに続く。コルネリアは先に食堂に入り、リシャールを待った。

セバスチャンの真剣な表情から察するに、よほど大事な話なのだろう。

しばらくして、リシャールが食堂に現れ、豪華な夕食がスタートする。

シェフたちが腕によりをかけて作った品々は、子牛のパイ包み焼き、野菜のたっぷり入ったキッシュに、上品な味付けのポタージュなど、どれもみな逸品だ。テーブルの真ん中には、海外から輸入した新鮮な林檎《りんご》や葡萄《ぶどう》が籠《かご》に盛って置いてある。かつての荒廃したエッスタンでは、望むべくもなかった光景だ。

「リシャール様が、かつて好きだったものを選びました。ワインも、いくつか各地から取り寄せましたから、お好きなものを仰《おっしゃ》ってください」

「……感謝します」

美味《おい》しそうな料理を前にしても、リシャールの表情はなぜか硬い。先ほどの和《なご》やかな視察の雰囲気と一転して、どこか上の空で、不機嫌そうだ。

カチャカチャと、ナイフとフォークの音だけが響く。

（どうしたのかしら。様子がおかしいわ）

夕食のあいだ、ふたりの間には奇妙な緊張が流れていた。コルネリアが食べるふりをしながらちらりと見ると、リシャールは眉根を寄せてじっと何かを考えるように窓の外を見つめている。ときどき、思い出したようにワインの杯を傾けるが、特に会話はない。

食後のコーヒーが出されたあと、コルネリアはおずおずと口を開いた。

「食事は、お気に召しませんでしたか？」

「……別に」

リシャールの取り付く島もない返事に、コルネリアはとりあえず頷くことしかできない。

夕食の時間は、気まずい雰囲気のまま終わってしまった。リシャールは早々に立ち上がって、部屋に戻ってしまう。

何か粗相《そそう》をしてしまったのだろうかと心配になるが、特に思い当たる節はない。

コルネリアは内心ため息をついた。昔のリシャールであれば、何を考えているのかある程度は分かったものだが、今のすっかり大人になってしまったリシャールが何を考えているのか、コルネリアにはまるで見当もつかない。

（明日、セバスチャンに理由を聞いてみましょう）

暗い顔をして部屋に戻ってきたコルネリアを心配したサーシャは、コルネリアが好むプルメリアの香料を滴《したた》らせた湯を用意してくれた。細やかな気遣いがありがたいが、それでも気分は晴れない。

湯浴《ゆあ》みのあと、今日はもう寝たいからとコルネリアは早めにサーシャを下がらせた。もちろんすぐに寝られるわけもなく、城下町を一望できる窓際のソファに腰かけて、コルネリアは小さくため息をつく。

昼間はあれほどまでに快晴だった空も、コルネリアの気持ちを映したかのように厚い雲に覆われている。じきに雨が降るかもしれない。

(こんな雰囲気では、リシャールに離縁の話を切り出せないわ)

リシャールのことを思って離縁の申し入れをしようとしているとはいえ、さすがにタイミングというものがある。

「これから、どうしようかしら――」

「窓は閉めましたか？　今夜はおそらく雨になりますよ」

「きゃっ」

一人きりだったはずの部屋で急に話しかけられて、コルネリアは身をすくめる。コルネリアの背後にいたのは、生成りのシャツとトラウザーズ姿のくつろいだ格好をしたリシャールだった。

コルネリアは慌ててゆったりとしたネグリジェの胸元を引き寄せる。彼女の愛用している夏用のネグリジェは、体のラインがでてしまう薄いものだ。理想的な淑女《しゅくじょ》であれば、間違っても男性に見せるようなものではない。

「の、ノックをしてください！」

「しましたよ。返事がないので勝手に入りましたが」

リシャールは悪びれもなくさらりと答えた。こちらに向けられている恐ろしく整った風貌には、暗鬱《あんうつ》な陰影が見え隠れしている。

見覚えのある懐かしい表情にコルネリアは眉を顰《ひそ》めた。

(この表情は、確かリシャールが泣く前の……)

コルネリアはなかば条件反射的にリシャールに歩みより、そっと頰に触れる。

「何か、悲しいことでも？」

コルネリアはリシャールに訊ねる。かつてそうしてきたように、優しく、子供をあやすように。

リシャールはハッとした顔をしたあと、アイスブルーの瞳を伏せ、コルネリアの差し伸べられた手に頰を寄せると、やるせないため息をつく。

「……貴女は、昔からそういう人でしたね。どんなに隠そうとしても、俺の気持ちを、すぐに見抜いてしまう。……そのくせ、本当に伝えたいことは全く伝わらないんだ」

刹那、視界が反転した。

リシャールがコルネリアの腕を強く摑《つか》み、そのままベッドに押し倒したのだ。

何が起きたのか理解できず、コルネリアはリシャールの腕の下で目をぱちくりさせた。突然のことに、思考が追い付かない。コルネリアを見つめるアイスブルーの瞳に、身を焦《こ》がすような炎がぎらついている。

押し倒されたのだと、コルネリアはようやく気付いた。

「な、何をするんですか！」

「……この状況で男女がやることといったら、ひとつでしょう」

リシャールはそう言うと、コルネリアのネグリジェの胸元のリボンをするりと解《ほど》いた。コルネリアのまろやかな胸元がはだける。

コルネリアは悲鳴をあげた。

「だ、誰か……っ！」

「人払いをしましたから、人は来ません」

「どうして……」

「俺たちは結婚しているんです。こうやって一晩閨《ねや》を共にすることくらい、自然なことだと思いませんか」

リシャールの冷ややかな瞳に、コルネリアが怯《ひる》んだ。

「で、ですが、わたくしは仮初の妻で――、……んむっ……」

リシャールはコルネリアの言葉を遮《さえぎ》るように唇を重ねてくる。

柔らかな唇が、コルネリアの唇の輪郭を確かめるように何度も重なる。時には優しく、時には食《は》むように。

コルネリアの柔らかな唇が、リシャールの執拗《しつよう》な接吻《せっぷん》によって、鮮やかに色づいていく。

頭の奥が痺《しび》れるようなキスに一瞬身を委《ゆだ》ねそうになったものの、ハッとしたコルネリアは首を振ってリシャールの薄い唇から逃げる。

「リシャール様、どうか馬鹿な真似《まね》はおよしください。もし子を望んでいらっしゃるのであれば、エッスタンのご令嬢を紹介するよう、宰相たちにお願いしますから……。きっと、こんな年増なわたくしとは比べ物にならないくらい、リシャール様に見合う美しい令嬢を見つけてくれるはずです」

コルネリアは息も絶え絶えに訴えた。

しかし、コルネリアの切実な提案に、リシャールの纏《まと》う空気がさらに冷ややかさを増した。

「信じられない。俺と離縁して、他の女をあてがおうということですか？　俺はずっと、貴女しか見てないのに！」

「待ってください！　なぜリシャール様が離縁の話をご存じなのですか？」

コルネリアは驚いた。リシャールには、もちろん離縁の話はしていないはずだ。

リシャールは淡々と告げる。

「貴女が離縁を望んでいると、先ほどセバスチャンが報告してくれましたよ」

「せ、セバスチャンが……？」

信頼を置いていた執事の裏切りに、コルネリアはショックを受ける。

リシャールは小さく息を吐いた。

「セバスチャンを責めないでください。彼は、俺とコルネリアのことを思って教えてくれたんです。エッスタンに帰ってきて、貴女が妙に他人行儀で、不思議でした。ですが、セバスチャンから理由を聞いて納得しましたよ」

「………」

「セバスチャンにコルネリアが離縁を望んでいると教えてもらわなければ、俺は貴女の気持ちなんて気付かなかったでしょう。……久しぶりに会えたことが嬉しくて、ずっと一人で舞い上がっていた俺が、馬鹿みたいだ」

「り、リシャール様！　ですが、わたくしは、貴方《あなた》の幸せを思って……」

「そんなこと、貴女に決められたくない！」

リシャールはコルネリアの言葉をぴしゃりと遮る。冷たく暗々としたアイスブルーの瞳には、隠し切れない孤独が滲《にじ》んでいる。

「……貴女の俺に対する態度は、まるで主人に仕える家臣のように仰々《ぎょうぎょう》しいのに、心のどこかでは、まだ俺のことを雷に怯《おび》えて泣く子供だと思っているんでしょう。だから、他の女を俺に勧めるようなことを言う」

「違う！　違うわ……！」

「違わないでしょう。貴女に比肩《ひけん》すべく、俺は努力しました。数々の手柄を立て、貴女の夫として恥ずかしくないようにふるまった。それでも、貴女にとっての俺は、『可愛いリシャール坊や』のままなんですね」

リシャールはペロリと唇を舐《な》めた。その仕草が、その声が、明確な官能の響きを孕《はら》んでいるのを肌で感じたコルネリアは、本能的に逃げようと身体をよじった。しかし、あっという間に頭の上で両手首をまとめて摑まれてしまい、身動きが取れなくなる。

「少しずつ陥落《かんらく》させるつもりでしたが、気が変わりました。……貴女が『仮初の妻』なんかじゃないことを、分からせてやる」

リシャールはもう片方の手でコルネリアの頬を無理やり摑むと、もう一度口付けをした。少し開けた唇の隙間から、にゅるりと舌が侵入して、あっという間に口腔内《こうくうない》を蹂躙《じゅうりん》する。上顎《うわあご》を舐められ、歯列をなぞられ、口の端から零《こぼ》れた唾液《だえき》は拭《ぬぐ》うことも許されない。

（く、苦しいっ……！）

うまく呼吸ができず、脳内に酸素が行きわたらない苦しさと、一方的に与えられる快感とで、コルネリアの抵抗する力がだんだん失われていく。

ようやく激しい接吻から解放された時、頬を摑んでいたリシャールの手は、いつの間にかコルネリアのネグリジェにかかっていた。

「だ、だめ……、こんなはしたないこと、だめよ……」

なけなしの力で抵抗するものの、成長したリシャールの太い腕はビクともしない。あっという間に一糸纏《まと》わぬ姿にされたコルネリアは、せめて形の良い胸を両手で隠そうとした。しかし、リシャールの手がそれをいとも簡単に阻む。

「隠さないで。もっと見せてください」

暗い部屋の中で囁《ささや》かれた低く嗄《かす》れた声は、コルネリアが記憶するリシャールの変声期前の可愛らしいものではない。それは他でもない、欲情した大人の男の声だった。

震えるコルネリアの手を握りしめつつ、リシャールは舐めるように肢体《したい》を見つめてくる。視線はまず、ふくよかな胸を捉《とら》え、そしてくびれた腰と、薄い茂り、そして白くほっそりとした足へとつっていく。

リシャールに見つめられる場所がカッと熱くなるようで、コルネリアは指の先まで真っ赤になった。

「リシャール、様……」

「……美しい。なんて美しいんだ」

譫言《うわごと》のように呟《つぶや》きながら、リシャールは僅かな窓灯《あか》りを頼りに、コルネリアを食い入るように見つめた。視線で犯されている状況に耐えられず、コルネリアはぎゅっと目を瞑《つむ》る。

すると、いきなり双丘の尖《とが》りに不思議な感触がもたらされた。

「ひゃんっ？」

身体の芯《しん》が震えるような、今まで経験したことのない類《たぐい》の刺激に、コルネリアの身体が跳《は》ねる。

見れば、リシャールは舌先でコルネリアの色づいた突起をコリコリと舐めていた。あまりに卑猥《ひわい》な光景に、コルネリアは喉《のど》を鳴らす。

「ああっ、……舐めるの、やめて……っ」

「残念。貴女が暴れるから、手は使えない」

妖《あや》しいほど美しい微笑みを浮かべると、リシャールはじゅるじゅると音をたてて双丘の先を口に咥《くわ》えて吸い付く。

その瞬間、頭の天辺《てっぺん》から爪先にかけて甘やかな刺激が駆け抜けた。堪《たま》らず、コルネリアは甘い声を漏《も》らす。

「ああっ、……ふぁっ……」

リシャールは執拗にコルネリアの弱い部分を舐め続けた。弱々しく抵抗しても、息も絶え絶えにもうやめてと懇願しても、リシャールは涼やかに目を細めるだけで、その淫《みだ》らな行為を止《や》めようとしない。

身体中がフワフワして、自分の身体の中心に熱が集まっていくような感覚に、コルネリアは混乱する。

「……こんなの、……し、しらない……」

「むしろ知ってたら困ります。……今から全部、俺が教えるんですから」

「あ、やっ、……はぁん……！」

繋《つな》いだ手をほどき、長い指がもう片方の尖りをきゅっと摘《つま》んだ。新たな快感に、コルネリアは息を吐く。

連続して与えられる甘やかな刺激を感じるたびに、涙が止まらない。その上、なぜか刺激を与えられている場所とは遠い、腹の奥が疼《うず》いて何かがとろりと溢れ出すような、そんな感覚に襲われる。

その実、コルネリアの秘所はしっとりと濡《ぬ》れはじめていた。

目敏《めざと》いリシャールが、それに気付かないはずがない。

「ねえ、コルネリア。ここ、濡れてませんか？」

コルネリアの薄い茂みの奥の敏感なあわいをなぞる。その瞬間、コルネリアは新緑色の瞳を見開いた。

「んんっ……！」

「はぁ、コルネリアは本当に感度がいい。分かりやすくて、かわいい……」

「そ、そんなことぉ……ひゃんっ……。あっ……」

リシャールの指は、毛の薄いふっくりとした淫唇《いんしん》を辿り、すぐにコルネリアの弱いところを探しはじめた。滴《したた》る愛液を指にまとわらせ、滑るように柔肉の間をぐりぐりと割って、何度も往復させる。コルネリアは小さく喘《あえ》ぎながら悶《もだ》えた。

背中にゾクゾクするような快感が広がっていく。

しかし、どういうわけかリシャールはコルネリアの一番敏感な部分だけは頑《かたく》なに触ろうとしない。

濡れた花芯は、すでに色づいてぷっくらと膨らんでいるのに。

待ち焦がれる刺激を与えられないコルネリアは、むずむずと太ももをこすらせることしかできない。

「り、リシャール様……、あの……」

「ん？　なんですか？」

どこかからかうような余裕すらあるリシャールは、コルネリアの顔を覗《のぞ》き込む。快楽と物足りなさでぐずぐずになったコルネリアは、羞恥《しゅうち》で頬が熱くなるのを感じながら、とうとう自らその場所に導くように腰を動かした。

ぷっくらした花芽《かが》を自らリシャールの長い指に押し当て、ようやく望むような快感を得られたコルネリアは、うっとりと小さく息をつく。

リシャールはわざとらしく目を見開いてみせた。

「ああ、なるほど。……コルネリアは、こうして欲しかったんですね」

次の瞬間、長い指がその敏感な部分をゆっくりとなぞりあげた。

「えっ、こ、これ、あっ……んん――っ！」

コルネリアの頭の中で何か白い光がはじけた。強烈な快感に身体がガクガクと痙攣《けいれん》する。身体中が沸騰《ふっとう》するように熱い。ややあって強烈な虚脱感が身体中を支配していく。

「はあっ、はあぁ……。んう……」

「……へえ、もう達してしまったんですね。どれだけ触ってほしかったんですか？」

「……そんなこと、いわないで……」

息を切らしたコルネリアが新緑色の瞳に大粒の涙を浮かべると、リシャールは眼のふちにキスをして愛《いと》おしそうにその涙を舐めとった。

「可愛い。……ずっと、こうしたいと思っていたんです」

「……い、つから？」

「雷が怖いと貴女のベッドに潜り込んでいた時から、ずっと……。ずっと、貴女のことを思っていました……」

「そんなに、前から……？」

「当たり前ですよ。ずっと弟扱いして無防備に俺をベッドの中に招き入れてくれるから、その危機感のなさにいつも心配になったものです」

「え、ええっ……！」

「貴女は本当に、鈍いところがあるというか……。そういうところが、可愛らしいんです、がっ」

突如、たっぷりと蜜を湛《たた》えた隘路《あいろ》にリシャールが人差し指を埋め込んだ。前触れもなく新たな快感を与えられたコルネリアは、大きく目を見開く。

「あああっ……」

「そうやって、すぐに油断したらダメでしょう？」

ぬぷ、と音を立てながら、コルネリアの媚肉《びにく》はリシャールを受け入れた。リシャールの指を、コルネリアはきゅうきゅうと締め付ける。

前触れもなく新たな快感を与えられたコルネリアは、甘い吐息を漏らした。初めて挿《い》れられた痛みもあるが、先ほどの快感の残滓《ざんし》がはるかにそれを凌駕《りょうが》する。コルネリアの子宮の辺りが再びズクズクと疼《うず》き出した。

きつく締める内部の強張《こわば》りをほぐすように、長い指がゆっくりと動く。開いている方の手で、リシャールはコルネリアを抱き寄せた。

「……痛みは、ないですか？　ここは、最初は痛いと聞きますから。じきに指を増やします」

「だいじょうぶ……」

コルネリアは息も絶え絶えに頷く。リシャールはくしゃりと顔を顰《しか》めた。

「……その蕩《とろ》けた顔、本当に誰にも見せてはいませんよね？　貴女はお人よしだから、俺以外の男を、ベッドに招き入れるんじゃないかと、ピエムスタにいる間じゅうずっと気が気ではなかった」

リシャールはコルネリアの隘路の最奥にあるザラザラした部分を、中指の腹でぐっぐっと押した。柔らかな肢体が、意思とは関係なくびくびくと跳ねる。

コルネリアは未知の快感に身体をのけ反らせながら、リシャールに縋《すが》りつく。

「あぁっ、あっ……、やぁっ……」

コルネリアはゆるゆると首を左右に振るが、リシャールの指は止まらない。

ついに中を探る指が二本、三本と増やされ、静かな部屋にぐちゅぐちゅと淫靡《いんび》な水音とコルネリアのあられもない嬌声《きょうせい》が響く。

コルネリアが感じるたびに、育ちすぎた胸が誘うようにフルフルと揺れた。リシャールは噛《か》みつくようにそのふっくらした双丘の頂にむしゃぶりつく。

ふたつの快感が同時に襲い、コルネリアの視界は一瞬煙ったように霞《かす》んだ。彼女はあっけなく二度目の絶頂を迎えた。

「くっ……はぁっ、……ああっ……」

「ああ、こんなに蜜をたらして。たまらないな。……もう少し焦《じ》らすつもりでしたが、もう我慢《がまん》の限界です」

ぐったりとベッドに身体を横たえるコルネリアをぎらついた目で見つめながら、リシャールは乱れたシャツとトラウザーズをさっと脱ぎ捨てる。

コルネリアが目にしたのは、程よく筋肉がついた締まった体と、限界までそびえ立った怒張《どちょう》だった。

「ひっ……」

興奮した状態の男性器を初めて見たコルネリアは、慄《おのの》いた。それほど大きな質量の塊が胎内に挿《は》入《い》るわけがないと、本能が告げている。

一瞬で逃げ腰になったコルネリアの細い腕を、リシャールはあっさりと捕まえて、無理やり引き寄せる。

「……ここまできて、逃げられるとでも？」

「で、でも、リシャール様……」

「大丈夫ですよ。あんなに濡れて感じていたんですから」

リシャールはコルネリアの足を強引に開くと、熱い塊をコルネリアの足の間に押しあてる。

「ま、待って」

「それは、無理なお願いです……」

リシャールは端整な顔を歪《ゆが》め、獰猛《どうもう》で荒い息を吐きながら、ゆっくりと腰をグラインドさせた。

蜜でびちゃびちゃになった割れ目を、熱い竿《さお》が犯していく。

「あっ、ああっ……」

「ああ、コルネリアのここ、気持ちがいい。……これだけで、イキそうだ……」

ぬちゅぬちゅと粘り気のある水音が二人の間に響いた。時々リシャールの男茎《おはせ》の先端がコルネリアのピンと尖った花芽を刺激して、少しずつ快感を植えつけていく。

弟のように思っていたリシャールと、淫らな行為に耽《ふけ》っている。それはあまりに現実感がなく、どこか夢のようだった。

二人はしばらくお互いの局部を擦《こす》りあわせていたものの、ややあってリシャールが苦しそうに首を振る。

「ああ、ダメだ。これだけで幸せで、気持ちよくて、満足なはずなのに。……これだけじゃ足りないと、思ってしまう」

どろりとした劣情に満ちた瞳に見つめられて、コルネリアはぶるりと身体を震わす。

その次の瞬間、柔らかな唇が吸われ、今まで入り口を執拗に犯すだけだった熱杭《ねっくい》が、コルネリアの中にねじ込まれた。誰の侵入も許したことのない隘路が、無理やりみちみちとこじあけられる。

「きゃっ……あうぅっ……っ！」

「ッ、すごい、……熱い」

「あっ、ひっ……！　ああっ……」

コルネリアは、痛みと、その奥の強烈な快感に喘ぐ。無垢《むく》な蜜壁の下で燻《くすぶ》る幼い快感が、肉幹によって成熟し、膨張《ぼうちょう》していく。

温かな泥濘《ぬかるみ》に容赦《ようしゃ》なく己を締め上げられたリシャールは、玉の汗を額に浮かべながら、短く息を吐く。

「……ッ、コルネリア、そんなに中、絞めないで……」

「ご、ごめんなさい……。い、いたいの……？　どうすれば、いいかしら……」

コルネリアはおずおずとリシャールに上目遣いで訊《き》く。

コルネリアの健気《けなげ》さに、リシャールは堪《たま》らず呻《うめ》いた。

「……こういう時まで、貴女は人の心配をする。まったく、本当に……」

コルネリアの唇をリシャールが奪い、舌を絡《から》めた。深い口付けをするたびに、一瞬隘路の強張りが緩み、その隙をぬってリシャールは何度も腰を打ち付ける。自分の形を教えこむように、何度も、何度も。

「り、リシャール、様っ……」

「その呼び方イヤだ……ッ！　昔みたいに、リシャールって呼んで……」

「りしゃー、る……リシャール……あぁっ……」

「うん、そう……。そうやって呼んでほしかった……」

昔のように呼ばれ、リシャール自身がコルネリアの中でさらに大きくなった。彼はコルネリアの白桃を思わせる臀部《でんぶ》を摑んで、腰をふりたくる。コルネリアが甲高い悲鳴のような嬌声をあげても、彼は己の行為を止めなかった。

「……まったく、自分が嫌になります。俺は、いつも俺のことばかり考えてしまうのに……。貴女がほしいと、そればかりで頭をいっぱいにさせているのに、貴女は自ら築き上げた地位と名声をあっさりと捧げて、何の見返りを求めることなく、どこぞの田舎《いなか》に消えようとして……」

「あっ……、んっ……！　もう、許して………」

「出会った頃の約束なんて、すっかり忘れていたと思ってたのに！　どうしてそんな、っ……妙に律儀《りちぎ》なんだよっ……！」

「ああっ……！　りしゃー、る……！」

コルネリアの秘裂《ひれつ》が、射精を促《うなが》すようにきゅうきゅうと締め付けてうねる。どちらからともなく交わされる唇の交歓が、二人を悦楽の渦《うず》に巻き込んでいく。

「なにがなんでも、もう離さない……っ!!」

「うんっ……！　ああっ……、やめ、て……、もう、やめて……、リシャー、ルぅ……」

「やめてって言いながら、気持ちよくなってるくせに！」

「やぁん！　りしゃ、ーる！　りしゃ……」

胸の中で己の名前を呼びながら、身体を反らして淫靡に乱れるコルネリアを抱きしめ、リシャールは自らの精をコルネリアの最奥にこすりつけるように放った。暖かなものが胎内《たいない》に流れ込み、コルネリアの脳裏で、何かが爆《は》ぜる。

「ああああっ……」

「コルネ、リア……！」

リシャールは、緩く腰を揺すりながら、大量の熱をコルネリアの内部に注いだ。蓋《ふた》をしてもなお結合部から白濁《はくだく》と蜜がこぼりと溢れ、シーツに染みを作る。

一度達したのに、リシャールの屹立《きつりつ》は未だに硬度を保ったままだ。リシャールはぴたりと身体を重ね、コルネリアの唇を貪《むさぼ》る。

アイスブルーの瞳はその奥に欲情を灯《とも》して、じっとコルネリアを見つめている。その瞳に、コルネリアは抗《あらが》うことができない。

「リシャー、ル……」

コルネリアは、噛みしめるように年下の夫の名前を呼んだ。その瞬間、どくりと内部に埋め込まれた肉楔《にくけつ》が脈打ち、質量を増す。

リシャールは、抱き合ったまま再びゆっくりと律動を開始した。汗ばんだ肌と肌が触れあい、耳を塞《ふさ》ぎたくなるほどの淫らな水音が鼓膜《こまく》を犯す。

先ほど達したばかりで敏感になったコルネリアは、すぐに快楽の波に呑《の》み込まれる。

「あっ……、ゃあん……」

「ああ、貴女は名前を呼ぶだけで、俺をひどく欲情させる」

リシャールが吐息交じりの低い声でそう耳元で囁くと、コルネリアはそれだけで軽く達しそうになってしまう。

「……ちゃんと俺がコルネリアを愛していると分かってもらえるまで、今日は終わりませんからね」

リシャールが楽しげに笑ったのを、コルネリアは洪水のような快感の中で聞いた気がした。

◇◆

「コルネリア、これで少しは分かりましたか？」

ぐったりと横たわる愛おしい人に、リシャールは声をかけた。コルネリアは何も答えず、ただ規則正しく寝息をたてている。

リシャールはコルネリアの寝顔を、頬杖《ほおづえ》をついて眺《なが》めた。

最初は、姉のように慕っていたはずだった。恋心を自覚したのは、今日のような雷の夜のことだった。

その日も、リシャールは雷を理由にコルネリアの部屋を訪れた。夏の夕立だと思っていた雨が、嵐のような天候に変わったのだ。

リシャールは浮つく心を抑えて、いつも通り少し怯えた顔を作ってコルネリアの部屋に入った。

「あら、いらっしゃい。待っていたわ」

すでにベッドの上で寛《くつろ》いでいたコルネリアは、微笑んだ。シンプルな夜着を着たコルネリアはいつもの完璧な公爵夫人らしくない、隙のある姿をしている。

コルネリアがポンポンと自分の隣を軽く叩《たた》いたため、リシャールはいそいそとベッドの中に潜り込んだ。

「大丈夫？　怖かったわね。今日はとりわけ雷が鳴っているから」

コルネリアの手が、リシャールの髪を撫でた。

コルネリアは勘違いしているようだが、リシャールは雷が怖いわけではない。ただ単に、コルネリアと一緒にいたいだけだ。

(こうやって子供のふりをしていれば、コルネリアはずっと一緒にいてくれる)

浅ましいと思いながらも、リシャールはこの状況に甘えていた。コルネリアの優しさを独り占めできるこの時間は、リシャールにとって何より貴重なものだった。

　リシャールは今日もまた、コルネリアに気付かれないようにその横顔をそっと見つめる。いつも地味に髪を纏めているコルネリアも、夜は髪を下ろしていた。そのリラックスした横顔は、いつもより幼く見える。こんな姿を目にすることができるのは、おそらくリシャールだけだろう。それがまた、彼の独占欲をくすぐった。

　ブランジェット侯爵《こうしゃく》たちが「地味な顔立ち」とコルネリアを馬鹿にしていたが、あの男たちの目はきっと節穴に違いない。

　僅かに眼尻が垂れた優しそうなエメラルド色の瞳も、薄桃色の唇も、穏やかな微笑みも、何もかもが美しい。それはただ容姿の美しさだけでなく、内面から滲み出る優しさが彼女を一層魅力的にしているのだろう。

　熱心にコルネリアの横顔を見ていたリシャールはふとサイドボードに、手紙が広げられていることに気付いた。どうやら、コルネリアはリシャールが来るまで手紙を読んでいたらしい。封筒には、見慣れない紋章が入っている。

　宛名には、角張った字が並んでいた。明らかに、男の字だ。

「……これは、誰からの手紙ですか？」

「ああ、フェルナンドよ。わたくしが幼い頃、護衛騎士をしてくれていた人なの」

　当たり前のように知らない男の名前を答えたコルネリアに、リシャールは驚いた。

「それは、誰ですか？」

「あら、話したことなかったかしら？　わたくしの護衛騎士だった人なのよ。立派な騎士で、今は次期騎士団長として皇帝騎士団にいるの」

コルネリアは楽しそうにフェルナンドという名の騎士の話をはじめた。

手紙を送ってきたフェルナンド・ソルディという男は、ソルディ侯爵家の一人息子で、年はコルネリアの五つ年上の二十四歳。剣の腕も優れており、皇帝の信頼も厚い人物であるという。

コルネリアが幼い頃に護衛騎士となった彼は、当時同じ年頃の子どもと話す機会が少なかったコルネリアにとって、良い話し相手だったらしい。

リシャールは言いようのない不安に襲われた。コルネリアはフェルナンドを慕っており、その口調から二人は主従関係以上の関係を築いていることが容易に窺《うかが》える。何より、フェルナンドの話をするコルネリアは、楽しそうだった。

「フェルナンドの話は本当に面白くて、いつも話をしてほしいとお願いしたの。特に、彼の故郷のユーブルクの話が好きだった。オルナと同じ、綺麗な海に面した港町だそうよ」

懐かしそうに瞳を細めて語るコルネリアを見ているうちに、リシャールの胸にもやもやとした気持ちが生まれた。

「手紙読ませてもらうことはできますか？　……その、ピエムスタ語の勉強がしたいので」

リシャールは訊ねた。

人の手紙を読みたがるなんて、あまり褒められたことではないと分かっている。しかし、特に気を害した様子もなく、コルネリアは「ええ、いいわよ」とあっさりとリシャールに手紙を渡した。

「フェルナンドのピエムスタ語は少し崩してあるから、分かりにくいかもしれないわ」

「…………」

コルネリアが親しげに「フェルナンド」と呼ぶたびに、リシャールの胸の中がざわつく。

急いでフェルナンドの手紙を読んでみれば、季節の挨拶とコルネリアの体調を気遣う文言が並んでいる。ありふれた内容に見えたものの、末尾には「いつまでも俺はコルネリア様の忠実な騎士です」と添えてあった。その言葉だけが、妙に熱がこもっているように思えて、リシャールの手紙を持つ手に僅かに力が入る。

声に出してきちんと訳し終えたリシャールの前髪を、コルネリアは優しく梳《す》いた。

「完璧よ。リシャールは賢い子ね。わたくしが教えなくても、こんなにピエムスタ語が読めるんだもの」

「フェルナンドとは、いつもこうして手紙のやり取りを？」

「ええ、フェルナンドはとても律儀なの。季節ごとに必ず手紙を送ってくれるのよ」

リシャールの心臓がどくりと嫌な音を立てた。

(律儀？　それだけで、季節ごとにわざわざ手紙を送るか？)

他国へ降嫁《こうか》した皇女に、次期騎士団長になる男がわざわざ手紙を書く理由など、ひとつしかない。フェルナンドは、コルネリアに恋慕《れんぼ》の情を抱いているのだ。

「コルネリアは、この男をどう思っていますか？」

「どうって……。そうね、わたくしが知っている殿方の中でも、一、二を争うほど立派な人よ。尊敬しているわ」

「俺より、そいつの方が頼りになると思いますか？」

リシャールは無意識のうちにコルネリアに詰め寄っていた。二人の距離が一気に縮まる。

「リシャール、どうしたの？」

コルネリアは戸惑ったように訊ねる。ゴロゴロと遠くで雷が鳴った。

コルネリアがフェルナンドの想いに気付いてしまったら、どうするのだろうか。護衛騎士という立場の男だから、コルネリアのことを知り尽くしているに違いない。相手は年上で、大人だ。コルネリアのような純情可憐《かれん》な乙女《おとめ》を陥落させることなど、もしかしたら容易《たやす》いのかもしれない。

（コルネリアが、俺以外の男と……）

その瞬間、頭を殴《なぐ》られたような衝撃がリシャールの身体を貫いた。言いようのない不安が全身に広がり、指先が痺れるような感覚に襲われる。

コルネリアは、突然様子が変わったリシャールを心配そうに見つめた。

「リシャール、なんだか顔色が悪いわ。もう寝ましょう。わたくしも、実はすごく疲れてしまったの」

コルネリアは眠そうに目を擦《こす》る。一日中来客の対応に追われていたためか、かなり疲れているようだ。

「お話はまた明日にしましょう」

「……はい」

「リシャール坊やはいい子ね。雷が怖くないように、手を繋いであげる……」

コルネリアの温かな手が、リシャールのすっかり冷えてしまった手に触れる。よほど疲れていたのか、コルネリアはリシャールの手を握ったたまますぐに眠ってしまった。

無防備な寝顔を、リシャールはぼんやりと見つめる。

（いい子、か……）

外では雷が鳴っていて、時々部屋が明るくなる。

リシャールはコルネリアの額にかかる髪をそっと払った。いつもは年齢以上に大人びて見えるのに、寝顔は幼い。ふっくらとした唇は少しだけ開いていて、安らかな寝息をたてている。リシャールの太ももに触れている柔らかな足は、滑らかで温かい。

視線をずらすと、薄いリネンの夜着から胸元が見え、リシャールは慌てて目を逸らした。

（あまりにも無防備すぎるんじゃないか。俺も、男なのに……）

意識すればするほど、なぜか妙に腹立たしくなった。もちろんリシャールにだって欲はある。年頃の男として当然ともいえる欲求だ。

けれど、リシャールは幼すぎた。このまま子供扱いに甘んじていれば、永久に男として意識されないことも薄々気付いている。だからこそ、コルネリアより年上のフェルナンドという男が、羨《うらや》ましくて仕方なかった。

この時から、リシャールの意識に変化が訪れた。

それまではコルネリアが隣にいて微笑んでくれるだけで十分だと思っていた。しかし、それだけでは足りないと徐々に気付き始めていた。

そして、カロリナ・ブランジェットから紅根薬《こうこんやく》を盛られたあの日が決定打になった。あれほどまでに拒否されて、コルネリアがリシャールを男として意識していないのだとようやく痛感した。

このままの関係に甘んじていれば、コルネリアがリシャールを男として見る日は永遠に来ないだろうということも。

だからこそ、リシャールはピエムスタへの遊学を決意した。

ピエムスタに向かう別れ際、コルネリアに見つめられた瞬間、その決意は揺らぎそうになった。

「本当は、貴女の側《そば》にいたい」と喉元まで出かかった声を、リシャールはなんとか飲み込んだ。

コルネリアを諦《あきら》める気は、毛頭なかった。リシャールはどうしてもコルネリアを自分のものにしたかった。

すべては、愛しいコルネリアに比肩するため。そのために、リシャールは五年も我慢した。


コルネリアの身体中にはリシャールの独占欲の強さを物語るように、白い体に赤い華が散っている。ひとつひとつリシャールが丁寧《ていねい》につけたものだ。

会えなかった月日の空白部分を一気に埋めるように、一晩かけてリシャールはコルネリアを愛し尽くし、あの手この手で「もう離縁を申し込まない」と何度も約束させた。

「しかし、最初に出会った日の約束がまだ有効だったとは。あれは俺を宥《なだ》めるための単なるでたらめだと思っていたのに」

リシャールは端整な顔を顰めた。

『リシャール、わたくしは仮初の妻なのです。ですから、ほんの短い間だけ、貴方の妻でいさせてくださいな。ほんの少しだけで、良いですから』

確かに、出会った当初のコルネリアはそう言った。

コルネリアの父であるセアム三世も、愛娘《まなむすめ》を完全に手放すつもりはなく、エッツスタンには期間限定のつもりで送り出したらしい。

実を言うと、リシャールがピエムスタ帝国に遊学している間、セアム三世に「コルネリアが望むのであれば、ピエムスタ帝国にすぐにでも帰してほしい」と繰り返し頼まれていたのも事実だ。しかし、リシャールはそれをきっぱりと断り続けた。

リシャールがひたすら思い続けたのは、コルネリアだけ。いくら恩義のあるピエムスタ帝国の義父からの頼みであるとはいえ、リシャールはコルネリアを手放す気は一切なかった。

だからこそ、リシャールは徹底的にコルネリアを陥落させたのだ。

（まあ、多少手荒い方法になってしまったのは、良くなかったかもしれない。だが、誰だって八年も片想いした人をやっと手に入れたら、少しくらい箍《たが》が外れるものだろう）

もう一度隣で眠る愛しい人を衝動的に抱きたくなる気持ちをなんとかこらえて、リシャールは窓の外を見る。

外は雨で、遠くで雷が鳴っている。幼い頃は、コルネリアと一緒に共寝する言い訳に雷に怯える振りをしたものだ。しかし、これからはもう必要ない。

リシャールはひとり、含み笑いをして、コルネリアの頬を撫でた。

「可愛いコルネリア。少しずつ、俺のものになってくださいね」

夏の終わりの雷雨の夜に、リシャールは幸せそうに目を細めた。もうすぐ、エッスタンに実り豊かな秋が来る。

第四章　新しい生活

リシャールが帰国して二ヶ月も経つと、エッツスタンはすっかり秋の景色に様変わりした。

街道沿いの楓《かえで》が赤々と燃え、街を行く人々の装いもすっかり秋らしくなった。

そんな中、エッツスタンの中心であるエルムヴァール城もまた季節に合わせて装いを変えている。

夏用のレースのカーテンは、もうじき来る冬に備えて分厚いものに変わり、暖炉のための薪《まき》割りが城の侍従たちの仕事に加わった。

また、様変わりしているのはそれだけではない。

「リシャール様は素晴らしいですな。優秀なコルネリア様にも全く引けを取らない仕事っぷり！」

「まったく、もうお坊ちゃまとは呼べますまい」

最近の城で働く人々の話題は、もっぱら若い領主についての話ばかりになった。

コルネリアの仕事を引き継いだリシャールは、領主として精力的に政務をこなしている。リシャールの領主としての手腕は、見事の一言だ。

その仕事ぶりは堅実で、隙がない。人々はその有能さに感嘆し、惜しみなくリシャールを褒め称《たた》えるが、当の本人はその評判に驕《おご》ることなく粛々《しゆくしゆく》と執務をこなしている。長らく戦場にいたリシャールに、政務が務まるのかと不安視していた城仕えの者たちも、今ではすっかりリシャールのことを見直していた。

早くも彼はエッスタン中で前国王に並ぶ名君だと噂《うわさ》されている。

エッスタン全土の状況を把握するために、積極的に各地を視察し、情報収集も欠かさない。その地道な仕事ぶりは称賛され、貴族たちもこぞって若い領主に協力した。

そんな多忙な生活を送りながらも、リシャールはコルネリアのもとへ公務の間を縫《ぬ》って足繁く赴《おもむ》いている。離れて暮らしていた年上の妻への愛慕《あいぼ》は誰から見ても明らかで、城で働く人々は大いに喜んだ。

今日もまた、執務室で書き物をしていたコルネリアの元に、リシャールが訪れた。

「コルネリア、ご機嫌はいかがですか？」

「まあ、リシャール様！　視察に行かれたはずでは……」

コルネリアは羽ペンを置き、椅子から立ち上がった。

深草色の外套《がいとう》を脱ぎながら、リシャールは微笑《ほほえ》んだ。今日は、細身のズボンにシルクシャツとボウタイを合わせただけのシンプルな格好だ。しかし、そのシンプルな格好が、彼の端整な容貌を際立たせている。

「視察は思ったより早く終わりました。それよりコルネリア、よそよそしい敬語はやめて、昔のように話してほしいと何度も伝えたはずですが。俺のことはリシャール様ではなく、呼び捨てで呼ぶと約束したでしょう？」

「あっ……、ごめんなさい。どうしても、成長した貴方《あなた》を目の前にすると、緊張してしまって……」

眦《まなじり》を赤くして目を伏せるコルネリアを、リシャールは愛《いと》おしそうに見つめる。

「そのドレス、コルネリアに似合っていますね」

リシャールが、おもむろに首元をトントンと指し示す。コルネリアは一瞬キョトンとしたものの、すぐにリシャールの言わんとする意味を理解して真っ赤になった。

リシャールが指さした部分は、レースで隠れているものの、昨晩リシャールがつけた独占の証《あかし》が散っている。

「……ッ！　これは、リシャール様、――じゃなくって、リシャールが、あちこちにキスマークをつけるから……」

今日のコルネリアは、繊細なレースがあしらわれた浅黄色《あさぎいろ》のドレスに身を包んでいる。首元の詰まった慎《つつ》ましやかなこのドレスは、リシャールが昨晩つけたキスの痕《あと》を隠すために、サーシャが気を遣って用意してくれたのだ。

林檎《りんご》のように頰を染めるコルネリアを見つめて、リシャールは満足そうな笑みを浮かべた。

あの夏の夜以降、リシャールはコルネリアを毎晩のように抱いた。

領主としての仕事を完璧にこなせるようになったリシャールは、遠慮なしにコルネリアを一晩中抱き続けることもある。そうなると、体力のないコルネリアは朝早く起きられず、寝坊してしまうことも増えた。

「コルネリア様は今まで働き詰めでしたからね」

と、寝坊するコルネリアを咎《とが》める人は誰もいないものの、なんとなくそれはそれで落ち着かない気持ちになる。

(こんなにも求められるのは、普通のことなの？)

ピエムスタ帝国にいた時に、年頃の令嬢たちとのお茶会で夜の行為について話題になった事があった。男性は一度果ててしまえばその夜の行為は終わりで、週に二、三回相手をすれば十分だと耳年増《みみどしま》な令嬢が言っていた気がする。しかし、どうやらそれは違っていたらしい。

もしかして自分に何か問題があるのではないかと不安になるコルネリアだったが、誰かに聞こうにも、それまで貞淑《ていしゅく》な公爵《こうしゃく》夫人として振る舞ってきたコルネリアにとって、リシャールとの夜の営みの話をするのはさすがに気が引ける。一年前に城の料理人と結婚したメイドのサーシャであれば親身になって話を聞いてくれるかもしれないが、主人から夜の事情を相談されても困るだろう。

結局、コルネリアは誰にも相談できず、悶々《もんもん》と悩む羽目になる。

ちらりとリシャールに目をやると、こちらをじっと見ていたリシャールと目が合った。リシャールは幸せそうににっこりと笑う。昨晩、コルネリアをあれほど激しく抱いたとは思えないほど爽《さわ》やかな笑顔だ。

コルネリアはぎこちなく視線を彷徨《さまよ》わせる。胸の中が、なんだかくすぐったくて落ち着かない。

(最近のわたくしは、明らかに変だわ。数ヶ月前までは、ピエムスタに帰国することばかり考えていたのに、最近考えるのはリシャールのことばかり)

リシャールが領主の仕事を完璧にこなしてくれているため、心の余裕ができたのか、それとも久しぶりのリシャールの存在に浮かれているのか分からない。ただ一つはっきりと言えることは、コルネリアはこの生活を存外気に入っているということだった。

「とにかく、立ち話はやめて、ソファに座ってちょうだい。リシャールは早くから視察に出て、疲れているでしょう?」

「コルネリアに会えば、疲れなんて吹き飛びますよ」

リシャールはそう言いながらも、窓際に置かれたソファに腰かけた。コルネリアも、リシャールの隣に腰を下ろす。

二階の執務室からは、城の中央広場が見下ろせる造りになっていた。

「最近は城に出入りする人が多いわね。まるで、毎日パーティーをしているみたい」

近頃の王宮は人でごった返していた。なにせ、ピエムスタ帝国でその名を馳《は》せた若い領主を一目見ようと、エルムヴァール城にはたくさんの人々が国内外から訪れるのだ。城のあちこちをひっきりなしに来訪客が行き来している。

天鵞絨《ビロード》張りのソファで紅茶を飲んでいたリシャールは苦い顔をする。

「むやみに城に訪れるなと再三命令しているのですが、やれあの文官に用があるとか、宰相《さいしょう》たちとの会議に出るとかで、代わる代わる城に人が押し寄せる」

「それだけリシャールは領主として期待されているのよ。それに、リシャールは本当に素敵な人になってしまったから」

そう言いながら、リシャールの横顔をコルネリアは見る。

アイスブルーの怜悧《れいり》な瞳に、輝くようなプラチナブロンド。不機嫌そうな表情を浮かべても、人を魅了する危うい色気がある。

やたらと着飾った令嬢たちの姿が城中をうろつく姿が目につくが、きっと美男子に成長したリシャールを一目見ようと、物見遊山《ものみゆさん》で城に押しかけているのだろうとコルネリアは思っていた。

多すぎる来訪客への対策を真剣に考えるリシャールの前髪を、コルネリアは優しくはらう。

「聖人祭の頃には、きっと落ち着いてくるでしょう。だから、そんな不満そうな顔をしないで」

「せっかくコルネリアと、静かに過ごせると思ったのに……」

「この前の凱旋《がいせん》パーティーでは、顔見せが十分ではなかったみたいね。今度はもう少し大規模なパーティーを開いたほうがいいかしら？」

「駄目です」

リシャールは即答して、自分の手をコルネリアの手に重ねた。

「美しく着飾ったコルネリアは、俺だけが独占したいので」

「えっ……」

「ずっと聞こうと思っていたのですが、凱旋パーティーの時の、俺のダンスはどうでしたか？」

急な質問に、コルネリアはどきりとした。

「えっ、と……。すごく上手になっていて、びっくりしたわ」

凱旋パーティーでリシャールとコルネリアが披露《ひろう》したダンスは、しばらく社交界で話題になった。

コルネリアとリシャールのダンスの技巧もさることながら、皆が驚いたのはリシャールの成長だ。

貴族たちは、数年前のコルネリアとリシャールのダンスを見ている。あの時は、まだ若いリシャールを年長者であるコルネリアがフォローするようなダンスだった。

だが、ピエムスタ帝国の遊学から帰ってきたリシャールのダンスは、あの頃とは比べ物にならないほどに洗練された。上背のあるリシャールはコルネリアを積極的にリードし、ステップも完璧。

巨大なシャンデリアの下で踊るリシャールとコルネリアのダンスは、見る者すべてを魅了するような美しさで、招待客たちはみな一様に感嘆の声を漏らしたほどだった。

そして、彼の手で華麗に舞っていたコルネリアもまた、驚いていた。

（だって、リシャールが本当に素敵で夢みたいだったから……）

正装したリシャールは、見惚《みと》れるほどの美丈夫《びじょうふ》だった上、一連の動作は流れる水のように滑《なめ》らかで、コルネリアはただリシャールに身を委《ゆだ》ねているだけで良かった。その上、広い肩幅に、大きな手はリシャールが異性だと意識させるに十分だった。

あの時のことを思い出すと、どうしようもなく胸が甘やかに苦しくなってしまう。

コルネリアは頰に手をあてて視線を逸《そ》らした。

「リシャールはもう、立派な大人だわ。ダンスもあんなに上手で、エスコートにも手慣れていて、おまけにお世辞まで言えるようになったのね。……きっと、ピエムスタでずいぶん女の子と遊んだんでしょう？」

「ふぅん、それは嫉妬《しっと》ですか？　可愛いことを言ってくれますね」

「そういうつもりで言ったんじゃないわ！」

コルネリアは真っ赤になった。そんなコルネリアを愛おしそうに見つめたリシャールは、ややあって首を振る。

「俺がほしいのはコルネリアだけです。他の人なんて、目に入らない。昔も、今も」

リシャールはじっとコルネリアを見つめる。アイスブルーの瞳を前に、コルネリアの背中にゾクゾクとした感覚が走る。ここのところ、見つめられるだけで、コルネリアは眩暈《めまい》がするような不思議な感覚に襲われてしまう。

コルネリアの手を、リシャールの大きな手が包み込む。その手は徐々に上にあがっていき、コルネリアの肩を抱いた。二人の距離が近くなり、リシャールは空いているほうの手でゆっくりと唇をなぞり、愛おしそうにキスをする。

「んっ……」

口の中に入ってきた長い舌に甘い声を漏らすと、リシャールは涼しげな目元をゆっくりと細めた。肩を抱く手に力が入り、コルネリアはソファに押し倒される。そのまま、リシャールはコルネリアの口蓋《こうがい》を舌でなぞり、歯列を辿《たど》り、舌を絡《から》ませる。コルネリアは体を震わせながら、ただその甘い蹂躙《じゅうりん》を受け入れる。

情熱的な口付けから解放された時には、コルネリアはすっかり息が上がってしまっていた。

「リシャール……」

「こんなに可愛いコルネリアを独占できるなんて、夢みたいだ」

リシャールは小さく呟《つぶや》き、コルネリアの肩に頭を押し付ける。大きな手が包み込むように服の上から豊かな胸に触れた。

「だ、ダメよ。こんな場所で……っ！　それに、昨日も散々抱いたじゃない！」

慌てたコルネリアはリシャールの逞《たくま》しい胸を押し返す。さすがに執務室でそのような行為に及ぶのは憚《はばか》られる。

「残念」

名残《なごり》惜しそうにコルネリアの頬《ほお》に口付けて、リシャールはまるで何事もなかったかのように居ずまいを正した。先ほどの激しい接吻《せっぷん》は夢だったのではないかと思うほど、その端整な顔は涼しげだ。

「リシャールばかり余裕があって、ずるいわ……」

コルネリアが思わず呟いた一言に、リシャールはいたずらっ子のように微笑む。

「そんな顔をしないでください。抱き潰《つぶ》したくなる」

「リシャール！」

コルネリアが真っ赤になって叫んだその時、ノックの音がして、セバスチャンが部屋に入ってきた。

「リシャール様、ダカリー男爵《だんしやく》が来賓室《らいひんしつ》でお待ちです」

「待たせておいてくれ」

「例の物の件で、一度確認をと……」

セバスチャンがそう言うと、リシャールはしばらく考えて渋々頷《うなず》いた。

「……分かった」

どうやら、かなり重要な客人らしい。ここのところ、リシャールはコルネリアのあずかり知らぬところで、頻繁《ひんぱん》に誰かと連絡を取っているようだった。ダカリー男爵も、そのうちの一人だろう。

「すみません、コルネリア。せっかくの二人の時間なのに、急用が入ってしまった」

「いいのよ。公務が優先だもの」

「コルネリアはこれから何を？」

「図書室で資料を探そうと思っているわ。この前の会議で気になることがあったから、念のためにこれまでの記録を調べておこうと思って」

生真面目《きまじめ》に応えるコルネリアに、リシャールはふっと微笑んだ。

「あまり働きすぎないでくださいね。コルネリアは昔から、油断するとすぐに仕事に没頭するんですから」

立ち上がったリシャールは、コルネリアの額にキスをすると、「また夜に」と耳元で囁《ささや》いて、セバスチャンを連れて部屋を出て行く。耳朶《じだ》に吐息の余韻《よいん》が残り、どぎまぎしたコルネリアは目を伏せた。未《いま》だに顔が熱い。

リシャールたちと入れ違いに入ってきたサーシャが持ってきたトレイを抱きしめて、ぴょんぴょんと飛び跳《は》ねた。

「リシャール様はどんなに忙しくても、コルネリア様に会いに来られますね。本当にコルネリア様のことを、大事に思われているのが伝わってきます！」

「そうね。でも、無理はしてほしくないわ」

「リシャール様が無理をしていらっしゃるわけがありません！　コルネリア様にお会いすることで、リシャール様がどれほど癒《い》やされていらっしゃることか！」

「え、えっと……、ありがとう、サーシャ」

「それにしてもお二人は、心からお互いのことを思いやっていらっしゃるのですね。なんて素敵なご夫婦でしょう！」

夫婦、という言葉にコルネリアの心臓がドクンと大きく鳴った。

（昔リシャール坊やと一緒にいる時に『可愛らしい夫婦』と揶揄《からか》われた時は、こんな気持ちにはならなかったはずなのに……）

ここのところ自分がおかしいのは、コルネリアが一番わかっていた。しかし、わかっているからといって、この感情の起伏を自分でどうにかできるものではない。

ティーセットを片付けながら、サーシャは嬉しそうに言う。

「リシャール様が帰ってこられてから、コルネリア様は明らかに変わりました。昔から美しい方でしたが、最近のコルネリア様は特に艶《つや》っぽくて、同性の私でもドキドキしてしまいます。やはり、愛は人を変えるんですね」

「愛だなんて、そんな……」

「私はすごく嬉《うれ》しいんです。この数年間、コルネリア様は昼夜問わず仕事に打ち込んでいらっしゃったでしょう？　その姿が、まるで人形のように覇気《はき》がなくて……」

確かに、リシャールが帰還してから、コルネリアはぬくもりのある感情がようやく蘇《よみがえ》ったようなそんな感覚に陥《おちい》っていた。――可愛いリシャール坊やが、立派な紳士となって帰ってきたのは大きな誤算だったが。

サーシャは澄み切った夏の空のような目をキラキラさせて、両手を組んだ。

「メイドたちともいつも話しているんです。きっとお世継ぎが生まれるのも、そう遠い未来のことじゃないって」

「お、お世継ぎなんて……」

「私たちは、その時を本当に楽しみに待っているんですよ！　きっと、お二人の御子は天使のように可愛らしいに違いありません！」

「わ、わたくし、図書室に行くわね……」

コルネリアは不自然に話を遮《さえぎ》り、本を数冊持つと逃げるように執務室を出た。

（サーシャったら気が早いわ……）

コルネリアはドキドキと不自然に脈打つ左胸に本を押し付ける。

ずっとリシャールと離縁するものだと考えていたコルネリアにとって、子供を持つ未来は遠い話だった。それどころか、リシャールに愛されることすら考えたことがなかったのだ。

「リシャールとの、子供……」

コルネリアはそっと呟いた。

リシャールとの未来を望んでいいものか、コルネリアは未だに答えを出せずにいた。

リシャールはまだ若い。もしかしたら、白鳥の雛《ひな》が初めて見たものを親だと思い込むように、リシャールはコルネリアのことを伴侶《はんりょ》だと刷り込まれてしまっただけで、いつか本当の恋に気付く時が来るかもしれない。

それに、エッツスタンはエッツスタン人が治めるべき土地であり、よそ者であるコルネリアは邪魔な存在であるはず。ピエムスタ帝国の皇女という肩書が、いずれピエムスタ帝国から政治的干渉を招く可能性もゼロではない。

だからこそ、リシャールからの愛を享受《きょうじゅ》する資格が自分にあるのかという疑念が、コルネリアの胸の奥底で燻《くすぶ》り続けている。

しかし、リシャールに愛されるたびに、望外の幸せに心は震え、それ以上を求めてしまいそうになる。

（せめてもう少しだけ、この幸せな夢を見ていたい……。たとえ、分不相応な願いだとしても……）

コルネリアは目を伏せて、西棟の階段を下りようと角を曲がる。すると、ちょうど階段を上がってきた背の高い人物と危うくぶつかりそうになった。

「おっと！」

そこにいたのは、カルロス・エクスタインだった。この国の騎士団長を務め、リシャールとともにピエムスタ帝国に渡った壮齢《そうれい》の騎士だ。剣の腕も確かで、リシャールが剣を始めた時から指南役を務めている。

「カルロス、ごめんなさい！　ぼんやりしていたわ」

「いえ、こちらこそ失礼しました」

カルロスは胸に手を当てて、一礼した。

「すれ違いにならず、良かったです。リシャール様より、奥様を護衛するよう言われておりまして」

「まあ、図書室に行くだけなのに護衛ですって？　ちょっと過保護ではないかしら」

「まったくです。あの方は、貴女《あなた》のことになるととたんに子供っぽくなる。悪い虫は絶対に近寄らせないようにとのことです」

カルロスはニヤッと笑った。歴戦の猛者《もさ》らしく顔には多くの傷があり、厳《いか》つく見える彼だが、笑うと存外に優しい顔になる。

「本はお持ちしましょう。レディに重いものは持たせては、騎士の恥だ」

「申し訳ないわ。立派な騎士である貴方に、こんな雑用をさせるなんて」

「なんのなんの。リシャール様の命令であれば、俺たちはどんな類《たぐい》のものでも従いますからね」

カルロスは朗《ほが》らかに笑う。その眼に嘘《うそ》偽りの色はなく、リシャールに仕えるのが誇らしくてたまらない、といった表情だ。

コルネリアはカルロスと談笑しながら、図書室のある東棟に向かう。

コルネリアがかつて軟禁されていた東棟は、一年前に改修してゲストルームや大きな図書室、王宮内の美術品を飾るコレクションルームを備え付けた建物に生まれ変わった。

特に図書室は、コルネリア自ら選書したほどのこだわりようで、エッスタン随一の蔵書が棚に収められている。コルネリアは、この図書室に足繁く通っていた。

「それにしても、最近はこの城に人が増えてきましたね。今日も随分と賑やかだわ」

「まったく、困ったものだ。つい先日も、リシャール様に城の警備を増員するよう命じられたばかりです」

エルムヴァール城には、今日も多くの貴族たちが集っていた。公爵夫人であるコルネリアに、皆がチラチラと視線を寄こしてきたものの、熊のようなカルロスの巨躯《きょく》が貴族たちの視線を遮るため、話しかけられることはない。

西棟から東棟に通じる長い回廊を歩きながら、コルネリアはずっと気になっていたことをカルロスに訊《たず》ねた。

「ねえ、カルロス。……部下の貴方から見て、リシャールはどんな人？」

「リシャール様ですか？」

「ええ」

コルネリアは頷いた。

ピエムスタ帝国から帰ってきたリシャールのことを、コルネリアは未だに測りかねている。成長したリシャールは別人になってしまったのかと錯覚《さっかく》するほど、変わってしまったためだ。だからこそ、リシャールの右腕であるカルロスに訊ねてみたいと常々思っていた。

コルネリアの言葉に、カルロスは考えるように視線を彷徨わせる。

「うーむ、これはリシャール様に直接お聞きすればいいのでは？　実は、コルネリア様にはあまり戦場の話はするなとリシャール様に止められているのですが……」

「お願い。部下の貴方から見たリシャールについて、客観的な意見が聞きたいのよ。駄目かしら？」

「まあ、そのうちに吟遊詩人《ぎんゆう》あたりが大げさにしてありもしないことを歌いはじめるでしょうから、先んじて俺から真実を話したほうがいいでしょうな」

カルロスはしばし考え込み、白いものが交じった髭《ひげ》を撫《な》でた。

「あの方は、素晴らしいお方です。あのラークの武人たちをして、畏敬《いけい》の念を抱かせたほどに」

「ええっ！　ラークの武人と言えば、この大陸で一番の強者揃《つわものぞろ》いと聞いたことがあるわ。なんでも、勇猛果敢で恐れ知らずだとか……」

ラーク王国は砂漠と峻険《しゅんけん》な岩山に囲まれた国だ。その地に生を享《う》けたラークの武人は、幼い頃から厳しい鍛錬《たんれん》を受け、一騎当千の強兵となるという。

「その通りです。しかし、そんな武人たちでも、リシャール様を前にすればたちどころに怯《おび》え、戦意喪失《そうしつ》してしまっていました。あの方が一対一の戦いで負けることは、まずありえません」

「そうなの？」

思わぬ一面を知り、コルネリアは驚いた。たしかに、リシャールは剣の腕前に優れていると何度か聞いてはいたものの、まさかそこまでの腕前だとは思わなかった。

「リシャール様のお父様である前国王陛下《へいか》も、素晴らしい剣の腕をお持ちでした。しかし、リシャール様は陛下以上の才をお持ちです。リシャール様が十三歳の頃に剣術をお教えする栄誉を賜《たまわ》りましたが、恥ずかしながら、僅《わず》か二年足らずで私の腕前ではリシャール様に敵《かな》わなくなってしまいました」

「まあ、そんなに……」

「その上、リシャール様は剣術の才だけでなく、知略にも長《た》けていらっしゃいます。一番傑作《けっさく》だったのが、ハティエの街を落としたことです！　あの出来事は、きっと後世に語り継がれるでしょう」

カルロスは懐《なつ》かしそうに目を細めて話し始めた。

リシャールがハティエの街を攻撃すると言い始めた時、誰もが止めたらしい。ハティエの街は何の変哲もない田舎町《いなかまち》だ。攻撃しても意味がないと誰もが思った。

しかし、ハティエの街はただの田舎町ではなく、古くから大砲を作る職人のいる街だった。

ほとんど兵もいないハティエの街をあっさり陥落《かんらく》させたリシャールは、市民たちから人質をとらず、職人たちを手厚く保護して、ピエムスタ帝国に連れ帰った。職人たちには普通の生活を保証し、大金を払って大砲を作らせた。

なんせラークの大砲はソロアピアン大陸一の火力を誇り、とにかく砲撃の距離が長い。ピエムスタ帝国は長らくこの大砲に苦しめられてきたが、リシャールが大砲の技術者たちを連れて来たおかげで、ピエムスタ帝国でも長射程の武器が製造できるようになった。

一方で窮地《きゅうち》に陥ったのは、優れた職人を失ったラーク王国だ。ハティエの街で作られていた武器の供給はストップし、敵軍は機能不全に陥ってしまった。他の職人たちに作らせようにも、火薬や鋳造《ちゅうぞう》の技術は失伝《しつでん》してしまっている。その間に、リシャールは次々にラーク軍を撃破した。

そして、ついに両国の間に圧倒的な差が生まれ、ピエムスタ帝国はついに戦争に勝利したのだ。

すべての話を聞き終えた時、コルネリアは小さく息を呑《の》んだ。

「初耳だったわ。リシャールったら、ピエムスタ帝国でそんな偉業を……」

確かに、リシャールがセアム三世からいくつかの名誉ある勲章を授与されたと人づてには聞いていた。しかし、ここまで大きな活躍をしたとは思っていなかった。

まるで自分を褒められた時のように、顔を紅潮させたカルロスは自慢げに微笑んだ。

「今回のピエムスタ帝国とラーク王国の戦争において、リシャール様は最たる功労者です。知勇兼備の英雄として、ピエムスタ帝国では大人気でした。どこにいっても花束を持った女性に追いかけまわされて、ご本人は辟易《へきえき》しておられましたが」

「リシャールは、全然そんな話をしてくれなかったわ……」

コルネリアの一言に、カルロスはさもありなんと頷いた。

「繊細なコルネリア様のお心を慮《おもんぱか》られてのことです。心配させたくなかったのですよ。リシャール様は、コルネリア様の反対を押し切って戦場に赴いたことを、ずっと気にしていらっしゃいました。手紙に書く内容も、あまり暗くならないように気をつかっておいででしたよ」

「そうだったの……」

「安心してください。女人方には一切目もくれず、リシャール様はずっとコルネリア様一途《いちず》でおられましたから」

ワハハ、とカルロスは豪快に笑ったあと、ふいに暗い顔をする。

「それに……、今回のリシャール様の帰国は、複雑な事情があります」

カルロスの表情で、コルネリアはすぐに海の向こうの島国ハンソニアの一件だと察した。

数年前に、中毒性のある紅根薬《こうこんやく》を流通させることでエッツスタンを弱体化させようと目論《もくろ》んでいたハンソニア王国だったが、リシャールの徹底的な対策のせいでその計画は失敗に終わっている。そのため、痺《しび》れを切らしたハンソニアは再び軍備を拡大し、エッツスタンに攻め込もうとしているのだ。

輝かしい功績のあるリシャールがピエムスタ帝国から帰国した理由の一つは、ハンソニアへの牽《けん》制《せい》だった。

「戦争が、起きなければいいのだけれど……」

コルネリアはどこまでも澄んだ空を見上げる。カルロスも、難しい顔をして頷いた。

「エッツスタンはようやくここまで来ました。再びこの地が荒れるなど、あってはならない」

「ええ……」

しばらく黙って歩いていた二人だったが、東棟に足を踏み入れた時、コルネリアが急に歩みを止めた。図書室に通じる廊下の角で、興奮したような話し声が聞こえてきたのだ。

「さっきお父様と一階の廊下を歩いていたら、リシャール様をお見かけしたわ！」

きゃあっと、悲鳴のような黄色い歓声があがる。どうやら、城を訪れているらしい若い令嬢が二人、お喋《しゃべ》りに花を咲かせているようだ。曲がり角のところで足を止めたカルロスとコルネリアには、気付いていないらしい。

「凱旋パーティーの時のリシャール様も、かっこよかったわね。ピエムスタ帝国から帰ってきてから、ますます輝いていらっしゃるわ」

「さすがエッツスタン王国の王族であらせられる方ね」

成長したリシャールに、エッツスタン中の貴族令嬢たちが夢中になっている。凱旋パーティーの時も、数多の令嬢たちに嫉妬と羨望の眼差《まなざ》しを向けられた。

おそらく、呑気《のんき》に噂話に興じている令嬢たちも、コルネリアに冷たい視線を送っていたうちの二人なのだろう。

令嬢たちの話の邪魔をしないよう、別のルートを通ろうとコルネリアは踵《きびす》を返す。

「それにしても、リシャール様はエッツスタン令嬢の中の、誰を新しい結婚相手に選ぶのかしら」

令嬢の言葉に、コルネリアの足がぴたりと止まった。

「侯爵家《こうしゃくけ》の方じゃないかしら。ほら、マクノート家やメリック家なんか、エッツスタン王家に繋《つな》がりが深い方々だし。両家とも、婚約されていないご令嬢がいるでしょう？」

コルネリアは息を呑み立ち竦《すく》んだ。

(リシャールが新しい結婚相手を？)

初耳だったが、ありえない話ではない。

リシャールはエッツスタン王族のたった一人の生き残りだが、両親を喪《うしな》っている。だからこそ、エッツスタンの有力貴族の後ろ盾は今のうちに得ておきたいと思うのが普通だろう。貴族の結婚とは、政治的な結びつきを強めるためのものなのだから。

それくらい、生まれた時から生粋《きっすい》の皇族であるコルネリアはよく分かっている。現に、コルネリアがエッツスタンに来たのも、完全に政治的な理由からなのだから。

まさかコルネリアに話を聞かれているとは思ってもいない令嬢たちは、無邪気に話を続ける。

「どうせ侯爵家のご令嬢あたりから選ばれるに決まっているけれど、私たちも可能性はあると思いたいわよね」

「なんとかリシャール様に気に入ってもらえたらね。だいたい、この城に押し寄せている令嬢たちは、リシャール様の妻の座を狙ってるんだから」

その一言で、コルネリアは最近城にやたらと着飾った令嬢たちが押し寄せている意味を知った。どうやら、リシャールが新たな婚約者を探しているという話を聞いて、貴族たちはあわよくば、と一縷《いちる》の望みを賭《か》けて結婚適齢期の娘たちを連れて来ているらしい。

「公の場所では、リシャール様はコルネリア様といつも一緒だから近づけないのよね」

「仕方ないわよ。コルネリア様はピエムスタ帝国の皇女なんだから。リシャール様だって、帝国との関係を今は崩したくないでしょうし、気兼ねされてるんじゃないかしら」

「あーあ、羨《うらや》ましい。私もピエムスタ帝国の皇女様だったらよかったのに。ああでも、あんなに地味な容姿になりたくはないわね」

令嬢たちの底意地の悪い笑い声が、廊下に響いた。立ち聞きするつもりはなかったが、足の底に根が生えてしまったように動けない。

どれほど努力しても、貴族たちの一部はいまだにコルネリアを低く見て、政治にしゃしゃり出る嫌な女だと評する声も根強くある。

その上、華やかな容姿を持つエッスタンの人々に比べて、ピエムスタ帝国出身のコルネリアの容姿は目立たない。だからこそ、エッスタンの貴族令嬢たちの間で、密《ひそ》かに物笑いの種にされていることを、コルネリアは知っていた。

「あんなに十人並の容姿で、リシャール様の横に立てるのがすごいわよね」

「容姿で言えば、カロリナ様とリシャール様がやっぱり釣《つ》り合っていたわ。一度だけパーティーで二人が並んでいる姿を遠目から見たけれど、とてもお似合いだったもの」

カロリナという名前を聞いて、コルネリアの胸が軋《きし》んだ。

エッツスタン社交界の華だったカロリナは、同性であるコルネリアさえうっとりするほどに美しかった。確かに、リシャールの横にはカロリナのような煌《きら》びやかな娘が相応《ふさわ》しいだろう。

(それに比べて、わたくしは……)

コルネリアが俯《うつむ》くと、肩口から髪がひと房滑り落ちた。地味で、パッとしない栗色の髪。カロリナの輝くような金髪に比べれば、どうしても見劣りしてしまう。瞳だって、カロリナのアメジストのように輝く紫色に対し、コルネリアの瞳はありふれた緑色だ。

もちろん、父譲《ゆず》りの瞳と髪は、どちらも誇りに思っている。しかし、カロリナの輝くような美しさと比べてしまうと、劣等感に苛《さいな》まれるのも事実だった。

「まったく、リシャール様もさっさと新しい結婚相手を見つければいいのに。あんなピエムスタ女の、どこがいいのかしら」

コルネリアは自分の足元に目線を落とす。その時、それまで黙っていたカルロスが身じろぎをする。

「コルネリア様。この本を下ろし、剣を握る許可を」

ふと隣を見ると、カルロスは憤怒《ふんぬ》で顔を真っ赤にしていた。額に青筋が浮かび、手に持っている本を全て投げ捨ててしまいそうな勢いだ。

コルネリアは慌《あわ》てて首を振る。

「駄目です。許しません!」

「しかし、コルネリア様は必死でエッスタンのために尽くされました。そのコルネリア様を、あの女たちは侮辱《ぶじょく》しています。なんと、なんと恥知らずな！」

コルネリアは強い眩暈《めまい》を感じ始めた。ほろ苦い息が口から漏《も》れる。これ以上、ここにいても虚《むな》しいだけだ。

リシャールが自分以外の女性を選び、結婚するのかと思うと、コルネリアの心臓は張り裂けそうなほど苦しくなった。

(離縁をしたいと言っていたわたくしが、そんなことを思う資格なんてないのに……)

一瞬でもリシャールとの温かな未来を望んでしまった自分が馬鹿だったと、コルネリアは後悔した。そもそも分不相応の期待を抱かなければ、こんなにも傷つくことはなかっただろう。

コルネリアはのろのろとカルロスを見上げた。

「行きましょう、カルロス」

「しかし、コルネリア様、あの者たちを不敬罪に問うことだって……！」

歯噛《はが》みするカルロスの言葉に耳を貸さず、コルネリアは踵を返した。

◇

◆

冬に入りしばらくすると、聖人祭の時期が訪れた。

聖人祭は、ソロアピアン大陸に伝わる神話に起源を発する祭りで、この大陸の多くの地域で祝われている。人々は、家族で集まり、一年間の無事を祝い、神に感謝の祈りを捧げる。エッスタンでは、聖人祭は特に重要視されており、二週間程度の休暇《きゅうか》をとることも珍しくない。

エルムヴァール城で働く人々も例外ではなく、この時期は多くの従者たちが休暇をとって実家に戻り、思い思いに家族との時間を過ごす。そのため、聖人祭の時期のエルムヴァール城は、閑散《かんさん》とした雰囲気に包まれるのが常だ。

そんな静かなエルムヴァール城の自室で、コルネリアは資料に目を通している。

いつも騒がしくその場を明るくしてくれるメイドのサーシャも、この時期ばかりは家族と一緒だ。

そして、リシャールもまた、何か用事があるからと外へ出ている。

コルネリアは資料から目を上げて、小さくため息をつく。聖人祭の時期は、静かな城で残務をこなすのが毎年の恒例だが、今年ばかりは全く仕事が進まない。原因は先日の令嬢たちの噂話だ。

『それにしても、リシャール様はエッスタン令嬢の中の、誰を新しい結婚相手に選ぶのかしら』

甲高い声が、耳の奥でこだまする。単なる噂だと気にしないようにしても、脳裏に張り付いて離れない。

リシャールは相変わらず忙しそうだ。夜遅くまで帰ってこない時もある。彼が城を空けている間、新しい結婚相手を探しているのではと考えると、コルネリアは落ち着かない気持ちになった。

リシャールがコルネリアを大切にしてくれているのは、確かだ。しかし、それは愛からではなく義務感によるものではないだろうか。リシャールは優しく、真面目な性格だ。彼が遊学している間に領主の代理を務めたコルネリアを、蔑《ないがし》ろにするわけがない。

しかし、リシャールが自分以外の令嬢と一緒にいるところを想像するだけで、コルネリアの胸を焼けるような痛みが襲う。

それが、嫉妬や独占欲と呼ばれる感情だと、敏《さと》い彼女は気付いていた。

「わたくしったら、こんなに嫌な女だったのかしら……」

コルネリアは、自分の心に潜んでいた醜《みにく》い感情に気付き、ひどく混乱していた。いくら己を律しようとしても、心の中の黒い感情は日に日に広がっていくばかりだ。このまま醜い感情に支配され、リシャールの幸せを呪《のろ》ってしまいそうで怖い。

それならば、いっそ静かに身を引いて、ピエムスタ帝国に戻ったほうがいいのではないかとすら思ってしまう。

(リシャールが新しい結婚相手を探しているという噂で、こんなにも心を乱されてしまうなんて)

資料を読むのを諦《あきら》め、窓の外に目を向けると、城壁の向こうに雪化粧した街並みが広がっていた。

エッスタンに生まれ育ったサーシャは普通だと笑うが、赤煉瓦《あかれんが》造りと雪の白のコントラストは絵画のように壮麗だ。きっと、このオルナの街を作ったというエルフたちは、雪が降った時に一番この街が美しくなるように計算して作っていたのだろう。

大通りの人通りはいつもより多く、広場には色とりどりの露店が並んでいた。

(ああ、今年もマーケットの時期がやってきたのね)

この時期になると、商人たちは広場に露店を並べ、聖人たちのレリーフを象《かたど》った工芸品や焼き菓子、ホットワインを売るのだという。この数年は海外の商人たちもこぞって店を並べるようになり、ますます賑《にぎ》わっているらしい。この市が立つ日を心待ちにしているエッスタンの民も多いのだと、数日前にサーシャから聞いたばかりだ。

賑やかな街の様子を眺め、暗く沈みかかった気持ちを慰《なぐさ》めていると、ドアがノックされた。

「コルネリア様、失礼いたします。お手紙のお届けに参りました」

「ありがとう、セバスチャン」

王妃の間に入ってきた執事のセバスチャンに、コルネリアは心配そうな顔をした。

「セバスチャン、本当に休みを取らなくてよかったの？　いつも助けてくれているのに、この時期くらい休んでくれてもいいのよ」

「お気遣いいただきありがとうございます。しかし、妻は大昔に亡くしましたし、二人の娘たちはとっくに所帯を持っておりますゆえ、一緒に聖人祭を過ごすような相手はおりません。ですから、ひとり家でぼんやりするより、こうして仕事をしているほうが、はるかに気が休まるのです。それに、私は老い先短い身。少しでも多く、立派になったリシャール様にお仕えしたいのです」

「セバスチャン……」

「リシャール様は大変成長されました。先の戦争で国王陛下と王妃殿下《でんか》を亡くされた際は、エッツスタンの行く末を危惧《きぐ》したものでしたが、全くの杞憂《きゆう》だったようです。リシャール様がいらっしゃれば、この先のエッツスタンは安泰でしょう」

セバスチャンは鋭い三白眼を緩ませる。エッツスタン王族に仕える執事《しつじ》として忠実にリシャールを支えていたセバスチャンは、主人の成長を誰よりも喜んでいた。

（エッツスタンの美しい令嬢と結婚して、わたくしがピエムスタに戻っても、きっとリシャールは大丈夫よね）

とっさに出かかった言葉を、コルネリアは呑み込んだ。

コルネリアに離縁の意思があることをリシャールに密かに告げたセバスチャンは、それ以降しばらく脱毛症に悩まされていた。あの告げ口が、コルネリアの信頼を裏切り、さらにリシャールを傷つける行為だと彼自身がよく分かっていたためだ。それほどまでに誠実なセバスチャンにこれ以上余計な心配をさせるような発言をするのは、さすがに憚られる。

何も知らないセバスチャンは手紙を渡すと、「何かあったらお呼びください」と告げ、部屋を出て行った。

コルネリアは渡された手紙の束にそっと目を落とす。聖人祭の時期に家族とカードや手紙を交換する慣習があり、ピエムスタ帝国からはたくさんの手紙が届いている。その中で、ひときわ厚い封筒があることにコルネリアは気が付いた。

「お父様からの手紙だわ……。何かしら」

コルネリアはペーパーナイフで封を切り、手紙を読みはじめる。手紙は、聖人祭の祝福の言葉もなく始まった。

『速やかにピエムスタに帰国せよ』

コルネリアにピエムスタ帝国に帰国するよう促《うなが》す内容で、帰国後のコルネリアの処遇についても仔細《しさい》に書かれていた。帰国したコルネリアはトレヴァス領の領主として、侯爵位を封爵《ほうしゃく》されるらしい。トレヴァス領はコルネリアが所有すると証明した証書まで同封されている。

愛娘《まなむすめ》に意に染まぬ結婚をさせてしまったと、セアム三世はずっと気に病んでいたと聞く。だからこそ、リシャールが成人した今、これ以上ピエムスタ帝国にいる必要はないと判断したのだろう。コルネリアは小さくため息をつき、父からの手紙を折りたたんで封筒に戻した。

続いて姉たちから来た手紙にも目を通したが、同じようにコルネリアの帰国を待ち望んでいる旨が書かれている。

皆、コルネリアの結婚は一時的なものであり、戻ってくるのが当然だと考えていたようだ。気の早い母にいたっては「次こそは、貴女の望む人と結婚してもいいのよ」とまで書いてある。

コルネリアは丁寧《ていねい》に手紙を畳み、ぼうっと天井《てんじょう》を見上げた。

「ピエムスタに、帰る……」

いくら降嫁《こうか》してエッスタン公爵夫人となったとはいえ、コルネリアはピエムスタ帝国の皇女だ。皇帝からの命令に逆らえるわけがない。この手紙を読む前に、自分の意志など関係なく帰国が決定しているようなものだ。

もし帰国すると話したら、リシャールはどんな反応をするだろうと、コルネリアは思った。優しいリシャールのことだ。引き留めてくれる気もするが、結婚相手を探しているのであれば、案外簡単に帰国させてくれるかもしれない。

それに、トレヴァス領は幼い頃によく家族で訪れた景勝地《けいしょうち》として名高い美しい街だ。気候も穏やかで過ごしやすく、貴族たちの避暑地《ひしょち》として人気がある。コルネリアも個人的な思い出が多く、楽しかった思い出がたくさん詰まっていた。そんな場所で、ゆっくりと余生を過ごすのも悪くないかもしれない。

コルネリアは自嘲《じちょう》気味に笑った。

(いずれにしても、わたくしはピエムスタ帝国の皇女。お父様の意思は、わたくしの意思だもの)

これまで何度も自分に言い聞かせてきた言葉を、コルネリアはもう一度自分に言い聞かせる。

セアム三世からの手紙を受け取った以上、見て見ぬふりはできない。リシャールには、改めてきちんと別れを告げ、早急に帰国しなければならないだろう。

「……急がなきゃ」

コルネリアは、誰もいない部屋でぽつりと呟いた。

◇◆

コルネリアがセアム三世から手紙を受け取ったその夜、コルネリアとリシャールは夕食の席で一緒になった。何度か頃合いを見計らって手紙のことを話そうとしたものの、コルネリアは結局何も言えなかった。

何も知らないリシャールは真夜中に部屋を訪れ、いつも通りコルネリアを求めた。激しい愛の交歓に、コルネリアはリシャールの逞しい胸の中で悶《もだ》え、何度となく絶頂させられた。

(こんなに愛されたら、ますますお父様の手紙の話なんてできないじゃない……)

互いの荒い息が鎮まった頃、リシャールの腕の中でコルネリアはうとうとしながらぼんやりと思う。

リシャールはコルネリアの豊かな栗色の髪を撫でながら、そのつむじにキスをした。

「明日は、街に出ましょう」

「街へ……？」

「そうです。俺は、コルネリアとデートがしたい」

優しくそう囁かれ、コルネリアはぼんやりと頷き、そのまま眠りに落ちた。

翌日、リシャールは約束通りコルネリアを街へ連れ出した。護衛は一人もつけていない。

「本当に、街に来てしまうなんて……」

聖人祭真っただ中の城下町は、たくさんの人で賑わっていた。家々のドアには、モミの木とリボンで作られたリースが飾られ、街に彩りを添えている。家庭ごとに趣向を凝《こ》らしたリースを作り、聖人祭の時期に飾るのが、エッスタン流の聖人祭の祝い方なのだ。

「すごいわ」

コルネリアは呟いた。コルネリアはクローゼットの中のできるだけ地味なすとんとした臙脂色《えんじいろ》のワンピースに、紺色の地味な外套を羽織っている。エッスタンでは珍しい栗色の髪は、レース飾りのついたボンネットを深く被《かぶ》って誤魔化した。一方、リシャールは生成りのシャツに皮のコートという、商人風の出で立《いた》ちをして、目深に帽子を被っている。一見すれば、ふたりは裕福な商人夫婦のようだ。

「昨日リシャールが街に出ようと言い出した時には、冗談だと思ったのよ」

「ずっと二人で街に出かけてみたかったんです。子供の時はどうしていいか分からなくて、できませんでしたが」

「まあ、そうだったの」

領主代理として忙しい日々を送っていたコルネリアだが、公務以外で街に出たことはない。いつも城に引きこもり、黙々と仕事をこなしているのが常だった。

そんなコルネリアにとっては、目に映るオルナの街のものすべてが新鮮だった。リシャールもまた、コルネリアを優雅にエスコートしながら、軽い足取りで颯爽《さっそう》と通りを歩く。アイスブルーの瞳はキラキラと輝いており、コルネリアと連れだって歩くことが心から楽しそうだ。

「コルネリア、ホットワインを売っていますよ。身体が冷えるようであれば、買ってきます。あっ、それともスープがいいですか？」

「ふふふ、大丈夫よ」

「欲しいものがあれば、すぐに言ってください」

はしゃぐリシャールに、町娘たちがチラチラと熱い視線を送っている。目深に帽子を被っていてもなお、リシャールは人目を惹《ひ》いてしまうのだ。コルネリアは隣を歩くリシャールの端麗な横顔を見上げ、ほうとため息をつく。

(リシャールは本当に素敵ね。こうして歩いているだけで、皆の視線を集めてしまうんだもの……)

町娘風の格好をしたコルネリアは、洋品店のガラス窓に映った自分の姿を見てうんざりした。取り立てて目立たない容姿をしている自覚はあったものの、自分の凡庸《ぼんよう》さにつくづく嫌気がさす。エツスタンの美しい令嬢たちがコルネリアはリシャールに不釣り合いだと陰で嗤うのも、当然のように思えた。

その上、コルネリアの心を波立たせるのは、昨日届いた手紙の存在だ。

このまま黙っているのも、リシャールを騙《だま》しているようで、良心が痛む。しかし、切り出そうと口を開けるたびに、伝えなければならない言葉は喉元《のどもと》で霧散して消えてしまう。

「コルネリア？」

ふいに、隣を歩いていたリシャールがコルネリアの顔を覗《のぞ》き込《こ》んできた。

「顔色が悪いですよ。城に戻りましょうか？」

「いえ……、いいの。ごめんなさい。残してきた仕事のことで、気がかりなことがあって」

嘘だった。リシャールが公爵としての仕事はすべてやってくれているため、コルネリアの仕事はそこまで多くない。昨晩のうちにできることは全て終わらせてしまっている。

そんなコルネリアの言葉を疑うことなく、リシャールはむくれた顔をした。

「こんな時は、全てを忘れて楽しんでください。せっかくのデートなんですから」

骨ばった大きな手が、優しくコルネリアの手を包み込む。この手の温かさを感じられるのも、残り僅かだと思うと、胸が苦しくなるような切なさに襲われる。

(エッツスタンを去る前に、リシャールとの思い出を作りたいと願っても、許されるわよね)

そう自分に言い聞かせながら、コルネリアはリシャールと並んで歩き続けた。

やがて、軒先に色とりどりの果物を並べている店の前で、二人は立ち止まった。

「やあ、よってらっしゃい！」

ソロアピアン大陸中から集めたらしい色とりどりの果物は、普段コルネリアが好んで口にする果物から、見たことのない果物まで様々だ。

「世界中のフルーツが揃ってるよ！　……って、ええっ、リシャール様とコルネリア様？」

二人の正体に気付いた商人が、ぎょっとした顔をする。リシャールがすぐに人差し指を口にあてた。

「シッ、静かに。特別扱いすることなく、普通の客にするように接してくれ」

「なるほど、承知いたしました」

事情を察したらしい商人は、ニヤッと笑って頷いた。

「それでは奥さん、どの果物にしますか？」

奥さん、と呼ばれたコルネリアは頬を染める。

「どのフルーツも、すごくおいしそうね。おすすめのものはどれかしら」

「これは全部、俺が目利《めき》きして選んだ品ばかりです。どれも一級品だ。ひとつ選ぶとなると難しいが……、ラータン地方産の林檎はいかがですか？」

「素晴らしいわ。林檎をおひとつ頂けるかしら？　これで足りる？」

コルネリアは、持っていた鞄《かばん》から金貨を一枚取り出し、渡そうとする。すると、商人はたちどころに困った顔をした。

「ええっと、これは……」

「これでは、足りない？」

コルネリアと商人が困惑したように見つめあっていると、リシャールがくつくつ笑いながら、ポケットの中から銅貨二枚を差し出した。

「すまないな。俺の奥さんは世間知らずなんだ」

「いやあ、びっくりしちまった。奥さん、それは大事なもんだからしっかりしまっときなよ」

男は大口を開けて笑い、とびきり大きな林檎を選んで、コルネリアに渡した。

礼を言って店を後にすると、リシャールは楽しくてたまらないという顔で言う。

「コルネリア、あの金貨一枚で、あの陽気な商人が半月は食べていけますよ」

「そ、そうだったの……。わたくしったら、ごめんなさい」

コルネリアはしどろもどろになって応える。

「領主代理として、予算の管理までしていたのに、街に出ればわたくしったら何も知らないのね。とても恥ずかしいわ」

「謝る必要はありませんよ。俺も最初はそうでした。公務では常々予算のことを扱っているし、金の価値を十分理解しているつもりだった。でも、街で果実水を買うのに騙されて金貨二枚払ってしまったこともある。いい勉強代でしたよ」

「どうしてリシャールは街歩きにこんなに慣れているの？」

「ピエムスタで、トビアスが城下町に行こうとしょっちゅう誘ってきましたから」

「まあ、あの子ったら、皇子なのに街に遊びに行っていたの？　あれほど駄目と言われていたのに！」

コルネリアは目を見開いた。

ピエムスタ帝国の皇族たちは皆、街に出るのは絶対にいけないことだと両親からも家庭教師たちからも口酸っぱく言われて育つ。しかし、トビアスはその言いつけを軽々と反故《ほご》にしていたらしい。活発で好奇心の強い弟だとは思っていたが、まさかそこまでやんちゃだったとは。

リシャールは苦笑した。

「色々考えがあってのことですから、トビアスを咎《とが》めないであげてください。トビアスの街遊びに付き合ったおかげで、俺も大切なことを学べました。金の価値、街の仕組み、そしてすれ違う全ての人々に、大事な人がいるということ……」

リシャールは街に目を向ける。復興した街並みに、笑顔の人々。そのひとつひとつを眼に焼き付けるように。

「街はよい。ここに来ればいつでも民をより身近で知ることができて、いい勉強になりますし、何よりこの国をもっと良くしたいという願いが強くなる」

リシャールの目に強い光が閃《ひらめ》く。

「俺はもう二度と、この場所を失うつもりはありません」

コルネリアは年下の夫を眩《まぶ》しく見つめた。

五年会わない間に、リシャールは大きく成長した。きっと、様々な人々との出会いがあり、そして自分の目で見て、経験してきたのだろう。あの寂しい目をしてコルネリアの後ろをついて回っていた少年は、今やエッスタンの立派な領主に成長した。誰もが彼を慕い、尊敬する。

立派に成長したリシャールと、もう少し一緒にいたいとも思う。しかし、その願いは今のコルネリアには叶《かな》えられない夢だった。

こうして一緒にいられるのも、残り僅かだろう。コルネリアは密かに項垂《うなだ》れた。

そんなコルネリアの手を、リシャールが急に摑《つか》む。突然のことに驚いていると、リシャールはコルネリアをするりと細い路地裏に引き込み、優しく唇を奪った。コルネリアは突然のことに驚き、目を丸くする。

「ひ、人に見られたらどうするの？」

「ふふ、これくらい見られたってどうってことありません。元気がないように見えたので、つい」

人の悪い笑みを浮かべるリシャールに、コルネリアは赤く染まった頰を膨《ふく》らませた後、ふと言いようもない寂しさに囚《とら》われた。

（ああ、この時がずっと続けばいいのに……）

この瞬間を失ってしまうのが、惜しい。もっとリシャールと一緒にいたいという気持ちだけが、募っていく。

コルネリアの内心など知る由もないリシャールが、コルネリアの手を取った。

「そろそろ目的の場所に向かう時間です」

「目的の場所？」

リシャールは頷いた。

「実は、コルネリアに会わせたい人がいるんです」

その言葉に、コルネリアは一瞬ギクリとする。

『エッスタンの令嬢の中から、リシャール様の新たな結婚相手を探しているそうじゃない？』

甲高い令嬢の声が頭の中で響き渡った。

もしかして、これから会うのは、結婚相手の令嬢なのだろうか。コルネリアの胸に、靄《もや》のような不安が渦巻《うずま》いた。街に吹く海風が身体《からだ》の中に入ってきたかのように、全身がさっと冷えていく。

ぴたりと足を止めたコルネリアを、リシャールは訝《いぶか》しげに振り返る。

「コルネリア？」

「あ、ああ、ごめんなさい……」

コルネリアは重い足を引きずるようにして、リシャールに手を引かれるままに歩き出す。

やがて、リシャールはある立派な商館の前で足を止めた。赤煉瓦の立派な建物だ。聖人祭の時期にもかかわらず、大勢の人が出入りしている。リシャールは慣れた様子で建物に入り、二階にある迎賓室《げいひんしつ》にコルネリアを導いた。

部屋は暖かいが、誰もいない。リシャールは首を傾《かし》げた。

「行き違いか？　……すみません、コルネリア。こちらの部屋で待っていていただけますか？」

「え、ええ……」

「すぐに戻ってきます」

そう言うと、リシャールは足早に部屋を出ていった。

革張りのソファに座ったコルネリアは、顔を曇らせる。リシャールと街を巡って舞い上がってい た気持ちが、いっぺんに萎《しぼ》んでいく。

コルネリアは窓の外に目を向けた。オルナの街を、聖人祭で浮かれた人々が忙《せわ》しなく行きかって いる。しかしコルネリアの瞳はそれらを映してはいなかった。頭の中はリシャールの言う「会わせ たい人」のことでいっぱいだ。

（もしこれから会う人が、リシャールの新しい結婚相手だったら……）

これから美しい令嬢と笑いあうリシャールを目の当たりにするのではないかと思うと、切なくて 胸が張り裂けそうだった。

その時、廊下のほうから複数の足音がした。リシャールが戻ってきたのかと身構えたものの、ど うやらこの商館に出入りする男たちのようだ。

「いやあ、コルネリア様も優れた方でしたが、リシャール様もまた素晴らしい。エッスタンはます ます発展するでしょう」

「全くだ。あの若さであそこまで気が付くんだから、リシャール様はずば抜けた才覚を持っているんだろうよ」

どうやら、リシャールの話をしているらしい。コルネリアは無意識に息を潜める。男たちは話を続けた。

「……しかし困ったものですね。ここのところ、リシャール様はピエムスタ帝国の皇帝陛下から脅《おど》されているらしいと噂を聞きました」

「やっぱり、異国の皇女様を妻にすると、何かと大変だなぁ。これがエッスタンの令嬢だったら、こんなことは起きなかったんだろうが……」

「やはり、リシャール様には、なんとしてでもエッスタン人の貴族令嬢との婚約を進めていただきたいですな」

コルネリアは目の前が真っ暗になるのを感じた。

(お父様が、エッスタンに干渉《かんしょう》を？)

ぐらついていた自分の足元が、一気に崩れ落ちた気がした。

これまで、ピエムスタ帝国はエッスタン公爵領の復興のために多大な援助を行ってきた。エッスタンは劇的に復興が進んだものの、一方でピエムスタ帝国への依存を強めてしまったのは疑いようもない事実だ。

ピエムスタ帝国の皇女コルネリアが領主代理をしていたため、ピエムスタ帝国はエッスタン公爵領の政治についてほとんど口出ししてこなかった。

しかし、今の領主はコルネリアではなく、リシャールだ。エッスタン人の領主には遠慮はいらないと、セアム三世が態度を変えてもおかしくない。

男二人の足音は、気付けば遠ざかっていく。どうやら、部屋の前を通っただけだったらしい。

再び静かになった部屋で、コルネリアはぎゅっと目を閉じる。胸がずきずきと疼《うず》くように痛み、吐き気さえこみあげてきた。

(わたくしの、せいで……)

全く知らなかった。きっと、優しいリシャールはコルネリアに心配させないため、秘密裏に処理しようとしていたのだろう。

しかし、強大なピエムスタ帝国の干渉は無視できない。そこで、後ろ盾を持たないリシャールは、ピエムスタの圧力に抵抗するため、エッスタン人の有力貴族令嬢と婚約する話をコルネリアに知られないよう水面下で進めていたのではないか。

そう思うと、誠実なリシャールがこれまでコルネリアに黙ってことを進めていたのも、納得できた。

(結局、わたくしはピエムスタ帝国に戻らなければならない運命だったのね……)

コルネリアはいても立ってもいられなくなり、衝動的に迎賓室を飛び出し、商館を出た。

すでに陽が落ちはじめていて、星が瞬《またた》き始めているが、聖人祭期間中というだけあって、未だに人通りは多い。そんな中を、コルネリアは重い足を引きずるようにして、歩き出す。胸の中に、重い鉛が流し込まれたように、苦しくて仕方ない。

当てもなく夕暮れ時の街を彷徨っているうちに、いつの間にかコルネリアは港に辿り着いていた。

聖人祭の港は静かだった。船首楼《せんしゅろう》部分にピエムスタ語の古い詩が書いてある軽帆船《けいほせん》が、一隻《いっそう》だけ船着き場に着岸している。

船の前には、まだあどけなさが残る顔立ちの、船乗りの青年が立っていた。

「ピエムスタ行き、ピエムスタ行きの定期船だよ！　乗る人はいないかい？　もうすぐ出発するよ！」

ピエムスタ語の訛《なま》りが強く残るエッツスタン語だ。コルネリアは青年に声をかけた。

「この船は、ピエムスタ帝国に向かうの？」

「ええ、もうすぐ出発します。乗船代は、一等級の部屋で金貨一枚です」

船乗りの青年は、陽にやけたそばかす顔に愛想の良い笑みを浮かべてコルネリアを見る。どうやら、目の前にいるのがピエムスタ帝国の皇女だと気付いていないらしい。

海面をさざめかす強い風が、開きっぱなしのミズンマストをはためかせている。

(この船に乗れば、ピエムスタに帰ることができる……)

コルネリアは船を見上げた。

ここで姿を消せば、多少騒ぎになるかもしれないが、コルネリアはもとより仮初《かりそめ》の妻。離縁を決意してから、少しずつ準備を進めていた。引き継ぎも問題なく終わっているし、聖人祭中にやっておきたかった仕事もあらかた終わっている。

それに、何より強国ピエムスタからの外圧を退《しりぞ》けることが、今のエッツスタンにとっては急務だろう。

「……乗るわ」

気がつけば、コルネリアは金貨一枚を渡し、青年の手を借りて軽帆船に乗り込んでいた。もうすぐ船が出発するらしく、船乗りの男たちが忙しく行き来している。

船内は空いていた。家族で過ごす聖人祭の時期に、わざわざ異国へ向かう人もそういないのかもしれない。

船乗りの青年が、気遣わしげな表情を浮かべてコルネリアを見た。

「本当にピエムスタへ行くんですか？　見たところ荷物も少ないし、ろくに準備もしていないようです。今日じゃなくても二週間後にも便はありますよ」

「……心配してくれてありがとう。でも、どうしても今日がいいの」

今船に乗らなければ、決心が鈍ってしまう気がして、コルネリアは首を振る。

深い朱色に染められた船の帆が、冬の乾いた風を受けて大きく膨み、ギシギシと軋むマストの音が甲板に響き渡った。コルネリアを乗せた船が、ゆっくりと動き出す。

甲板から、コルネリアは首都オルナの街を振り返った。

エルフが創り上げたという、美しい赤煉瓦の街も見納めだ。今この地を離れれば、もう二度とエツスタンの地を踏むことはないかもしれない。そう思うと、胸が締め付けられるように苦しい。きっと、コルネリアがいなくなったと気付けば、リシャールは驚くだろう。しかし、同時にホッとするに違いなかった。

（わたくしが、もっと早くリシャールを解放してあげるべきだったわね。こうして逃げるように帰国するのは、申し訳ないと思うけれど……）

コルネリアの質素な外套の裾が、強い風にはためいた。ボンネットが海風にさらわれて、飛んでいく。コルネリアの栗色の髪が背中に流れ、ばさばさと揺れた。コルネリアは、ギュッと瞼《まぶた》を閉じる。

こんな時にも、瞼の裏に映るのは凛《りん》とした佇《たたず》まいのリシャールの姿だった。静かに涙が頬を流れ、凍《い》てつくような冷たい風にさらわれていく。

「リシャール、どうか幸せに……」

船が港を出て湾を進み、オルナの赤煉瓦の街が見えなくなるまで、コルネリアは甲板でじっと佇んでいた。

◇◆

(コルネリアが、消えた……)

会う約束をしていた人物が急遽《きゅうきょ》異国の地に出向いたと知らされ、顔を顰《しか》めながら商館の部屋に戻ると、そこにコルネリアの姿はなかった。たまたま通りかかった男に聞けば、ボンネットを目深に被った貴婦人が、フラフラと外に出て港に歩いて行く姿を目撃したという。リシャールは慌《あわ》てて港に駆け付けたが、港にコルネリアの姿はすでにない。その代わり、コルネリアの被っていたボンネットが波止場《はとば》の岸壁に浮かんでいるのを見つけた。

リシャールは反射的に膝《ひざ》をつき、袖が濡《ぬ》れるのも構わず、たっぷり水を吸ったボンネットを拾う。

不吉な予感が、リシャールの心臓を早鐘《はやがね》のように打ち鳴らした。コルネリアがうっかりボンネットを落としてしまっただけだと、リシャールは自分に言い聞かせる。そうでもしなければ、黒々とした海原に向かって叫び出してしまいそうだった。

「おい、あんた。そんなところで何をしてるんだ？　もうじき嵐が来るから、波が荒れる。ここは危ないぞ」

ふいに、頭上から野太い声が降ってきた。顔を上げると、そこには船乗りらしい男が立っていた。

リシャールは、ボンネットを手にしたままよろよろと立ち上がる。

「……ここから、今日は船が出たのか？」

「ああ、もしかしてピエムスタへの定期船に乗り遅れたのかい？　ついさっき出たばかりだが」

「ピエムスタへの、定期船が……？」

その瞬間、コルネリアはもうオルナにいないのだと、リシャールは直感的に悟った。コルネリアは、自分の意思でピエムスタに向かったのだ。

「嘘だ、そんな……ッ！」

リシャールは愕然《がくぜん》とする。

かけがえのない存在が、手の届かない場所へ去っていってしまおうとしている。あれほど求め、ようやく手に入れたと思っていたのに。

身体中の血が凍ったように冷え、手足が震えるのに、目の奥だけが異様に熱い。それでも涙が零《こぼ》れないのは、目の前の現実を受け止めるのを頭が拒否しているからだろうか。

リシャールの反応に船乗りは何かを察したのか、慌てたように付け足す。

「まあ、二週間もすればまた戻ってくるだろうよ。しかし、この様子じゃ天候が悪くて一度コディルあたりに寄港するだろうなぁ。船の到着は多少遅れるかもしれんが――」

「コディル……」

リシャールは男の言葉を反芻《はんすう》する。

コディルはオルナの南西に位置する港町だ。船なら二日もかからない距離にあるが、馬車で行こうとすると三日程かかったはず。間に合わない、と落胆《らくたん》したところで、リシャールはとある可能性に思い至った。

（……馬車を使わず、馬に乗っていけば二日程度で着くはずだ）

極寒の山道を行くことになるだろうが、今はなりふり構っている場合ではない。

コルネリアがピエムスタ帝国へ帰国したが最後、娘を溺愛《できあい》するセアム三世があらゆる方法を使ってコルネリアとリシャールの再会を妨害してくるのは目に見えていた。あの広い帝国のどこかにコルネリアを隠されてしまえば、見つけ出すのは困難を極めるだろう。

だからこそ、コルネリアが帝国に到着する前に、連れ戻さなければならない。

「……感謝する」

短くそれだけ言うと、リシャールは弾《はじ》かれたように駆け出した。

「もしかして、定期船に追いつくつもりか!?　夏ならともかく、冬は危険すぎる！」

慌てたような男の声も、リシャールの耳には届かない。

リシャールはエルムヴァール城に戻り、衛兵たちにしばらく城を空けると告げ、愛馬に跨《また》がってコディルに直行する。

コディルはエッスタンとピエムスタの国境近くにある港町だ。ピエムスタとエッスタンを結ぶ航路の中間地点にある。そのため、冬に海が荒れれば定期船はコディルに留まり、しばらく足止めを食らうことになるだろう。

エッスタンの首都オルナからコディルへ至るには、山越えの道で向かうのが最短経路だ。山の天候は変わりやすく、吹雪《ふぶき》に見舞われてしまえば視界は白一色に塗り潰されて何も見えなくなる。たとえ雪道に慣れた地元の者でも、悪天候の日に山道は通らない。

しかし、リシャールに回り道を選ぶ余裕はなかった。その先にコルネリアがいるというのなら、地の果てまでも駆けていく。絶対に、逃がすつもりはない。

幸いにも、リシャールの愛馬は何日も力尽きることなく砂漠を走り通せるほど強い。

「間に合ってくれ……！」

視界の悪い雪の中、リシャールは懸命に馬を駆りながら、コルネリアのことを考える。

ここのところ、ずっとコルネリアはふさぎ込んでいた。原因は、ある程度予想がついている。

（カルロスから報告を受け、すぐに対策は打ったつもりだったが、あれでは不十分だったか……）

コルネリアの護衛を頼んだカルロスから、とある報告を受けたのはひと月前のことだ。

『コルネリア様が、令嬢たちの侮辱的な噂を耳にされ、かなりショックを受けておられました』

報告を受けたリシャールは、当然激怒した。なぜその場で令嬢たちを処分しなかったかとカルロスに問い詰めると、カルロスは何度も謝罪しながら、コルネリアがそれを止めたのだと白状した。

エルムヴァール城で城主の妻の陰口を叩《たた》くなど、もってのほかだ。その場で鞭《むち》打《う》ちの刑となってもおかしくない。しかし、コルネリアは二人の令嬢の処分を望まなかったという。

（コルネリアは、どこまでも優しすぎる。それにしても、コルネリアの陰口を言っていた令嬢たちは、貿易で栄えた家門だったと報告を受けている。コルネリアの政策によって確立した貿易ルートで莫大な利益を得ておきながら、その富を享受している者たちがコルネリアの陰口を叩くとは、なんて恩知らずな……！）

コルネリアが令嬢たちの狼藉《ろうぜき》を許したからと言って、リシャールが令嬢たちを許すわけにはいかない。

リシャールは、コルネリアを悪く言っていた令嬢たちの家門に対し、他国との商取引を禁じるよう命じた。今頃、件の令嬢たちの家門は真っ青になっているだろう。隣国との交易で財を成した彼らは、今後みるみる困窮《こんきゅう》していくはずだ。

聖人祭の時期にこのような処分を下したのは、人々が家族で休暇を取っているこの時期であれば噂も広まらず、コルネリアの耳にも入りにくくなるためだ。

これで陰口を叩く者もいなくなり、コルネリアの憂いもそのうち晴れるだろうと、リシャールは油断してしまった。しかし、この問題はリシャールが思う以上に根深く、コルネリアの心を苛んでいたようだ。

（生真面目なコルネリアのことだ。令嬢たちの噂話を真に受けて、身を引こうと考えたんだろう）

コルネリアは、リシャールに自身が相応しくないと、本気で思い込んでいる。それは薄々気付いていた。

そもそも、コルネリアは自己評価が低すぎるのだ。おそらくそれは、ピエムスタ帝国の皇女として、周りの高い要求に応えてきた彼女の生い立ちに原因があるのだろう。

その立場ゆえ、失敗は絶対に許されない。何か失敗をすれば、それは帝国の威信《いしん》を損ねることにも直結する。だからコルネリアは、いついかなる時も完璧を求められたはずだ。僅な瑕瑾《かきん》すら許されず、完璧であるのが当たり前。

コルネリアは生まれてからずっと、周りから完璧であるよう要求され、応えてきた。それに応える能力が彼女にはあった。それを当然のようにこなすことができる彼女は、自分がどれほど非凡な存在であるか、全く気付いていていない。

だからこそ、コルネリアはリシャールに不釣合いだと思い悩み、ピエムスタに戻るという選択をしてしまった。

しかし、リシャールはコルネリアを手放すつもりなど毛頭ない。リシャールは生涯、コルネリア以外を愛するつもりはないのだから。

(たとえ何があろうとも、俺はコルネリアを連れ戻す)

リシャールは強い決意を胸に、鐙《あぶみ》を蹴る。雪はいよいよ強くなり、冷たく頬を打ち容赦なく体温を奪っていく。

それでもなお、リシャールは馬を走らせる。その先に、コルネリアがいると信じて。

「間に合ってくれッ!」

雪嵐の中、リシャールは咆哮《ほうこう》した。

◆◇

「すみません、奥さん。海が荒れているので、一度コディルに寄港します。もう少ししたら一度船から降りてもらうことになるのですが……」

若い船員に声をかけられ、コルネリアは船室に備え付けられた簡易的なテーブルからのろのろと顔を上げた。

オルナの港を出港して、丸二日経った。小さな窓から見える海は、確かに荒れている。これ以上の航海は危険だと判断したのだろう。

一刻も早くピエムスタ帝国に到着し、セアム三世に謁見《えっけん》したいのはやまやまだが、仕方ない。

「……分かりました」

「到着したら、近くの宿にご案内します」

「ありがとう」

「あの……、コディルからも、定期的にオルナ行きの船が出ているはずです。もし、オルナに戻りたいんだったら、そちらに乗ってもいいんじゃないですか？」

若い船乗りはコルネリアを心配そうに見つめた。

コルネリアは、この船に乗ってから、リシャールを思い、ずっと部屋で静かにひとり涙を流していた。余計な心配をかけないよう、声を漏らさないように気を付けていたものの、これだけ目を泣き腫《は》らしていれば隠し通すことはできなかったらしい。

コルネリアは、青年の親切な言葉を振り払うように、静かに首を振った。

「優しい子。気遣ってくれてありがとう。でも、わたくしはピエムスタに行きます。いまさら、エツスタンには戻れないわ」

「そうですか。何か俺にできることがあったら、言ってくださいね」

若い船乗りはコルネリアに軽く頭を下げると、ドアを閉め、持ち場に戻っていった。

コルネリアは小さく息をついた。

（わたくしったら、駄目ね。あんな若い子を心配させてしまうなんて……）

コルネリアは、船室の壁にかけてある鏡にそっと目をやる。そこには、ひどくやつれた顔の女が映っていた。

「ひどい顔……」

コルネリアはぽつりと呟いた。頬に流れた涙の跡が残り、目の下にはくっきりと隈《くま》ができている。お世辞にも美しいとは言えない自分の顔に、コルネリアは自嘲した。これでは、リシャールの横に立つ資格もない。令嬢たちが自分をリシャールに不釣り合いだと嗤うのも当然のように思えた。リシャールの隣には、やはり美しいエッスタン人の令嬢が並ぶべきなのだ。そう思うと、今回の決断は正しかったのかもしれない。

コルネリアが去った後、リシャールは多少悲しむだろう。しかし、エッスタン人の令嬢がそんなリシャールを慰めるのだ。そして、リシャールは真実の愛を知る。

一方のコルネリアはピエムスタの片田舎で静かに暮らし、リシャールと過ごした思い出だけを胸に、静かに一生を終えるのだ。

「リシャール……」

もう何度呼んだか分からない名前を呟くと、また涙が溢《あふ》れてくる。

港を発《た》ってからというもの、ずっとこうだ。リシャールのことを考えると、涙腺が壊れてしまったかのように涙が止まらない。

長年離れていた母国に戻ろうとしているのに、エッスタンに半身を置いてきてしまったような、途方もない喪失感に襲われる。食事も喉を通らず、オルナの屋台で買った林檎をようやく口にしただけだ。エッスタンに圧力をかけている父をどう説得するかを考えなければならないとは分かっているものの、今は何も考えられない。脳裏に浮かぶのは、リシャールとの思い出ばかりだった。

コルネリアは両手で顔を覆《おお》う。

(リシャールに、会いたい……)

溢れる涙を止められず、コルネリアは嗚咽《おえつ》を漏らし、肩を震わせた。

しばらくすると、汽笛《きてき》の音が船内に響き渡った。コディルに到着したようだ。最低限の身支度だけでも整えようとコルネリアが立ち上がったその時、突如甲板の方から激しい足音が聞こえてきた。

「馬鹿野郎！　船に飛び乗るなんて、何を考えていやがる！」

「誰かその野郎を止めろ！　奥へ向かったぞ！」

水夫たちの焦《あせ》ったような濁声《だみごえ》が、船内に響き渡った。

コルネリアが驚いて硬直していると、荒々しい足音はまっすぐこちらに近づいてきて、ノックもなく船室の扉が開かれた。

コルネリアは急に部屋に入ってきた人物を見て、新緑色の目を大きく見開く。

「うそ……」

そこにいたのは、リシャールだった。

自分の願望が見せた幻かと疑ったコルネリアは、目を瞬《しばたた》かせる。しかし、リシャールは確かにそこにいた。髪を乱し、額に汗を浮かべ、じっとこちらを見る鋭い瞳は、今にも泣き出しそうにも見えた。

「リシャール、どうしてここに……」

「どうでもいいんですよ、そんなことは！」

リシャールのこれまでにないほど強い口調に、コルネリアは思わず体を竦《すく》める。リシャールは大股で部屋を突っ切った。

「また、俺から逃げようとしてるんですか？」

逞しい腕がコルネリアを引き寄せて、腕の中に閉じ込める。抱きしめる腕のあまりの力強さに、コルネリアは息を詰まらせた。

凍てつく冬の風に吹かれていたのか、リシャールの身体は冷たい。それなのに、彼の腕の中にいると、身体が燃えるように熱くなっていく。心臓の鼓動《こどう》が耳の奥にまで響くようだ。

（ああ、リシャールだわ……）

側にいてどうしようもなく安心するのに、切ないほど胸が苦しくなってしまう。そんな矛盾した気持ちを抱かせる人物は、この世界にたった一人だけ。

コルネリアはがっしりとした背に手を回して、力を込めた。リシャールはそれに応えるように、コルネリアを抱く腕の力を強める。それはもはや、縋《すが》るような抱擁《ほうよう》だった。

「そんな顔をして泣くぐらいなら、俺から逃げるなよ……ッ」

熱い吐息の混じった震える声が、コルネリアの鼓膜《こまく》を揺らす。リシャールがどれほど強い思いでコルネリアを追いかけてきたのか、言葉の端々から如実《にょじつ》に伝わってくる。

「俺から離れるなんて、絶対に許しません」

あまりに苦しそうなその言葉に、コルネリアは頷くことしかできなかった。

それから、リシャールは追いかけてきた船乗りたちに事情を説明し、コルネリアとともに下船する。別れ際、若い船乗りが「よかったですね」と安心したような顔で言い、にこやかに二人を見送ってくれた。降り立ったコディルは、夕闇が迫っているにも関わらず、人々で賑わっていた。海が荒れたため、港に足止めされる人が多いのだろう。

「宿に行きましょう。部屋は取ってあります」

そう言って、リシャールは港近くの宿屋へとコルネリアを連れていく。宿屋の三階の一室に到着するまで、リシャールは一度もコルネリアの手を離さなかった。

リシャールが借りた宿屋の一室は、質素だが清潔感のある部屋だった。

明かりは暖炉の熾火《おきび》だけで、どことなく薄暗く、心許《こころもと》ない。せめて蠟燭《ろうそく》に火をつけようとリシャールの手から逃れようとしたコルネリアだったが、リシャールがコルネリアを抱きしめ、それを阻んだ。

「リシャール……」

「部屋に戻ったら、コルネリアがいなくなっていた。あの瞬間の俺の気持ちが分かりますか？」

コルネリアを抱きしめる腕が、細かく震えている。

「目の前が真っ暗になって、世界が終わったかと思いました。初めて戦場に立ったあの日より、恐ろしくて、コルネリアを失ったら後悔すると、それればかりを考えていた」

「理由も言わずにいなくなってごめんなさい。でも、わたくしはエッスタンを去るべきなのよ」

リシャールはコルネリアをそっとソファに座らせると、自分は冷たい床に跪《ひざまず》いた。そしてコルネリアの華奢《きゃしゃ》な手を両手で包み、額に押し当てる。

「理由を、教えてください……。お願いです」

リシャールの懇願《こんがん》に、何から話すべきか、コルネリアは一瞬迷った。雨混じりの強い雨が、窓をカタカタと揺らす。

ややあって、コルネリアは口を開いた。

「ピエムスタ帝国に帰国するよう、お父様から命じられたの。それに、ピエムスタはエッスタンに圧力をかけていると噂で聞いたわ。だから、わたくしはお父様に直訴しようと考えたの」

「……帝国に帰って、どうするつもりなんですか？」

「ピエムスタ帝国に帰れば、お父様にトレヴァス領を委譲《いじょう》していただいて、領主となる予定よ」

「そんな大事なこと、どうして俺に相談してくれなかったんですか！」

「だって、リシャールは新しい結婚相手を探しているようだったし……」

「それは……」

「ここ最近城を空けがちだったのも、エッスタンの有力な家門の令嬢たちとの縁談をまとめようとしていたからでしょう？　そうすれば、圧力をかけるピエムスタへ抵抗できる。わたくしも、そうしたほうがいいと思うわ。わたくしのような他国の皇女を娶《めと》っても、国外からの干渉を誘引するようなものだもの」

消え入りそうな声で、コルネリアは言った。

「……どう考えても、わたくしがこのエッスタンにいないほうが、貴方にとってはやりやすいはずよ。だから、わたくしはエッスタンを去るつもりだったの」

リシャールは呆気《あっけ》に取られたような顔をした後、深いため息をついた。

「どこから、訂正すればいいのか……」

「どういうこと？」

「確かに、一部の貴族たちにエッスタンの令嬢たちの釣書《つりがき》を大量に渡されていたのは事実です。それに、俺が第二夫人や愛人を探しているとかいう噂で、エルムヴァール城に令嬢たちも殺到しました。第二夫人を置くことも貴族社会では珍《めずら》しいことではありませんからね。……でも俺は、コルネリア以外を妻にするつもりはない。それは今も、これからも絶対に変わりません」

当然のように、リシャールはきっぱりと言い切った。見上げる瞳に、嘘偽りの影はない。

「じゃあ、最近城を留守にしていたのは？」

「ラーク王国との貿易ができるように、各所と打ち合わせを行っていました。これまで、エッスタンはラーク王国との貿易ルートがありませんでしたからね。今日会わせるはずだった人物も、ラーク王国との橋渡しをしたオデリー男爵という男です」

聞けば、オデリー男爵は新たに商会を開き、ラーク王国との貿易ルートを確保したという。これまで交易のなかった国との貿易を始めることは、容易なことではない。オデリー男爵は自ら橋渡し役を申し入れ、並々ならぬ尽力を行ったらしい。

リシャールはオデリー男爵とコルネリアを引き合わせたかったのだ。

「近々ラーク王国からとあるものを仕入れる予定です。オデリー男爵は、今回の働きを評価して、近い将来宰相に任命したいと考えています。だから、事前にコルネリアと会わせておいても損はないと考えていました」

「せっかくの機会だったのに、台無しにしてごめんなさい」

「大丈夫ですよ。オデリー男爵も、約束を放って不在にしていたようですから。あの男は優秀ですが、少々自由奔放《ほんぽう》すぎるきらいがある。今度会ったときは、きつく言っておきます」

リシャールはゆっくりと立ち上がり、コルネリアの隣へと座った。

「ピエムスタ帝国からの圧力に関してですが、結論から言えば、コルネリアは何も心配しなくてもいい」

「でも、商館の廊下で話す声が聞こえたの。リシャールが、お父様から圧力をうけていると……。商人たちは、エッスタンの貴族令嬢を娶れば、こんな問題にならなかっただろうと言っていたわ」

リシャールはそっとコルネリアの白い手を取り、自分の手を重ねた。自分より冷たい体温が心地よい。

「確かに皇帝陛下に強い圧力をかけられていたのは事実です。街の復興に必要な石材や材木の関税を引き上げてやるとね」

「……っ！　やっぱり」

「関税の引き上げを撤廃《てっぱい》する条件は、コルネリアと離婚して、ピエムスタ帝国に帰国させることでしたが」

「わたくしとリシャールの離婚が、撤廃の条件……？」

まさかの条件に、コルネリアは驚いた。

リシャールはコルネリアの手を握りしめ、新緑色の瞳を見て話を続けた。

「もちろん、この申し出は受け入れませんでした。……実は、俺がエッスタンに戻る前から、ずっと皇帝陛下からコルネリアを帰国させるよう言われていたのです。しかし、俺はコルネリアと離れたくなかった。だから、皇帝陛下の要求をのらりくらりとかわしていたのです。そんな俺の態度に、陛下も痺れを切らしたようです」

「でも、ピエムスタ帝国からの圧力は、さすがに無視できないんじゃ……」

「ソロアピアン大陸最北の貿易の要《かなめ》を失いたいのかと逆に脅しましたよ。もしコルネリアを無理やり俺から奪おうとするならば、今後ピエムスタからの船はエッスタンへの寄港を禁止してやる、と」

「えっ……」

「ピエムスタ帝国の船は、ソロアピアン大陸の最西北のオルナを経由することなくして、ハスタ海以西の国に船を出すことはできません。できたとしても、補給源が途絶えたことにより、航海できる範囲が大きく制限される。ピエムスタ帝国の経済にも大きな影響を与えられるかと」

事もなげにリシャールは言う。コルネリアは青ざめた。大陸の最西北にある港を預かるエッスタンの領主が本気になれば、本当にそれを実行できてしまうだろう。そうなれば、ピエムスタ帝国は大きな打撃を受けることになる。

「そ、そんな意趣返《いしゅがえ》しのようなことをしては駄目よ！」

「大人げない要求には大人げない応酬《おうしゅう》が必要だと判断しました。これにはさすがの皇帝陛下も参ったのか、それっきり返事はありませんでした。しかし、まさかコルネリアに直接手紙を送って帰国を促すなんて」

油断した、とリシャールは舌打ち交じりに言う。

「俺が、コルネリアを手放すなんてありえないのに」

コルネリアの手を、リシャールは強く握った。その手は、何もかも委ねても大丈夫だと思わせるほどに、大きく頼もしい。

「それで、最初の話に戻りますが、貴女は俺と離縁して、ピエムスタ帝国に帰りたいのですか？」

「……ピエムスタ帝国の皇女として、そうするべきだと分かっているわ。お父様はそう望んでいるし、わたくしにはもう、貴方やエッスタンに与えられるものが何もないから」

「何も求めません。与えるだけ与えて、何も受け取ろうとしないのは、コルネリアの悪い癖《くせ》ですよ。それに、ピエムスタ帝国の皇女の考えではなく、コルネリアの望みが俺は聞きたい」

低く落ち着いた声が、心の深い部分に問いかけてくる。

「わたくしの、望み……」

コルネリアは胸に手をあてる。

（本当に、わたくしが望んでいるのは……）

これまで、父の言いつけは絶対だった。祖国を離れ、リシャールの妻になったのも、コルネリアの意志ではない。これまで、ピエムスタ帝国の皇女として、自分の望みは全て諦めていた。望んだところで、どうせ手に入らないと。

しかし、そんな思いもいつの間にか変わってしまった。いつかエッスタンを去るつもりでいたのに、気付けばエッスタンにいたいと思っていた。リシャールの妻でありたいと、望んでしまっていた。

リシャールがコルネリア以外の誰かと結婚するという未来を考えると、心が引き裂かれるように痛んだ。リシャールが会わせたい人がいると言った時、嫉妬で胸を焦《こ》がしてしまった。エッスタンから離れてしまえば、リシャールともう二度と会えないかもしれないと思うと、涙が止まらなかった。

自分の気持ちからずっと目を背《そむ》け続けていたのだと、コルネリアは気付く。そして、自分の真の

願望にも、気付かないふりをしていた。

コルネリアは、震える手をリシャールの背中に回し、逞しい胸に顔を埋《うず》めた。リシャールもまた、力強くコルネリアを抱きしめる。

「……貴方との未来がほしい」

胸の中の望みを明かした途端、涙が滂沱《ぼうだ》と流れ出す。子供のように泣きじゃくるのはみっともないと思いながらも、コルネリアは流れる涙を止められない。

嗚咽《おえつ》するコルネリアの背中を、リシャールは優しく撫でた。

「貴女の本心を知った以上、俺はもう絶対に貴女を離しはしません」

リシャールは抱きしめていた腕をほどき、コルネリアと向かい合った。アイスブルーの瞳が、じっとコルネリアを見つめている。

二人は、どちらともなく顔を近づけ、唇を重ねた。リシャールはコルネリアの頤《おとがい》に手を添えて固定し、何度も角度を変えて口付ける。次第に深くなるキスに、コルネリアは翻弄された。

空気を求めて口を開くと、待っていたとばかりに、長い舌がコルネリアの舌を絡めとる。徐々に深まる口付けに、コルネリアは陶然《とうぜん》となる。

（食べられてしまいそう）

リシャールにならそれでもいいと、コルネリアは思った。身も心も捧げてしまいたくなる相手は、この世にひとりだけだ。

アイスブルーの瞳が、じっとこちらを見ている。潤《うる》んでいるように見えるのは、激しいキスのせいか、それとも別の理由からだろうか。

「約束してください、コルネリア。もう二度と、俺から逃げないと……」

唇を離したリシャールが、コルネリアに言い聞かせるように耳元で囁く。執着を滲《にじ》ませた声音に、コルネリアの背筋がぞくりと粟立《あわだ》った。それを見通したように、リシャールの大きな手が、コルネリアの背中を撫で、腰を辿る。

コルネリアはリシャールの首に縋りつくと、自分から唇を重ねた。リシャールは驚いたように目を見張ったが、すぐに主導権を取り戻し、さらに深い口付けを与えてくる。

こちらを見つめてくる熱を孕《はら》んだ目に囚われて、コルネリアは甘い陶酔感《とうすいかん》に溺れそうになった。

「愛しています、コルネリア。貴女を手放す気は、一生ありません」

まるで神の前で宣言する誓いのようなその声に、キスと愛撫《あいぶ》で昂《たか》められた体が、さらに熱を帯びていく。もう何も考えられない。リシャールのこと以外、何も。

その晩から、コディルの街はひどい雪嵐に見舞われ、リシャールとコルネリアは宿屋で足止めを食らうこととなる。

荒れる天候が治まるまでの数日間、二人は束の間の蜜月を堪能し、互いの身体を貪りあった。

第五章　皇女ではなく妻として

「コルネリア様、足元にはお気をつけくださいね」

「ええ」

春の空の下、コルネリアはサーシャの後に続いてゆっくりと石畳の階段を下っていった。春先のエツスタンは、まだ凍《こご》えるように冷たい風が吹いている。裏地に毛皮を縫《ぬ》い付けた外套《がいとう》は暖かいものの、コルネリアは襟元《えりもと》を合わせてふるりと小さく身体《からだ》を震わせた。雪が溶けてきたとはいえ、外套を手放すのはまだ先の話になりそうだ。

コルネリアとサーシャは城の厩舎《きゅうしゃ》に足を運んでいた。厩舎に雪のように真っ白な仔馬が生まれたらしい。その噂《うわさ》を聞いたサーシャが「見に行きましょう」と誘ってくれたのだ。

厩舎は城門の近くにあるため、城からは少し距離がある。気を抜くとすぐに部屋に引きこもってしまうコルネリアにとっては、良い運動だ。

足取り軽く先を歩くサーシャが、ふいにくるりと振り返った。

「ずっと聞こうと思っていたのですが、聖人祭の間に何かありましたか？　聖人祭のあとから、コルネリア様とリシャール様の距離はぐっと近くなられたように思います。聖人祭の間、お二人はどこかに出かけられていたんですよね」

突然の質問に、コルネリアは一瞬言葉に詰まった。聖人祭中に城の管理を任されていたセバスチャン以外、コルネリアがピエムスタに戻ろうとしていたことについては誰にも知らせていない。

「ええっと……、コディルに少し滞在したの。いい時間を過ごせたわ」

コルネリアは、言葉を濁《にご》して答えた。

結局、コルネリアはエルムヴァール城に戻り、エッスタンに留まっている。

コディルからエルムヴァール城に戻ったリシャールは、すぐにセアム三世に抗議の手紙を送った。内容は、もしコルネリアを帰国させたいのであれば、命を懸《か》けた決闘も辞さないという過激なもので、セアム三世は度肝を抜かれたという。単なる公爵《こうしゃく》であるリシャールが、皇帝相手にここまで強気に交渉できるのは、ひとえにリシャールが先の戦争で大きな勲功《くんこう》をあげたからだろう。

リシャールの勢いと熱意に負け、ついにセアム三世はコルネリアとリシャールの離婚を渋々諦《あきら》めたのだ。

(お父様には申し訳ないけれど、リシャールがそこまでわたくしのことを考えてくれていると思うと、嬉《うれ》しいわ)

聖人祭前にしきりにエルムヴァール城を訪れていた若い令嬢たちも、いつの間にかぴたりと姿を見せなくなった。リシャールが裏で手を回したようだったが、貴族との付き合いに疎《うと》いコルネリアは、全容を把握できていない。

兎《と》にも角《かく》にも、こうして再び平和な日々が訪れた。

相変わらずリシャールは城を留守にすることが多いものの、コルネリアの心が以前のようにざわつくことはない。むしろ、以前よりもずっとリシャールを近くに感じられるようになった。

「あの時、リシャールとゆっくり話す時間がとれてよかった」

コルネリアは心から言う。サーシャは微笑《ほほえ》んだ。

「最近、リシャール様と一緒にいるコルネリア様は心から楽しそうで、なんだか見ている私も幸せな気持ちになります」

「ええっ、そ、そうなの？」

コルネリアはハッとした顔をして頬《ほお》に手を当てた。顔に出ていたようで妙に照れ臭い。

優しい笑みを浮かべていたサーシャだったが、ふと真面目《まじめ》な顔になった。

「……あの、そのご様子だと、ずっと抱えていらっしゃったお悩みもきちんと解消されたんですね」

「えっ？」

「聖人祭の前、コルネリア様は何かに悩まれているようでした。私、本当に心配していたんですよ。でも、何かご事情があるようでしたし、コルネリア様が相談してくださるのをずっと待っていたんです」

初めて知ったサーシャの健気《けなげ》な気遣いに、コルネリアは目を見開いた。

心配をかけないようにいつも通りに振る舞っていたつもりだったが、知らずしらずのうちにサーシャには気取られていたようだ。

「心配をかけてしまっていたのね。わたくしはもう、大丈夫よ」

「よかったです！」

サーシャは明るい声でそう言うと、コルネリアの手を取った。

「私はただのメイドで、頼りないかもしれません。でも、いつだってコルネリア様には幸せになってほしいと思っています。もちろん、城で働く他の皆もそうですよ。だから、困ったことがあれば、いつだって私たちを頼ってくださいね」

「……ありがとう、サーシャ」

「はい！」

ぎゅっと握ってくる手は温かい。あの時、船でピエムスタに帰っていれば永遠に知ることもなかった温《ぬく》もりだ。胸の中がじんわりと暖かくなっていく。

(リシャールがこの城に連れ戻してくれてよかった。あのまま船に乗ってピエムスタ帝国に帰っていれば、トレヴァスの屋敷で一生後悔していたはずだわ)

コルネリアは改めてリシャールに深く感謝する。

サーシャは明るく笑って踵《きびす》を返した。

「さ、厩舎はもうすぐで――」

「リシャール様に会わせなさい！　私を誰だと思っているの？」

突如、城門の方からヒステリックな叫び声がした。若い女の声だ。それに交じって、困惑する衛兵たちの声が聞こえた。

「この城には許可がある者しか入ることを許されません！」

「ちょっと、触らないでくれる？　私はお前たちのような下賤《げせん》な者たちが触っていい女じゃないの！」

「ベッテラム！　なんだこの女！　おい、人を呼べ！」

どうやら訪問客が突然現れ、衛兵たちと激しい口論になっているらしい。城門から少し離れた場所にいるコルネリアたちの耳にも届くほどの騒動だ。

サーシャは形の良い眉をひそめた。

「こんなところで騒ぐなんて、なんて非常識なんでしょう」

城門には常に衛兵がおり、警備は厳重だ。こんなところで騒げば、たちどころに衛兵たちに取り押さえられてしまう。

「コルネリア様の身に何かあったら大変です。仔馬を見るのは明日にして、城に戻りましょう」

「でも、なんだか様子がおかしいわ。嫌な予感がする」

サーシャの抑止を振り切り、コルネリアは階段を下りる。

城門の前では、金髪の女と衛兵二人が口論をしていた。女は痩《や》せ細り、腕は枯れ木の枝のように細い。その細さを誤魔化すようにたっぷりとしたパニエの入った深紅のドレスを着ているものの、それが一層彼女の貧相な身体を際立たせている。この寒空の中、大きく開いた襟ぐりからは、痛々しいほどに鎖骨が浮き出ている。

(あの人、どこかで見覚えが……)

衛兵たちを睨《にら》む、珍《めずら》しい紫色の瞳をした金髪の女。その女がカロリナ・ブランジェットだと、コルネリアはややあって気がついた。あまりの変わりように、コルネリアは静かに息を呑《の》む。

サーシャも、騒いでいる女がカロリナだと、ようやく気付いたようだ。

「ひどい……。カロリナ様は、紅根薬《こうこんやく》を絶てなかったんですね」

城に現れたカロリナは、頬はこけ、昔の美しい面差《おもざ》しは見る影もない。あれほど輝いていた金髪も、今はどことなくくすんでいて、不潔な印象を与えた。

「ええい、離しなさい！　離しなさいったら！」

衛兵たちに両腕を摑《つか》まれたカロリナは手足を激しくばたつかせる。放っておけば、間違いなくカロリナは粗末《そまつ》な牢獄《ろうごく》に入れられてしまうだろう。

追放されたとはいえ、侯爵家《こうしやくけ》の令嬢を見捨てるわけにいかない。せめて用件を聞こうと、コルネリアは衛兵たちに声をかけた。

「ごめんなさい、ちょっといいかしら」

「今は立て込んでおりますので……、って、コルネリア様？　こ、これは、お見苦しいところを！」

「いいのよ。大変な時にお邪魔してごめんなさい。このご令嬢と、わたくしがお話ししてもいいかしら？」

「この女とお知り合いですか？」

「……ええ」

コルネリアはゆっくりと頷《うなず》く。

衛兵にヒステリックに怒鳴り散らしていたカロリナが、コルネリアを見た瞬間、驕慢《きようまん》な笑みを浮かべる。

「あら、ピエムスタの皇女様じゃない。相変わらずパッとしないこと。まだこの城にいたのね。図々しいったらありゃしないわ」

「カロリナ嬢、貴女《あなた》はロベネウにいたはずじゃ……」

カロリナの名前を聞いた途端、衛兵たちが顔を見合わせた。かつて社交の華と呼ばれていた令嬢の変わり果てた姿に驚いたのだ。

当のカロリナは、顔に憤激《ふんげき》の色を漲《みなぎ》らせてコルネリアをねめつけた。

「そうね。私はロベネウにいたわ。何もないジメジメした田舎《いなか》に、五年間も！　アンタのせいよ！」

散々な言い草だ。傍《かたわ》らで話を聞いていたサーシャは思いっきり顔を顰《しか》め、コルネリアに詰め寄ろうとするカロリナに抗議する。

「失礼ですよ！　貴女様が首都を追放されたのは、エッスタンで厳しく禁止している紅根薬に手を染めていたためではないですか！　それをコルネリア様のせいにするなんて、責任転嫁《てんか》も甚《はなは》だしい！」

「メイド風情《ふぜい》が、黙りなさい！　下賤なお前が私に注意するなんて、どういうつもりッ？　私はブランジェット侯爵家の一人娘なのよ？　まったく、ピエムスタの皇女様は、自分の配下の者の躾《しつけ》も満足にできないようね！」

カロリナはサーシャを怒鳴りつけた。どことなく焦点の合わない紫色の瞳は、好戦的にギラギラ輝いている。状況は悪くなる一方だ。とりあえずこの場を収めようとしたコルネリアは、視線でサーシャを下がらせ、頭を下げた。

「ごめんなさい。この子にはよく言っておきますから、どうか怒りを鎮めてくださらないかしら」

「なによ、いい子ぶって！　よそ者のくせに高貴なエッスタンの王族の妻になろうとした、図々しい大罪人のくせに！　アンタさえいなければ、私はリシャール様と結婚できて、王妃になっていたのよ？」

カロリナは苛々《いらいら》した様子で自分の爪を噛《か》む。土気色の指の先は、赤い血が滲《にじ》んでいた。

「この女がリシャール様を横取りしてから、何もかも最悪よ！　お父様は私に冷たくなった！　政治の駒として使えなくなったからって！」

目を吊《つ》り上げたカロリナの口調が徐々に激しくなっていく。今にも、こちらに飛びかかってきそうな勢いだ。その所作に、かつての優美さはどこにもない。

彼女がここまで変わってしまったのは、おそらく紅根薬が原因だろう。紅根薬は、常用すると徐々に感情の制御ができなくなる。

ブランジェット侯爵家の領地であるロベネウにほぼ監禁《かんきん》状態になったカロリナは、再び紅根薬に手を出してしまったのだろう。しかし、紅根薬に溺《おぼ》れたところで、追放された怒りや恨《うら》みが消えるわけではない。次第に負の感情だけが増幅されていき、理性の歯止めがきかなくなったのだ。

「最悪よ！　こんな年増《としま》にリシャール様は相応《ふさわ》しくないのに！　リシャール様が、こんな女を選ぶはずないのに……ッ！」

カロリナは未《いま》だにヒステリックに喚《わめ》き散らしている。かつてエッスタンで一番美しいと讃《たた》えられるほどの美貌《びぼう》を誇った令嬢の姿は、もうどこにもない。カロリナの変わり果てた姿に、コルネリアは憐《あわれ》みを覚えた。

「……可哀想《かわいそう》に」

コルネリアの口から思わずついて出た言葉に、カロリナは顔を歪《ゆが》ませた。

「可哀想、ですって？　アンタごときの女が、私に同情するって言うのッ？」

「ご、ごめんなさい。貴女を傷つけようと思って言ったわけじゃないわ」

「なによ、なによ……ッ！」

カロリナは血走った目でコルネリアを睨みつけ、衛兵たちが油断した一瞬の隙をついてコルネリアに向かって猛然と飛びかかった。

「きゃっ……」

カロリナはコルネリアの細い首に手をかけ、枯れ木のように細い腕からは想像もつかないほどの力で首を絞めた。

「アンタさえ、アンタさえ、いなければ……ッ！」

「ううっ……」

コルネリアは必死にカロリナの手を引《ひ》き剝《は》がそうとしたが、びくともしない。

(息が、できない……っ)

コルネリアの視界が徐々に狭《せば》まっていく。衛兵たちやサーシャが必死で引き剝がそうとしたものの、カロリナは恐ろしい執念でコルネリアを放すことはなかった。手足の先が痺《しび》れ、コルネリアの意識が遠くなっていく。——その時だった。

「何をやっている！」

ふいに馬の嘶《いなな》きと共に鋭い声が響き、コルネリアの身体は急に自由になった。霞《かす》む視界に、馬からひらりと飛び降りてカロリナに剣を向けるリシャールの姿が映る。

「リシャー、ル……？」

カロリナの手から解放されたコルネリアは、その場にへたり込み、激しく咽《む》せた。

「コルネリア様、大丈夫ですか？」

サーシャが、コルネリアの肩を抱き、安心させるように背中を撫《な》でた。まだ呼吸が整わないコルネリアは、サーシャに支えられてようやく立ち上がる。

急に現れたリシャールは、コルネリアを庇《かば》うようにカロリナの正面に立ちはだかった。

「城門で異変があったと衛兵から報告を受けて来てみれば、何事だ！」

リシャールの額には、玉のような汗が浮いていた。城下町に向かおうとしていたところを、騒ぎを聞きつけて馬を繰ってここまで来たらしい。凄《すさ》まじい殺気を放ちながら、リシャールはカロリナに剣を向けた。

「貴様、なんのつもりでこのような狼藉《ろうぜき》を働いた！」

リシャールは、ギッとカロリナを睨みつける。アイスブルーの瞳は、憎悪に燃えていた。

カロリナはリシャールの鋭い視線をものともせず、優雅な淑女《しゅくじょ》の礼を取る。

「お久しぶりでございます、リシャール様。カロリナ・ブランジェットがご挨拶《あいさつ》を申し上げますわ」

甘い声は男を惑《まど》わす色香があった。先ほどまでヒステリックに喚き散らしていた女と同じ人物とは思えない。菫色《すみれいろ》の瞳が、媚《こび》を売るように輝いた。

リシャールの眉間に、深い皺《しわ》が寄る。

「……ブランジェット侯爵家の一人娘、カロリナか」

「まあ、覚えていてくださって嬉しいですわ！」

「何故《なぜ》ここにいる？　二度とこの地を踏むなと命じたはずだ」

リシャールが押し殺した声で言う。

ハンソニア王国からの紅根薬をブランジェット侯爵家が治める領地の港を通じて流通させた侯爵とその娘カロリナは、首都を追われた。公爵であるリシャールが召喚しない限り、ブランジェット家の人間は二度と首都には入れないはずだ。

リシャールの反応に、カロリナは芝居がかった仕草で驚いた顔をしてみせた。

「まあ、そのようなことを言っていいのかしら。私はこのエッスタンを救うため、この城にわざわざ来たというのに！」

「……どういうことだ？」

カロリナは、赤く塗られた唇を歪めるように笑う。まるで、何も知らないコルネリアたちを嘲笑《あざわら》うかのように。

「ハンソニアが近いうちに攻めてきますわよ」

「なに？」

突然の一言に、リシャールの顔色が変わった。一瞬その場がざわつく。

カロリナは、満足げにくつくつと喉《のど》を鳴らして嗤《わら》った。リシャールの表情が変わったのが、よほど嬉しいのだろう。

「以前の戦争の時から、父はハンソニア王国の使者たちと密《ひそ》かに同盟を結び、エッスタンの情報を漏《も》らしていました。最初は、自分の安全を確保するためでしたが、少しずつ欲に目が眩《くら》んでいった。国王夫妻が亡くなられて、きっと箍《たが》が外れてしまったんでしょうね。幼いリシャール様を意のままに操って傀儡《かいらい》にし、権力を手に入れようと画策したわけです。でも、ご存じの通りその計画は大失敗」

カロリナは憎々しげにコルネリアを睨む。

「その女の登場で、ブランジェット侯爵家の命運は狂い始め、ついにお父様は権力を掴むどころか宰相《さいしょう》の地位からも追われる羽目になりました。でも、父は諦めの悪い性格なんです」

「……再び、権力を取り戻そうと、ハンソニアと手を組んだわけだな」

「ご明察ですわ。さすがリシャール様！　貴方様《あなた》はずっと、賢く、聡明《そうめい》な方でしたものね」

カロリナは、恍惚《こうこつ》とした表情で両手を組んだ。リシャールは首を振る。

「御託《ごたく》はよい。なぜそれを俺に伝えた。エッスタンに仇《あだ》なす父を告発したところで、お前に何の利益がある？」

リシャールはカロリナの真意を探ろうと、注意深く彼女を見つめる。カロリナはくすんだ金髪を後ろに払うと、芝居がかった仕草で自分を抱き、囁《ささや》くように告げた。

「まあ、そんな野暮なことをお聞きになるの？　私がリシャール様を愛しているからに、決まっているじゃないですか。貴方様のためなら、私は実の父でも裏切りますわ。それに……」

カロリナは、コルネリアをちらりと見た。その眼には、侮蔑《ぶべつ》と、勝ち誇ったような色が浮かんでいる。

「その穢《けが》らわしいピエムスタ人の血でエッスタン王族の血を濁すより、エッスタンの高貴な血が流れるこの身の方が何倍もエッスタンのためになるでしょう」

「……愚《おろ》かな」

「愚かなのはどちらです？　その高貴なるエッスタンの血を、リシャール様はめちゃめちゃにしようとしているのですよ。それが、どれほどの大罪か――」

「カロリナ・ブランジェット。お前は紅根薬をロベネウに流通させ、領民たちを紅根薬中毒にして、利益を得ようとしているらしいな」

リシャールの突然の一言に、それまで勝ち誇った顔をしていたカロリナは、一転して表情を引き攣《つ》らせた。

「――ッ？　ど、どうしてそれを……」

「昔、お前の父にはよく言われたものだ。『怪しいものは常に監視しろ』と。だから、ブランジェット家の動きは常に見張っていた。証拠も山ほどある」

リシャールの声音は冷ややかだ。カロリナの顔色が徐々に青白くなっていく。

「か、監視していたなんて……、そんな……！」

「お前の真意は分かりかねるが、紅根薬売りの商人と結婚の約束をしているという情報も得ている。それなのに、俺を愛している？　よくもそんな見え透いた嘘《うそ》をつけたものだな」

「あっ、あの、……それは……」

「俺に擦《す》り寄ったのも、紅根薬を買うための金を得るためだろう」

「あ……、あああ…………」

カロリナは目をキョドキョドさせ、再び血が滲んだ爪を噛み始める。それまで取り繕《つくろ》っていた令嬢の仮面が、ぼろぼろと剝がれ落ちていく。

「そんな……、私の計画が……。この城を私のものにしたら、もっと……たくさん紅根薬が手に入ると思っていたのに……」

リシャールは、そんなカロリナを底冷えのする眼差しで見つめていた。

「最後に有益な情報をもたらしたことだけは感謝する。――この女を地下牢《ちかろう》に繋《つな》げ。有益な情報は残らず絞り出せ」

「御意《ぎょい》」

衛兵たちによって、カロリナは地下牢へ連れて行かれた。地下牢に閉じ込められた彼女は、これから地獄を見ることになるだろう。

カロリナの姿が見えなくなり、リシャールは息をついてコルネリアを抱きしめた。

「よかった……。もう少し遅ければ、コルネリアを永遠に失ってしまうところでした」

抱きしめる腕が震えている。ようやく呼吸が落ち着いたコルネリアは、小さく首を振る。

「もう大丈夫よ」

「でも、首に傷が……」

首元を触ると、血が滲んでいる箇所があった。首を絞められた時、カロリナの長い爪が食い込んだらしい。リシャールの眼に怒気が宿る。

「あの女、あの場で叩《たた》き斬《き》ってやるべきでした」

「そんなこと駄目よ！」

コルネリアは必死で首を振る。

「それより、ハンソニアが攻めてくるって……」

「ベッテラム《くそったれ》、ハンソニアはもう動いたようです。思ったより早かった……」

リシャールは毒づいて前髪をグシャグシャにかき回す。その顔には、尋常ではない焦《あせ》りの表情が浮かんでいた。

「戦が始まるでしょう」

コルネリアは直感で、平和な日常が唐突に終わろうとしていることを悟った。

「カロリナ嬢の言ったことが、どうか嘘でありますように……」

コルネリアは幾度も神に祈ったが、その祈りも虚《むな》しく、翌日にカロリナの証言は真実だったとリシャールに告げられた。

ブランジェット侯爵はすでに取り巻きたちを連れてハンソニアに渡っており、侯爵家の屋敷はもぬけの殻だったらしい。薬漬けになってほとんど廃人同然になっていたカロリナは、利用価値がないと見捨てられたのだ。ハンソニアに渡った侯爵は、これまで従順だった娘が土壇場《どたんば》で自分を裏切ったとは夢にも思っていないだろう。

「ハンソニアはすでに兵を集め、戦の準備をしていると見て間違いない。戦の用意を」

リシャールの命を受け、エッスタンは物々しい空気に包まれた。絶えず復興の槌音《つちおと》が響いていた街は、馬の嘶きと騎士たちの荒々しい怒声がこだまする街に様変わりした。

コルネリアもまた、すぐに行動を起こす。

幸いにも、領主代理をしていた伝手《つて》で、諸外国の重鎮《じゅうちん》たちとの繋がりはある。ハンソニアの侵攻に備え、コルネリアは早い段階で周辺諸国に援護を要請《ようせい》し、協力を得た。

特にハンソニア軍の侵攻を重く見たセアム三世の決断は早く、コルネリアから手紙が届いた僅《わず》か三日後には、騎士団長フェルナンド・ソルディが率いる帝国最強の王宮騎士団の派遣に踏み切った。

二週間後、ピエムスタの精鋭たちがエッスタンの国境を越え、オルナに入った。

遠くピエムスタ帝国から派兵された騎士たちを労《ねぎら》うため、コルネリアは自ら城下町に下りて、彼らを出迎える。

藍色《あいいろ》の騎士服を纏《まと》ったピエムスタの騎士たちの姿を見て、コルネリアは小さく息をついた。

(ピエムスタの援軍が受けられるのは、心強いわ)

ピエムスタの騎士たちは、コルネリアの出迎えに気付き、一斉に踵《かかと》を鳴らして最敬礼した。

その中から、背の高い黒髪の騎士がひとり前に出て胸に手を当てる。

「帝国の麗しい月、コルネリア様にご挨拶を申し上げます。遍《あまね》く人々に栄光が降り注がれんことを」

「フェルナンド!」

懐《なつ》かしい顔に、コルネリアは顔を綻《ほころ》ばせた。フェルナンドはコルネリアの手を自然に取り、恭《うやうや》しく指先に口付ける。

久しぶりに会ったフェルナンドは、記憶のままだ。鋭い榛色《はしばみいろ》の目は落ち着いていて、語りかけてくるピエムスタ語は低く、ベルベットのように滑《なめ》らかだ。

たまたま通りかかった町娘たちが、フェルナンドに熱い視線を送っている。エッスタンは美男子揃《ぞろ》いではあるものの、フェルナンドの男ぶりはエッスタン人の繊細な美しさとは違い、雄々《おお》しい力強さに溢《あふ》れている。

(昔のわたくしは、フェルナンドがいつも大人扱いしてくれて、嬉しかったわ。こうやって挨拶で手にキスをされるだけで、ドキドキして眠れなかったもの)

懐かしさに、コルネリアはそっと目を細めた。ピエムスタでフェルナンドにときめいていた頃が、大昔のように感じられる。

「来てくれてありがとう、フェルナンド。叶《かな》うなら、こんなタイミングで再会したくはなかったのだけど……」

「忠誠を誓った貴女様の呼びかけとあらば、世界の果てでも喜んで参りましょう。お忘れではないでしょう？　私は貴女の騎士ですから」

フェルナンドが熱い眼差しでじっとコルネリアを見る。その瞳は、何かを訴えるような光を帯びている。真意を測りかねて、コルネリアが戸惑《とまど》っていると、騎士たちの中から背の高い赤毛の騎士が歩み出た。

「コルネリア様！」

声をかけてきたのは、コルネリアが輿入《こしい》れの際に護衛騎士をしていた赤髪の騎士だった。騎士は胸に手を当て、そばかすの散った顔に感極まったような表情を浮かべている。

「エッスタンにお一人で残してしまったコルネリア様をずっと心配しておりましたが、お元気そうで何よりです！」

彼は、セアム三世に宛てた手紙を託された際、エッスタンの兵士に囚《とら》われてしまった騎士だった。自分の不手際が原因で、コルネリアがピエムスタ帝国から連れて来た護衛騎士やメイドたちを帰還させざるをえなくしてしまったことを、彼はずっと悔やんでいたのだという。

「貴方の所為《せい》じゃないわ。心配をかけてごめんなさい。また会えて嬉しいわ」

「次こそは、コルネリア様をお護りします！」

「ありがとう、とても心強く思います」

頼もしい味方に、コルネリアは目を細めた。

赤毛の騎士は、そばかす顔を紅潮させ、まっすぐにコルネリアを見て言った。

「それにしても、コルネリア様は、大層お美しくなられましたね」

「あら、あの無骨な騎士さんが、ついにお世辞が言えるようになったの？」

からかうように騎士を見つめると、騎士は言葉に詰まって耳まで顔を真っ赤にした。コルネリアが首を傾《かし》げて見つめると、騎士はますます困ったような顔をする。それを見たフェルナンドは鷹揚《おうよう》に笑いながら、騎士に助け船を出した。

「その騎士はお世辞を言ったわけではありませんよ。コルネリア様が本当にお美しいので、思ったことを口にしただけだ。しかし、最近この男は所帯を持ちましてね。あまり誘惑するのはやめてやってくださいませんか」

「ゆ、誘惑だなんて、そんな……」

「本当に、美しくなられましたね。昔から美しい方でしたが、一段と輝きが増したようだ」

フェルナンドの紳士的な対応を目の当たりにしたまわりの騎士たちが、まだ頬が赤い赤髪の騎士を冷やかした。

「さすがソルディ団長だ！　お前とは違ってコルネリア様への対応も様になってるなぁ！　お前、本当にコルネリア様付きの護衛騎士だったのか？」

「なっ……！　仕方がないだろう！　閣下《かっか》はコルネリア様の婚約者だったんだ。俺みたいな弱小家門の騎士と比べるなよ！」

赤髪の騎士が言い返したその瞬間、荒々しい足音と共に長身の男が現れた。リシャールだ。急いで来たのか、髪が乱れている。

「リシャール、ピエムスタ帝国から頼もしい味方が来てくれたわ」

コルネリアはおっとり微笑んだ。リシャールはフェルナンドとコルネリアの間に無理やり入る。

「ソルディ卿《きょう》、お早い到着でしたね。先触れでは、もう少しかかるだろうと伺っておりましたが」

「おや、リシャール殿。お久しぶりです。オートル地方での戦い以来ですか。あの時は、挨拶すらできず申し訳ない」

「そうだったでしょうか。覚えていませんね。なんせ、ピエムスタ帝国の騎士団長殿は戦場に姿を現さない」

「ふむ。あの戦いは敵味方入り乱れての戦況になったため、リシャール殿も周辺の把握ができていなかったらしい」

コルネリアの頭上で、牽制《けんせい》しあうようなフェルナンドとリシャールの視線がぶつかった。

一瞬の不穏な空気が流れた後、リシャールがおもむろに口を開く。

「長旅でお疲れでしょう。部屋を用意しておりますので、エルムヴァール城にお越しください」

有無を言わさぬ口調で、リシャールは言う。リシャールにようやく追いついた騎士たちが、フェルナンドたちを城へ案内する。

フェルナンドと側近の騎士たちは、貴賓《きひん》として東棟のゲストルームでしばらく過ごす予定だ。

「東棟を改築してゲストルームを多めに作っていてよかったわ」

「俺は、ピエムスタから援軍を呼ぶのは反対でした。しかも、よりによってソルディ卿率いる王宮騎士団が真っ先に来るなんて」

抑えた声で、リシャールは言う。その声は、どこか不機嫌そうだ。

コルネリアは不思議そうに首を傾げる。

「でも、味方は多い方がいいと前に言っていたじゃない。ハンソニア軍は、強敵なんでしょう？　フェルナンドたちは、きっと力になってくれるわ」

「それは、確かにそうですが……」

リシャールにしては珍しく、歯切れの悪い言い方だ。一瞬気のせいかと思ったものの、リシャールの纏う空気はいつもより冷たい。

理由を聞こうとコルネリアが口を開きかけた時、カルロスがリシャールを呼んだ。どうやら、緊急で話し合うべきことがあるらしい。ハンソニア軍は明日にでも攻めてくるかもしれないのだ。悠長に構えている時間はない。

結局、コルネリアの疑問はその場で問う機会を得られずじまいだった。

◇
◆

その夜、エルムヴァール城の東棟の一室で、緊急の会議が行われた。集まったのは、リシャール、コルネリア、そしてピエムスタ帝国側からはフェルナンドと二人の指揮官たちだ。

窓の外は暗く静かで、風ひとつない。さながら、嵐の前の静けさだ。

緊張した面持ちで、ピエムスタ帝国の指揮官たちはリシャールの出方を待っている。リシャールはかつてピエムスタ帝国を救った英雄だ。この豪奢《ごうしゃ》な部屋の中で最年少者ではあるものの、侮《あなど》れない相手であると彼らは認識しているようだった。

リシャールは、テーブルの上に地図を広げ、ゆっくりと一同を見回す。その眼差しには、相手を怯《ひる》ませるような凄《すご》みがあった。

「話し合いの前に、こちらが持っている情報を伝えておく。ハンソニア軍の兵力は推定二万五千、わが軍は各国の援軍を合わせても一万に満たない。さらに、ハンソニアにエッスタンの内部事情をよく知る元宰相のブランジェット侯爵が寝返った」

ピエムスタ帝国の指揮官たちは、青い顔をして顔を見合わせた。フェルナンドは唇を引き結び、じっとリシャールを見据えている。

リシャールは落ち着いた声で続けた。

「敵は兵力を複数に分割して配置するだろう。しかし、分割したところで、数の上では圧倒的に不利であることに変わりはない。こちらが一ヶ所に戦力を集中させても、一個隊すら撃破できないだろう。その上、間諜《かんちょう》からハンソニア軍は攻城兵器も準備しているとの報告もある。この城が攻められたら、そう長くはもたないはずだ」

リシャールはそこで言葉を切り、腕を組む。

（状況は悪いと聞いていたけれど、こんなにも戦力差があるなんて……）

コルネリアはリシャールの隣で地図を見下ろす。改めてエッスタンの置かれた状況を聞かされると不安になってくる。

かつての荒れ果てたエッスタンの街の光景が、脳裏に浮かんだ。再びあの光景を目にしなければならないのだろうかと思うと、胸が張り裂けるほどに苦しい。

テーブルの下で、コルネリアは震える手をぎゅっと握りしめる。すると、大きな手が、コルネリアの震える手に重なった。はっとして顔を上げると、リシャールが前を向いたまま、コルネリアの手を握っていた。

重ねられた手から、リシャールの体温が伝わり、胸の中の不安が消えていく。その温もりに励まされるように、コルネリアはしっかりと前を見据えた。

長い沈黙の後、フェルナンドが口火を切った。

「オルナの港を埋め立てましょう。波止めから土砂を流し入れ、船着場を破壊するのです」

フェルナンドの指が、港を指さし、それから港から北東と南西にある切り立った山を指さした。

オルナの港は入り海であり、南北を山々が囲っている。

「この山から、幾らか土砂は工面できるでしょう。最悪、大砲を使って人為的に土砂崩れを起こせばいい」

コルネリアはしばし硬直した後、激しく首を振った。

「港は、エッツスタンの復興の象徴です。そんな大事な場所を潰《つぶ》してしまうなんて……」

「申し訳ございません、コルネリア様。戦力が限られている以上、守る場所は少ないほうが、こちらとしても好都合なのです。今の港は、敵船が容易かつ大量に着岸できてしまうが、港を潰せば多少の時間稼《かせ》ぎはできる」

「時間稼ぎのために、港を……」

コルネリアは震える声で呟いた。

しかし、フェルナンドの指摘がもっともだということは、コルネリアも理解している。

海の向こうにあるハンソニアは、船団を組んでオルナの港に押し寄せるだろう。よく整備された今のオルナの港は、格好の上陸地点となってしまう。

エッスタンに上陸したハンソニアの兵たちは、オルナの街を蹂躙《じゅうりん》するに違いない。十一年前と同じく、略奪と殺戮《さつりく》が繰り返されることになる。

「わたくしが港を拡張してしまったせいで、エッスタンを危険に晒《さら》してしまっているのね……」

「仕方がありません。皇帝陛下《へいか》がエッスタンを復興せよと命じ、コルネリア様はそのご意思を果たされただけのこと」

「…………」

「申し訳ございません。嫋《たお》やかな女人であるコルネリア様にこのような話を聞かせたくはなかった。ピエムスタの皇女として大事にされるべき貴女を、このような荒事に関わらせるなんて」

フェルナンドが眉根を寄せてリシャールを睨む。

「コルネリア様はピエムスタ帝国の至宝《しほう》。本来はこのような場所ではなく、帝国で優雅な生活を送られているはずだったのに」

「いいのよ、フェルナンド。それより、わたくしは目先の利益ばかり考えて、エッスタンの未来を考えていなかったようね。……愚かだったわ。ごめんなさい」

自責の念に苛《さいな》まれたコルネリアは、目を伏せる。

エッスタンの人々にとって、港はもはやなくてはならぬ場所であることは間違いない。しかし、今はこの地を守るのが先決だ。

「フェルナンドの言う通りね。あの港を潰して――」

「あの港はこの国の宝です。絶対に潰させはしません」

突如、それまで黙っていたリシャールが口を開く。その場にいた全員が、リシャールの一言に驚いた。

「港に来る前に、叩けばよい」

「港に来る前に……？」

コルネリアはリシャールの言葉を反芻《はんすう》する。リシャールの言葉は、思い付きで言っているようには聞こえない。ずっと前から、答えが出ているかのような口ぶりだった。

対峙《たいじ》するフェルナンドの口元に、冷ややかな笑みが浮かぶ。

「ほう、リシャール殿は面白いことをおっしゃる。ろくに海軍を持たぬエッスタンに、何ができるというのです」

「十一年前のハンソニアとの戦争で、我々がなんの対策もとらなかったわけではありません。勝算があって言っている」

「たかだか数回の活躍ごときで名将気取りか。貴君は故郷を失う前に、身の程を知る必要があるようだ」

フェルナンドの目に獰猛《どうもう》な色が宿る。ピエムスタ帝国の由緒正しい騎士の家系に生まれたフェルナンドだ。騎士としてのプライドと誇りが、そうさせているのだろう。

対して、リシャールは、フェルナンドの挑発的な言葉にも動ぜず、地図に視線を落とし、あくまで淡々と話を進めていく。

「ソルディ卿たちには、オルナの街の南西の街道に待機していただけないだろうか。一部のハンソニアの兵が、南の港町であるオベネウから上陸して攻めてくる可能性もなきにしもあらずですので」

「オルナの港から攻めてくるハンソニアの船団は、貴君らだけで対処できると？」

「ええ。我々だけで十分です」

フェルナンドとリシャールはしばらく見つめあう。冷たい火花がふたりの間で飛び散った。剣呑《けんのん》な空気が流れる。コルネリアとフェルナンドの側近の騎士たちがオロオロとふたりを見比べる。

先に目を逸《そ》らしたのはフェルナンドだった。

「……分かりました」

「ご理解いただけてなによりです」

交渉成立とばかりにリシャールはさっさと立ち上がり、踵《きびす》を返した。これ以上話すことは何もない、といった態度だ。コルネリアも慌《あわ》てて後に続いて貴賓室を出る。

「リシャール、リシャールったら、待って！」

大股で廊下を歩くリシャールを、コルネリアは必死で追いかけた。夜更けの東棟は、人気《ひとけ》もなく静まり返っている。

「リシャール、ソルディ卿はエツスタンを助けにきてくれたのよ。もっと愛想よく対応してちょうだい」

「……嫌だ、と言ったら？」

「困ってしまうわ。ねえ、待って。こっちを向いて」

階段の踊り場で、リシャールが足をぴたりとめ、振り返った。向けられた冷たい面差しに、コルネリアは表情を曇らせる。

「……リシャール、どうして怒っているの？」

「怒っている？　当たり前じゃないですか。ソルディ卿《きょう》がコルネリアの婚約者だったなんて、聞いていません」

「婚約者？　いったい何のこと？」

コルネリアは訝《いぶか》しげな顔をした後、はっとする。ピエムスタ帝国の騎士団に挨拶をした時に、騎士たちがフェルナンドをコルネリアの婚約者だったと囃《はや》し立てた。それを、リシャールは聞いていたらしい。

「それは勘違いよ。フェルナンドがわたくしの婚約者になるという噂はあったようだけど、正式な婚約者だったわけではないもの」

「でも、手紙のやりとりをしていたじゃないですか！　俺はその手紙を読んだことだってある！」

ずいぶん昔の話を持ち出されて、コルネリアは困惑を隠せない。

「……もしかして、嫉妬《しっと》しているの？」

まさかと思いながらリシャールに訊《たず》ねると、リシャールは前髪をぐしゃぐしゃと苛立った様子でかきあげた。

「当たり前です。自分の妻を、あれほどもの欲しそうな目でジロジロ見られたら、誰だって不快になる」

「フェルナンドはそういう人じゃないわ。リシャールの気のせいよ」

「……アイツの肩ばかり持つんですね。やっぱり俺みたいなガキより、ああいう大人っぽい男のほうがいいってことですか？」

「そんなはずないじゃない！」

「でも、あの男と話しているコルネリアはすごく楽しそうだった！」

コルネリアは困惑した。いつも冷静なリシャールが、嫉妬に飲み込まれている。

確かに、フェルナンドはコルネリアの初恋の人だったかもしれない。しかし、あの感情は憧《あこが》れの延長にあるものであって、リシャールに抱くような激しい感情には決してなりえなかっただろう。

眉尻を下げたコルネリアは、リシャールの髪をそっと撫でた。

「あのね、リシャールは誤解していると思うの。フェルナンドとわたくしは、何もないわ。手紙のやりとりはしていたけれど、フェルナンドは律儀《りちぎ》な人だか……んむっ」

反論するコルネリアの口を、リシャールがキスで塞《ふさ》いだ。長い舌が、コルネリアの口腔《こうくう》ににゅるりと入り込み、ぐちゅぐちゅという音をたてながら犯していく。

「はぁっ……ぁふっ」

「コルネリア、貴女は俺のものです」

低く囁かれた言葉に、コルネリアはぞくりとする。夜ごと与えられる快感の残滓《ざんし》を呼び起こすような、脳髄《のうずい》の奥に痺れをもたらす低い声。その甘美な声に聞き惚《ほ》れて、一瞬コルネリアの動きが止まったところを、リシャールはすかさず抱きすくめ、壁に押し付けた。

コルネリアが身動きを取れないように、リシャールは彼女の体を抱いたまま、両脚の間に自身の脚を割り込ませる。

「リシャール……？」

「誰にも、貴女を渡すつもりはない」

頤《おとがい》を摑まれ、リシャールは再びキスをする。身動きが取れなくなったコルネリアは、一方的な接《せっ》吻《ぷん》を受け入れることしかできない。コルネリアは、リシャールの舌に口の中を蹂躙されながら、必死で彼の体を引き剝がそうとした。しかし、リシャールの力は強く、コルネリアの細腕が多少押したところで、びくともしない。

「んっ……ふぁっ、やっ……」

息苦しさに喘《あえ》ぐが、リシャールは止《や》めてくれない。それどころか、ますます激しく舌を絡《から》ませてくる。荒々しい接吻は本能を剝《む》き出しにしたようで、淫靡《いんび》な水音が廊下に響く。

ようやく唇が離された時、コルネリアは激しく首を振った。

「やめて……！　人に見られたらどうするの？」

「では、見られないところに行きましょう」

リシャールはコルネリアの腕を摑み、階段下の物置にコルネリアをひっぱりこんだ。引き入れられた部屋には、パーティーの際に使う机や椅子が大量に置いてあり、かなり狭い。二人の距離は必然的に近くなった。

明かり取りの窓から、かろうじて月明かりが入ってくる。

リシャールはコルネリアの背後に立つと、首の後ろのリボンに手をかけて、シュルリと解《と》いた。

夜気が首筋を撫でて、コルネリアは反射的に身を竦《すく》ませる。

コルネリアの首筋には、昨晩の行為でつけられたキスマークがまだ鮮やかに散っていた。その痕《あと》を、リシャールは愛《いと》おしそうにゆっくりと指の腹で撫でる。

「まだ、痕は残っていますね」

性感帯ではないはずの場所も、リシャールに触れられるとなぜか皮膚の奥から快楽を呼び起こされてしまう。

「リシャール、なにを……ひゃんっ！」

露《あらわ》になった首の後ろに、リシャールはいきなり舌を這《は》わせてきた。コルネリアは甲高い声をあげる。リシャールは時々歯を立てながら、コルネリアの項《うなじ》を味わっていく。

「あっ……あぁっ……」

首の後ろを噛まれるたびに、身体に弱い快感がピリピリと流れる。その上、服の上からやわやわと胸を揉《も》まれると、コルネリアはついに力が抜け、置いてあったテーブルに手をついた。オーク材の天板が、ギシギシと軋《きし》みながらコルネリアを支える。

コルネリアは首を振った。

「ここは嫌……。こんなの、許されないに決まってるわ……」

「この城の主《あるじ》は俺です。咎《とが》める人は誰もいない」

熱い吐息が素肌を撫でるたびに、コルネリアの身体はびくりと反応してしまう。長い舌が、ゆっくりとコルネリアの身体を慰撫《いぶ》し、追い詰めていく。

「んっ……あ、ああん……」

コルネリアは机に爪を立てた。これ以上続けられたら、立っていられない。コルネリアの苦しそうな声に、リシャールはようやく身体を離す。コルネリアがホッとしたのもつかの間、リシャールが荒々しくドレスの胸元を下げ、豊かな胸がまろびでた。

リシャールは端整な眉を顰《ひそ》める。

「このドレスは駄目ですね。こんなに簡単に脱がすことができる」

そのまま腰を抱き寄せ、リシャールは後ろからコルネリアの胸を揉みしだく。柔らかいがしっかりと張りのある胸の双丘の尖《とが》りを、リシャールは親指と人差し指で挟み、ぐりぐりと刺激した。

「……ふぁっ……、うぁ……っ！」

「感じていますね。こんなにコルネリアが敏感なこと、あの男は知っているんですか？」

「そんなはず……、んんっ……！」

より一層強く刺激されると、ますますコルネリアの声は高くなる。リシャールはドレスの裾《すそ》をパニエごとたぐり上げ、下衣をずらした。すでにグズグズになった隘路《あいろ》の入り口は、愛液をたらしながらリシャールの熱を待ち望んでいる。

「前戯《ぜんぎ》だけで、こんなに濡《ぬ》れるんですか、貴女は……」

コルネリアは机に手をつき、尻を突き上げる姿勢を取らされている。これではまるで挿入してほしいと自分で求めているようだ。あまりの羞恥《しゅうち》に、コルネリアは息苦しさすら覚えた。リシャールはいつの間にか下衣をくつろげており、尻の割れ目に、ゆるゆると屹立《きつりつ》があてがわれる。それだけで、秘所はさらにはしたなくぬかるんでしまう。

「ほら、濡れてるでしょう？」

「そんなこと、言わないで……」

弱々しく首を振ったその時、近くを通りかかったらしいピエムスタ騎士たちの話し声が聞こえ、コルネリアは反射的に手で口を塞いだ。

騎士たちの足音はこちらに近づいてくる。

『……だな。……しかし、見たか。コルネリア様はすっかりお美しくなられたなぁ』

『ああ、見違えたぞ。エッスタンの美女たちの中にいてもなお輝く美貌だった。さすがピエムスタ帝国の誇る理想的な淑女だ』

『フェルナンド様も複雑な心境だろうな。あんなに大切にしていたお姫様を若い公爵にかっさらわれて……』

頭上で、鋭い舌打ちの音がした。

（い、今、リシャールは舌打ちした……？）

いつも紳士的なリシャールには考えられない行動だ。しかし、すぐにそんなことはどうでもよくなった。リシャールが秘所に熱杭《ねっくい》を擦《こす》りつけはじめたのだ。

「んぅ……っ？」

あられもない声を聞かれてしまうのは本意でない。コルネリアは自分の口元に手をあてながら、必死で首を振った。

「人に、声が聞かれてしまうわ……」

「聞かせてやればいい。理想的な皇女様が、実はこんなにも淫《みだ》らだと知ったら、彼らはどう思うでしょうね」

リシャールは、敏感になった花芽《かが》に膨《ふく》れ上がった屹立をあてがい、くちゅくちゅと卑猥《ひわい》な音を立てながらぐりぐりと押し潰した。突然の強い刺激に、コルネリアは思わず嬌声《きょうせい》を漏らしてしまい、慌てて口に当てた手を強く押し当てる。

『ん？　今、誰かの声がしなかったか？　女の声のような……』

『おい、気味の悪いことを言うんじゃない。この東棟は昔、咎人《とがびと》を幽閉したとかいう噂があるんだから……』

『は、早く部屋に戻るぞ』

階段下の物置で城主夫妻が情事に耽《ふけ》っているとはつゆ知らず、騎士たちの声は徐々に遠くなっていく。

(よかった、気付かれずに済んだわ……)

怖がらせてしまったのは申し訳ないとは思ったものの、それでもコルネリアは心からほっとした。

リシャールは、そんなコルネリアの耳元に唇を寄せ、低く囁く。

「安心している暇《ひま》はないと思うのですが」

「えっ、あぁぁっ……?」

次の瞬間、リシャールはコルネリアを後ろから抱きすくめたまま一気にコルネリアを貫いた。両足が浮くほど強く穿《うが》たれて、コルネリアは瞳を大きく見開く。蜜壺《みつつぼ》はさして解《ほぐ》されていないのにも拘《かか》わらず、予期したほどの痛みはない。むしろ、待ち望んでいた強烈な快感に、身体中が歓喜した。もっとこの熱がほしいと、浅ましく柔襞《やわひだ》が奥へ奥へ引き込もうとぎゅうぎゅう締め付けている。

「ふふ、解さなくてもちゃんと受け入れられましたね……」

「ひぃっ、や、……あ、ああんっ……」

リシャールはゆっくりと抽送《ちゅうそう》を開始する。背後から立ったまま繋がったため、いつも刺激されないような場所にリシャールの先端が当たる。子宮口を突かれるたびに、息が止まるほどの快感がコルネリアの全身を駆け巡った。

「だめ、それ……ふかいっ……」

必死に爪先立ちで身体を支えようとするものの、押し上げられるように激しく揺さぶられて、それさえもままならない。もうこれ以上入らないと思う場所のさらに奥を、リシャールの熱が激しく蹂躙する。リシャールが動くたび、目の前が真っ白になるような強烈な悦楽に襲われて、意識が飛びそうになる。コルネリアの唇から再び甘い悲鳴が漏れ始めた。

「あんっ……ふ、ふぅっ……」

コルネリアの両脚がガクガクと震える。いつもの交わりとは全く違う、ただただコルネリアの身体を貪《むさぼ》り尽くすような激しい性交。

強すぎる快感から逃げようとしても、リシャールの大きな手がコルネリアの細い腰を摑んで、離さない。

「やっ……ぁんっ！　あぁぁっ！」

「あまり大きな声を出すと、あの騎士たちが戻ってくるかもしれませんよ？」

「や……、だめ……、あああっ……」

「まあ、聞かせてやってもいいんですけどね。コルネリアは俺のものだと、皆が知ることになるから」

「はぁっ、あ、あっ、……もう、もう許して……」

リシャールが激しく動くたびに、体重を凭《もた》せ掛けている机がギシギシと音を立てた。視界に白い靄《もや》がかかっていく。絶頂が近いのを感じて、コルネリアは必死に頭を振った。

「あ、ああっ……だめっ……だめぇっ！　もう、イっちゃ……」

「イっていいですよ」

吐息交じりに許可を与えると、リシャールはコルネリアの奥地をガツガツと穿つ。コルネリアの身体は呆気《あっけ》なく達してしまった。結合部からとろとろと透明な液体が漏れ出し、身体中の力がふわふわと抜けていく。膝から崩れ落ちそうになったところをリシャールに抱き留められ、そのまま机の上に仰向けに寝かされた。

リシャールの冷たいアイスブルーの瞳が、じっとこちらを見下ろしている。その瞳の奥には、暗い翳《かげ》りが蜃気楼《しんきろう》のように揺らめいていた。

身体の奥に燻《くすぶ》る官能の余韻《よいん》に朦朧《もうろう》としながらも、コルネリアは自分の行動がリシャールの嫉妬心を煽《あお》ってしまったのだと悟る。気の利《き》いたことを言って慰《なぐさ》められればいいのに、こういう時に限って言葉が出てこない。

コルネリアは逡巡《しゅんじゅん》し、両手を広げてリシャールを抱きしめた。剥き出しの柔らかな乳房が、シャールの滑らかな胸板に押し付けられ、形を変える。

「不安にさせて、ごめんなさい。愛しているのはリシャールだけよ」

何度も、リシャールから離れようとした。この国から逃げようとしたことすらある。それでも、どうしても離れられなかった。この感情が愛でないなら、いったい何だと言うのだろう。

「本当に……？」

不安そうに揺れる瞳に、コルネリアの心臓がどくりと大きく脈打つ。

（わたくしは、おかしくなってしまったのかしら。リシャールにこうして嫉妬されて、なぜか嬉しいと思ってしまう）

コルネリアはこくりと喉を鳴らすと、リシャールの頬に手を添えて、そっと口付けた。そして、ドレスのスカートの裾を腰あたりまでたくし上げ、未だに身体の中心でそそり立ったままの肉楔《にくくさび》に手を添えて、自分の秘所にそっと導く。

「……こういうことをしたいと思うのも、貴方だけなのよ」

コルネリアの滑らかな手の中で、リシャールのものがびくりと震える。

己の唇から零《こぼ》れ出たあまりに淫猥《いんわい》な言葉に、コルネリアは頬を赤くした。羞恥のあまり、眉間に皺が寄る。気の利いた言葉が出なかったからとはいえ、こんな誘い方はあまりにも直接的すぎる。先ほどの騎士たちが言う理想的な淑女であれば、絶対に口にしないだろう。

リシャールはしばらく、何も答えなかった。不思議に思い、おずおずと上目遣いでリシャールを見ると、リシャールの白皙《はくせき》の顔が見たこともないほど真っ赤になっていた。

「リシャール、顔が真っ赤……」

「ああもう、ベッテラム《くそったれ》！」

「きゃっ！」

リシャールはコルネリアの両脚を抱くと、強く引き寄せる。コルネリアの腰が浮き、リシャールはコルネリアに覆《おお》い被《かぶ》さるような姿勢になった。先ほどより質量を増した屹立が、コルネリアの秘《ひ》裂《れつ》に押し当てられ、ゆっくりと内壁を擦りながら侵入していく。

先ほど達したばかりの敏感な身体には刺激が強すぎて、コルネリアは悲鳴のような嬌声を上げた。

「あぁっ！　やぁ、だめぇ……っん……っ！」

「……コルネリアは本当に俺を喜ばせるのが上手《うま》すぎる。俺は、怒ってたんですからね！」

リシャールは前髪を掻《か》き上げ、唇を舐《な》める。その仕草があまりに煽情的《せんじょうてき》で、子宮の奥がきゅんと疼《うず》いてしまう。

コルネリアの両脚をしっかりと抱え、リシャールは腰を打ち付け始めた。最奥まで突き上げられ、ぎりぎりまで引き抜かれる。潤んだ内壁を擦り上げられ、最奥を何度も突かれるたびに、コルネリアは目の前に火花が散った。

「んっ、ぁああ……」

下腹がみっちりと隙間なく埋め込まれる感覚に、身体中が歓喜に戦慄《わなな》く。

身体が打ち付けられるたびに、はしたない水音混じりの音が響く。コルネリアの内部が収斂《しゅうれん》して屹立を締め付けてしまう。その締め付けを楽しむかのように、リシャールは何度も腰を打ち付けた。そのたびに、彼の先端が子宮の入り口を抉《えぐ》り、コルネリアの身体がびくびくと痙攣《けいれん》する。喘ぐばかりの口は、閉じることすらままならない。

(きっと今、わたくしはひどい顔をしているわ……)

快楽に蕩《とろ》けきっただらしのない顔をリシャールに晒していると思うと恥ずかしくて、コルネリアは両手で顔を覆った。しかし、リシャールはコルネリアの両手首を掴み、強引にテーブルの上に押さえつける。

「ダメじゃないですか、コルネリア。ちゃんと顔を見せてくれないと」

「あ……」

欲情でぎらついたアイスブルーの瞳が、コルネリアをひたと見据えている。冷たく、それでいて熱のこもった視線。その視線に貫かれただけで、コルネリアは下腹の奥がじゅくじゅくと潤むのを感じた。

「……リシャール、……貴方って時々、とても意地悪だわ」

「今更ですよ」

リシャールはコルネリアの太腿を掴むと、さらに大きく脚を開かせる。いよいよ彼のものがより深く入り込み、コルネリアはたまらず甲高い声を上げる。コルネリアの身体を折り曲げるようにして、リシャールが体重をかける。もうこれ以上入らないと思っていた場所のさらの奥まで屹立を埋め込まれ、コルネリアは頭の芯《しん》が焼き切れるような感覚に陥《おちい》った。

そのまま、まるで子宮をこじ開けようとするかのごとく、激しく腰を打ち付けられる。結合部から溢れた蜜が飛び散り、半分着たままのドレスやテーブルに染みを作っていく。

「コルネリア、貴女は俺だけのものです」

リシャールはコルネリアの首筋に歯を立て、汗でしっとり濡れた肌に赤い痕を刻み込む。まるで自分のものだと主張するかのように。

「他の誰にも、渡さない……ッ！」

「あっ……んっ……、お腹《なか》の奥、とけちゃ……」

隘路の最奥をひときわ強く打ち付けた瞬間、リシャールの溢れるほどの熱がコルネリアの密洞《みつどう》で迸《ほとばし》る。

「全部、受け入れて……っ」

遅れてコルネリアの視界が白く染まり、身体が弓なりに反り返る。あまりの法悦《ほうえつ》に、コルネリアは声すら上げられなかった。

荒い息を整えたあと、リシャールはコルネリアの膣内《ちつない》から自身をゆっくりと引き抜く。栓を失った蜜口からドロリと白濁《はくだく》した粘液が溢れ出し、ドレスを汚していく。

快楽の余韻で陶然《とうぜん》としているコルネリアの唇を、リシャールは優しく奪った。そのまま舌を絡ませると、互いの唾液《だえき》の混ざり合う音がした。長い接吻が終わると、コルネリアの身体は糸が切れたマリオネットのようにぐったりと弛緩《しかん》する。

「愛しています、コルネリア」

嗄《かす》れた声で囁かれた言葉は、コルネリアの心の奥深くに染み込んでいく。コルネリアは小さく頷いた。

「わたくしも、愛しているわ。貴方だけを、ずっと……」

リシャールはぐったりとしたコルネリアの身体を抱き起こし、その腕の中に閉じ込める。愛しい人の温もりの中で、コルネリアの意識はまどろみの中に沈んでいった。

◇◆

閉じた瞼《まぶた》の裏に淡い光を感じて、コルネリアは自室で目を覚ました。

階段下でリシャールに激しく求められたあと、気を失ってしまい、いつの間にか部屋に運ばれていたらしい。

コルネリアは、いつも隣にいる暖かな身体を探して無意識に手を伸ばす。しかし、その手は虚しく空をかいた。

（リシャールが、いない）

いつもであれば、隣で優しく笑いかけてくれるはずのリシャールの姿が見えない。

当たり前にあるはずの暖かな身体の不在にぞっとするような寂しさを感じ、コルネリアは上半身を起こした。どろどろだった身体は清拭《せいしき》され、愛用しているネグリジェを着せられている。

身を起こすと、リシャールは窓辺に佇《たたず》んでいた。朝の光に包まれている赤煉瓦《あかれんが》の街並みを、じっと見下ろしている。リシャールの横顔は、コルネリアにいつも向ける柔らかな笑みではなく、どこか不安げで緊張しているような面持ちだった。

「リシャール……」

「あっ、起こしてしまいましたか？」

振り返ったリシャールはゆったりとした足取りでコルネリアに歩み寄る。

「すみません。昨日は途中でコルネリアを気絶させてしまいました。嫉妬のあまり、我を忘れてしまって、恥ずかしいです。コルネリアの言葉を、信じるべきだったのに」

リシャールの唇が、戸惑いがちに柔らかくコルネリアの頬に触れた。昨日の激しさとはうってかわって、まるで宝物を扱うような優しさだ。それなのに、先ほどの横顔の切実さがコルネリアをどうしようもなく不安にさせる。

「窓の外を見ている時、何を考えていたの？」

「この街を、守らなければならないと思っていました。あの港も」

「……………」

「もう二度と、奪われるのはごめんです」

リシャールの声は淡々としていたものの、その瞳には強い意志があった。

十一年前の戦いで、リシャールはハンソニアによって、街や仲間、家族を奪われた。いくら彼が当時幼かったとはいえ、その記憶は今でも思い出すだけで彼の心に鮮明な痛みをもたらすに違いない。だからこそ、もう二度と同じような悲劇を生まないためにリシャールは戦おうとしている。

その思いは、コルネリアにも痛いほど理解できた。しかし、それでも反対したいとコルネリアは思ってしまう。

コルネリアの脳裏に、肖像画でしか見たことのないリシャールの両親が浮かぶ。エッスタンの民に寄り添うため、自ら戦場を訪ねた国王と王妃は、ハンソニアの魔の手によって命を落とした。リシャールが彼らと同じ運命を辿《たど》ってしまったらと思うと、コルネリアは恐怖で胸がいっぱいになる。

（リシャールが、戦場に行く必要はないじゃない。貴方は安全なところにいてくれれば、それでいいのよ）

そんな卑怯《ひきょう》な一言が、口から零れ落ちかけた。しかし、誰よりもエッスタンのことを思う彼の気持ちを理解しているからこそ、コルネリアはその言葉を飲み込む。

リシャールが、コルネリアの不安を見透かすように、じっと見つめた。そして、ふと表情を緩め、コルネリアの手を取って、優しく唇を寄せる。

「大丈夫です」

「でも……」

「この城には何人《なんぴと》たりとも通す気はない。短期間でケリをつけます。それに……」

リシャールは途中で言葉を切った。

「……もし俺が戦死した場合、未亡人となった貴女が誰かのモノになるかもしれない。そう思うと、嫉妬で狂ってしまいそうです。絶対に死ぬわけにはいかない」

「この期《ご》に及んで、まだそんなことを言うの？」

「本気ですよ」

リシャールはそう言って、コルネリアを優しく抱きしめる。大きな逞《たくま》しい手が、コルネリアをすっぽりと包み込んだ。

出会った当初は胸の高さくらいしか身長がなかった孤独な少年は、成長して堂々とした体軀《たいく》の立派な成人の男になっていた。今思うと、少年から大人に成長する時間を一緒に過ごせなかったことが残念でならない。

朝日の柔らかな光が、ふわりと二人を包み込む中、コルネリアはリシャールの胸の中で小さく呟《つぶや》いた。

「リシャール、今だから言えるけれど、貴方がピエムスタに行くと行ったあの日、わたくしは本当に寂しかったの。本当は、引き留めたくて仕方がなかった」

急なコルネリアの告白に、リシャールは驚いたように身体を離した。

「あの時の俺は、生意気で、コルネリアを困らせることしかしていませんでした。それでも、寂しいと感じてくれたのですか？」

「もちろんよ。確かに困ったところはたくさんあったけれど、わたくしは貴方のそんなところも含めて大好きだったもの」

「そうだったのか……。あの時の俺は、貴女に嫌われたのだと、すっかり勘違いしていました。それで、ガキだったからムキになって何も言えなかった。まったく、あの時勇気を出して聞いておけば良かったな」

リシャールはほろ苦い笑みを浮かべて、再びコルネリアを抱きしめる。

「俺はどうやら、肝心なところで言葉足らずなところがあるようです」

「それは、わたくしもよ。きっと、たくさん伝えられていなかったことがあると思うの」

大切なことをなかなか言えなくて、ずいぶん遠回りしてしまった。自分の気持ちに蓋《ふた》をして、リシャールのためと言い訳しながら、多くの言葉たちを飲み込んでしまった。だが、今なら素直に話せそうな気がする。

「リシャール、わたくしは、貴方のことが……」

コルネリアが全て言い終わる前に、リシャールは彼女の口を優しく塞ぐ。そして、コルネリアを離して、少し距離を置いた。

「話の続きは、全て終わったあとに教えてください。俺は絶対に、貴女のもとへ戻ってきますから」

躊躇《ためら》いのない口調に、コルネリアは胸がいっぱいになる。

城下町で朝の鐘が鳴り響き、階下で侍従たちの慌ただしく歩き回る足音が響いていた。

「もう、行かなければ」

「……気をつけて」

「俺がいない間、城を頼みます」

「もちろん。貴方の妻として、全力で使命を全《まっと》うします」

力強く頷くコルネリアの手の甲に口付けを落とすと、リシャールは踵を返して部屋を出た。

◇◆

リシャールが城を出た夜、コルネリアは自室のバルコニーから街を見下ろしていた。艶《つや》やかな栗色の髪が、まだ冷たさの残る春の夜風に揺れている。

ハンソニア軍の魔の手から守るため、城下町の女性や子供、老人たちはエルムヴァール城内に匿《かくま》われている。そのため、街の灯《あか》りはほとんど見えなかった。その代わりに、街のあちこちで点々と篝火《かがりび》が燃えている。ハンソニア軍の襲来に備え、男たちが交代で寝ずの番をしているのだ。

あの篝火のどれかひとつの傍らで、リシャールもまた敵襲に備えているのだろう。

日が暮れるまで一日中動き回り、ついにメイドたちに「過労で倒れてしまいます」と無理やり部屋に連れ戻されたコルネリアは、自室でひとり静かに過ごしている。

昼のコルネリアは、領主の妻として気丈に振る舞っていた。

エッスタンの民は皆、瞳の奥には隠しきれない不安が滲んでいた。捕らえられたカロリナの話によれば、ハンソニア軍はかなり大規模な軍隊を率いてエッスタンに侵攻しようとしているという。ハンソニアが大群を率いてエッスタンを攻めてくるという情報は瞬《またた》く間に広がり、城に逃げて来た人々はすっかり怯《おび》えていた。

人々を元気づけるために、コルネリアは無理やり笑顔を浮かべて、城に逃げて来た人々を励まし、落ち着かない気持ちのまま夜を迎えた。

（神よ、どうかわたくしの夫をお守りください）

頭上で燦《きら》めく星々に祈る手が震える。昼間は領主の名代として堂々とした振る舞いをしていたコルネリアだったが、夜の闇がじわじわとコルネリアの心を蝕《むしば》んでいく。リシャールのいない城は、どこもかしこも灰色にくすんでいるように見えた。

城を出入りする伝令の話によれば、リシャールは騎士たちを連れて、最前線にいるという。彼は否でも応でも危険に晒されることになるだろう。身の安全はもちろん保証されない。戦況によっては、命を落とす可能性もある。

それでも、誇り高いリシャールは、エッツスタンのためにその身を捧げると誓ったのだ。彼の勇敢な選択は、エッツスタンを思う全ての人々の心を打った。だからこそ、コルネリアも不安に怯えているわけにはいかない。

「城を頼むと言われたのだから、わたくしがしっかりしなきゃ」

そう自分に言い聞かせ、コルネリアはベッドに入る。しかし、いつまで経《た》っても目は冴《さ》えたままだ。

昨日まで隣にいたはずのリシャールの体温が恋しくて仕方ない。染みひとつない敷布が、やけに冷たかった。暖炉は赤々と燃えているはずなのに。

コルネリアは目を瞑《つむ》り、何度も寝返りを打ったが、眠気は訪れなかった。窓の外の物音ひとつで、ハンソニアからの侵略が始まってしまったのではないかと過敏に反応してしまう。

コルネリアはついに眠るのを諦め、ベッドから抜け出し、簡単な深緑色のドレスに袖を通す。

「やっぱり落ち着かないわ。少し歩こうかしら」

ぽつりとそう呟いたコルネリアが立ち上がったその時、こちらに向かってくる重々しい足音に、コルネリアはパッと顔をあげた。

「リシャール……？　もしかして、帰ってきたの？」

コルネリアは小走りでドアに駆け寄り、扉を開く。しかし、廊下に立っていたのは、藍色の騎士服に身を包んだピエムスタの騎士、フェルナンドだった。フェルナンドは素早くあたりを見回し、コルネリアの部屋に入ると、後ろ手にドアを閉める。

「コルネリア様。夜分遅くに大変申し訳ございません」

フェルナンドは乱れた髪を荒々しく掻き上げ、公爵夫人に接する最低限の身だしなみだけ整えると、コルネリアの足元に膝《ひざ》をついた。いつもの生真面目な彼らしい形式ばった挨拶はない。よほど急ぎの要件なのだろう。

「フェルナンド？　どうして、こんな時間に……」

コルネリアは首を傾げる。

「今すぐ、ピエムスタ帝国にご帰還の用意を」

「なんですって？」

急な一言に、コルネリアは目を瞬《しばたた》かせた。フェルナンドは懐《ふところ》にあった手紙を差し出し、その封《ふう》蠟《ろう》に刻まれている紋章を示す。そこには、ピエムスタ帝国皇族のモミノキの紋章があった。

フェルナンドは口早に告げる。

「皇帝陛下より勅命《ちょくめい》です。今すぐにピエムスタ帝国に戻るように、と。私がエッツスタンに来た真の目的は、コルネリア様を無事にピエムスタ帝国にお連れすることなのです」

コルネリアはしばし絶句した。冗談だと言ってほしい。しかし、フェルナンドの真剣な表情は、それが真実だと告げている。

コルネリアは手紙を受け取り、封蠟を割る。中から便箋《びんせん》を取り出し、そこに書かれている文章に目を走らせる。確かに、皇帝の筆跡でコルネリアにピエムスタ帝国に帰るように、という命令が書かれている。

コルネリアは、震える声で訊ねる。

「……フェルナンドは、エッツスタンを助けに来たわけではなかったの？」

「エッツスタンの軍勢は、志願兵をいれてもおよそ一万。それに対し、ハンソニアの軍勢はその数倍はいる。この戦力差で、敵《かな》うわけがありません」

迷いなく、フェルナンドは断定する。コルネリアは体中から血の気がひくような感覚に囚われた。指の先の感覚が失われ、長い間息を止めていたかのように、強い眩暈《めまい》がする。

「それでは、……お父様は、――いえ、皇帝陛下はこのエッツスタンを見捨てるというのですか？」

「見捨てはしません。いったんコルネリア様を安全な場所までお連れし、我々も態勢を立て直すのです。おそらく、この戦争は長くなるでしょうから」

「そんなの駄目よ！」

コルネリアは声をあげ、激しく首を振った。

「この戦争は、長引かせてはいけないわ。前の戦争で荒れ果てたこの地を、エッツスタンの民は何年もかけてようやくここまで復興したの。再びこの地が荒れることになれば、民がどれほど苦しむことになるか！」

「エッツスタンの民のことなど、今は些末《さまつ》なことです。コルネリア様は、偉大なるピエムスタ帝国の皇女なのですよ。このような危険な場所にいるなど、言語道断。さあ、皇帝陛下の待つピエムスタ帝国へ戻りましょう」

あくまでもピエムスタ帝国の騎士であるフェルナンドの一言は、どこまでも冷酷《れいこく》だった。言外にエッツスタンの民など切り捨てろと言っているのだ。

コルネリアは、震える手を口元にあてた。

「ああ、そんな……」

「申し訳ございません、コルネリア様。ですが、これは皇帝陛下の勅命ゆえ、従っていただくより他にありません」

フェルナンドは、そう告げてコルネリアに恭しく手を差し伸べる。

(お父様がわたくしに帰国せよと……)

コルネリアは足元に目を落とす。

かつてのコルネリアであれば、皇帝の勅命に背《そむ》くなど考えもしなかっただろう。しかし、今は違う。このエッツスタンの地で、コルネリアは自分の望みを知ってしまった。

コルネリアは胸に当てた手をぎゅっと握ったあと、ゆっくりと首を振る。

「……わたくしはここに残ります」

コルネリアの一言に、フェルナンドの端整な顔が凍りついた。

「何故ですか？　確かに、かつて皇帝陛下はコルネリア様にエッツスタンを支えるよう、命じられたと聞いています。しかし、今は緊急事態です。貴女様が危険に晒されることを、陛下は望んでおられません！」

「いいえ、お父様が命じたから、エッスタンに残るわけではありません。これは、わたくしの意思です」

きっぱりとそう告げたコルネリアに、フェルナンドは呆気に取られたような顔をする。

彼の知っている物分かりのいいピエムスタ帝国の皇女コルネリアであれば、皇帝の命令に従っただろう。かつてのコルネリアは、皇帝の意思を誰よりも理解し、その手足となって動いていたのだから。

しかし、今のコルネリアは違う。皇帝の意思を無視して、自分の意思で行動しようとしている。

もちろん、それはフェルナンドの知るコルネリアではない。

フェルナンドは困惑した顔のまま、必死で説得を試みた。

「どうされたのですか、コルネリア様！　皇帝陛下はコルネリア様の帰りを待って、コルネリア様の部屋はそのままにせよと命じられております。それに、妃殿下《ひでんか》やトビアス様もコルネリア様のご帰国を今か今かと待っていらっしゃいます！　それなのに、こんな危険な場所に身を置くなど……」

「家族に心配をかけるのは申し訳ないけれど、わたくしの意思は変わりません」

コルネリアとフェルナンドの視線が交わる。

その瞬間、窓の外が光り輝き、遅れて窓ガラスが細かく振動するほどの轟音《ごうおん》が鳴り響く。雷鳴《らいめい》かと一瞬外を見て、コルネリアは目を見開いた。港にある船が数隻燃えている。ついにハンソニアとの戦争が始まったのだ。その後、立て続けに港の方で光が炸裂《さくれつ》した。

「始まったんだわ……。リシャール……ッ！」

「コルネリア様、いけません！」

我を忘れてバルコニーに飛び出そうとするコルネリアを、フェルナンドが慌てて止める。

コルネリアはフェルナンドの太い腕に縋《すが》った。新緑色の美しい瞳には、透明な涙が浮かんでいる。

「お願いよ、フェルナンド！　どうか、どうかエッスタンを――、リシャールを助けてあげて」

命令というよりは、懇願だった。

エッスタンの軍勢はハンソニアよりは確実に少ないだろう。だからこそ、ピエムスタ帝国の騎士たちの力は欠かせない。今は一人でも多くの人員が必要だ。今ここでコルネリアのためにフェルナンドのような優秀な騎士が抜けてしまえば、きっとエッスタンにとっては大きな痛手となるはずだ。

だからこそ、コルネリアは必死だった。

大きな目に涙を浮かべるコルネリアをじっと見つめ、フェルナンドは呟くように言う。

「コルネリア様は変わられましたね。ピエムスタ帝国の皇女として陛下にどこまでも従順だった貴女様が、自分の意思で陛下の命《めい》に逆らうとは……」

「確かに、昔のわたくしだったら、迷いなくフェルナンドの手を取っていたでしょう。でも、今は違うの」

コルネリアの脳裏に、プラチナブロンドの怜悧《れいり》な表情の青年が浮かぶ。何度も離れようとしたのに、離れられなかった年下の夫を、コルネリアはどうしようもなく愛していた。

「フェルナンドの手を取り、今エッスタンを離れれば、わたくしはきっと後悔するわ……。だから、どんなに危険でも、わたくしはここでリシャールの帰りを待ちます」

「……残酷な人だ、貴女は」

フェルナンドはじっとコルネリアを見つめたあと、目を背ける。

「叶うことなら、貴女の意思で、私を選んでいただきたかった」

低い声でぽつりと呟かれた一言は、再び炸裂した砲弾の音でかき消された。

「ごめんなさい、聞こえなかったわ」

不思議そうに見上げるコルネリアから一歩下がると、フェルナンドは胸に手を当てて礼を取る。

「御意。命をかけて、貴女のために戦います」

フェルナンドは踵を返し、部屋を出た。

◇◆

翌日から、ハンソニアの猛攻が始まった。

港からはしきりに割れるような砲弾の音が鳴り響き、煙が上がっている。コルネリアはただ、城の中に逃げ込んだ民を励ましながら、神に祈ることしかできない。

「コルネリア様、お休みになられてください。このままでは、倒れてしまいます」

「それでも、この城をリシャールに託された以上、じっとしてはいられないもの」

心配そうなメイドたちを振り切って、コルネリアは自ら子供たちの相手をしたり、食事を作ったりして、城の中を駆け回った。

その日の夕方、伝令を務める年若い青年が、「リシャール様から伝令です！」と言いながら、コルネリアのいる城の広間に駆け込んでくる。

コルネリアは、弾《はじ》かれたように振り向いた。

「リシャールは、なんと？」

「敵船が、湾内に入っています。おそらく、敵軍がオルナに上陸するのも時間の問題かと……。リシャール様からは、何があっても決して城から出ないように、とのことです」

青年の一言に、広間にいた人々はざわめく。

「ああ、なんてこと……！」

「そんな……。またハンソニアがエッスタンに攻めてくるなんて」

「ようやく街に活気が戻ってきたというのに……」

絶望が伝播《でんぱ》し、人々はパニック状態に陥る。青ざめて、その場にへたり込んでしまう者さえいた。

そんな時、広間にコルネリアの凛《りん》とした声が響く。

「静粛《せいしゅく》に！　みんな、落ち着いて」

「コルネリア様……！」

「大丈夫。リシャールが、きっと守ってくれるわ」

コルネリアが言い聞かせるように言うと、人々は不安そうな様子ながら、落ち着きを取り戻す。

伝令の青年に向き直ったコルネリアは、微笑みを浮かべて言った。

「ご苦労様。もう、行っていいわ。怪我《けが》をしないように、気をつけるのよ」

「はい！」

青年は背筋を伸ばして一礼すると、再び駆け去っていく。コルネリアは、改めて人々に向き直り、落ち着いた声で呼びかけた。

「わたくしたちは、ここで果報《かほう》を待ちましょう。リシャールのこれまでの活躍は、みんな知っているでしょう？　今回も、きっと大丈夫です」

コルネリアの言葉に、民たちの顔に少しだけ希望が灯《とも》る。荒れ果てたエッツスタンを奇跡のように復興させたコルネリアの言葉には、不思議な説得力があった。人々はコルネリアの言葉に力強く頷き、ばらばらと各人の持ち場に戻っていく。

コルネリアもまた、メイドたちにいくつか指示をした後、西棟の自室に戻る。扉を閉めたコルネリアは、一人になった途端、震える身体を抱きしめてその場に蹲《うずくま》った。先ほどまでの泰然《たいぜん》とした表情は消え、その顔色はひどく青ざめている。

「ああ、リシャール……！　どうか、無事でいて……！」

領民たちを安心させるために、気丈に振る舞ってはいたものの、コルネリアもまた内心は不安で仕方なかった。領民を前にして口にした言葉は、実は自分自身に言い聞かせていたのかもしれない。

コルネリアは、震える足を何とか動かして街を見下ろせる窓際に歩み寄る。

目をすがめてじっと港の方を見つめると、伝令の青年が言ったとおり、ハンソニアの旗を掲げた鈍色《にびいろ》の帆船が見えた。しかも、その数は一隻《せき》や二隻ではない。港を埋め尽くすように、無数の帆船が入り込んできている。それはまるで、悪夢のような光景だった。

「ああ、そんな、そんな……っ！」

圧倒的なハンソニアの戦力を見せつけられて、コルネリアは、身体の内側から突き上げられるような恐怖を覚えた。

ハンソニア軍が大挙して城下町に押し寄せれば、いくら地の利があるとはいえ、エッツスタンの騎士たちに勝ち目はない。そうなれば、リシャールに魔の手が伸びる可能性も十分にある。

尊敬する父の勅命に背いてまで切望したリシャールとの未来が、指の間から呆気《あっけ》なくすり抜けようとしているような気がして、コルネリアはその場に立ち尽くした。一度胸の裡《うち》に生まれた恐怖は、消えることなくさらに膨らんでいく。

(リシャールに、もし何かあったら、わたくしは……)

リシャールがいない日々を、コルネリアはうまく想像することができない。それほどまでに、リシャールの存在はコルネリアの中で大きくなっていた。あの低く優しい声を、眼差しを、温もりを、もう感じることができなくなってしまうのではないかと思うと、絶望で身体がばらばらになってしまいそうだ。

不吉な想像を振り払おうと、強く頭を振ったその時、雷鳴のような大砲の音が断続的に港にこだました。思わずその場にしゃがんで耳を塞いでもなお、その轟音はコルネリアの身体を震わせる。

リシャールに会いたくて仕方ない。城から出るなと言われていてもなお、今すぐに城の外に駆け出し、愛する人のもとへと駆けつけ、思いっきり抱きしめたい。そんな気持ちが、コルネリアの胸をじりじりと焦《こ》がす。

しかし、コルネリアは、その気持ちを必死に抑え込んだ。リシャールから託されたこの城を離れるわけにはいかない。

(神様、リシャールをお守りください)

胸が引き裂かれそうな思いに耐えながら、コルネリアはじっと祈り続けた。

戦は三日三晩続いた。

そして四日目の朝、ついに固く閉ざされた城門が開いた。

「エッスタン軍の勝利！　我々の勝利だ！」

早馬で城内に入ってきたのはリシャールの右腕であるカルロスだった。彼は高らかに右手を掲げて勝利を宣言する。その太く堂々とした声は城内に響き渡り、一瞬あたりが静まりかえったあと、わあっと勝鬨《かちどき》の声が上がった。

エッスタンは、ついに宿敵ハンソニアに打ち勝ったのだ。これでもう、軍靴の音に怯える必要はないと、城内にいたエッスタンの民たちは互いに抱き合って喜んだ。

（リシャールは……？　リシャールはどこ？）

いても立ってもいられなくなったコルネリアは、城を飛び出した。

喜び抱き合う人々を避けながら、コルネリアは城の広場を通って開かれた城門をくぐる。朝の光が眩《まぶ》しく輝いていた。澄んだ空気が、足早に歩くコルネリアの頬を撫でる。心臓が、痛いほどに鳴ってコルネリアを先へ先へと急《せ》かす。

長いドレスの裾が翻《ひるがえ》るのも構わず、城下町へと続く道を下ると、騎士たちの先頭を歩く、見覚えのある姿が見えた。

赤いマントを翻して、背の高い堂々とした体軀の男が城の長い階段を上ってくる。その姿を認めた瞬間、コルネリアの身体は勝手に動いていた。

「リシャール！　リシャール……ッ！」

「……ッ！　コルネリア！」

駆け寄るコルネリアの心臓はかつてないほどに高鳴り、両足がもつれてそのまま倒れてしまいそうだ。それでも、コルネリアは走らずにはいられなかった。瞳に薄い涙の膜《まく》が張り、視界がぼやける中、リシャールが、両腕を広げるのが見えた。

その腕の中に、コルネリアは飛び込む。がっしりとした腕が、しっかりと抱きとめた。リシャールとコルネリアが抱きしめあった瞬間、騎士たちからわあっと歓声が上がる。

リシャールの体温が、抱きしめられた場所からじわじわ広がる。胸の中の氷塊のような不安が、みるみるうちに溶け、涙になって流れ落ちた。

コルネリアはリシャールの肩に額を押し付ける。

「会いたかった……」

「ただいま帰りました。約束通り、ちゃんと帰ってきましたよ」

たった三日会わないだけで、こんなにも懐かしく、愛おしく鼓膜《こまく》を震わす声が、この世にあるだろうか。

コルネリアは、リシャールの背中に回した手に力を込める。それに応えるように、リシャールもまた強く抱きしめ返す。息苦しいほどの力が、なぜか心地いい。

二人分の心臓の音が、まるで共鳴するようにトクトクと鳴った。

(ああ、わたくしはリシャールのことを心から愛しているんだわ)

もう離れられないのだと、はっきりと分かってしまった。この心が求めるのは、リシャールただひとりだと、気付いてしまった。

震える声で、コルネリアは呟く。

「お願いよ。もう二度とわたくしから離れないで」

それは、心からの願いだった。

リシャールは大きく頷く。

「はい、分かりました。愛おしい人」

朝の柔らかな風が吹く中、リシャールは深いキスをする。集まってきた人々が、わっと再び歓声を上げる。

「エッスタン、万歳！」

「リシャール様、万歳！　コルネリア様、万歳！」

熱狂的な声が、喝采《かっさい》と共に響き渡る。人々は二人を惜しみなく祝福した。

興奮冷めやらぬ中、急にエッスタンの騎士たちの人波が割れた。律動的な足音とともに、フェルナンドを先頭にしたピエムスタ帝国から来た騎士の一団が現れる。

先頭にいたのはピエムスタ帝国騎士団の長、フェルナンド・ソルディだった。

フェルナンドは、人々が見守る中、リシャールとコルネリアの前で深々と頭を下げる。

「この度は見事な勝利、心よりお祝い申し上げます」

「帝国の騎士の方々のお力添えのおかげです」

「……私たちはほとんど何もしていません。いや、何もさせてもらえなかったというべきなのでしょう。なんせ、エッスタンの地を踏む前に、ハンソニアの兵たちは船もろとも海へと沈んでいきましたから」

畏敬《いけい》の念が宿った瞳でリシャールをじっと見た後、フェルナンドは改めてコルネリアに向かいあった。

「コルネリア様の夫君《ふくん》は、鬼神のように強い。まったく、末恐ろしいことです。ピエムスタ帝国は、リシャール殿を敵に回すべきではない」

コルネリアは居ずまいを正し、深々と礼をする。

「エッスタンの地を守っていただいたこと、心から感謝いたします」

「私はピエムスタに帰還します。陛下に、何かお伝えすることはございますか？」

「この地《エッスタン》で幸せになります、とお伝えください」

コルネリアの決意に満ちた瞳を見て、フェルナンドはふっと目を細めて微笑んだ。

「御意」

フェルナンドは、恭しく一礼すると踵を返し、ピエムスタ帝国の騎士たちを連れだって、エッスタンの地を後にした。

城に逃げていた人々も、あちこちで勝利を喜んでいる。中には、どこからか酒を持ち出して、祝杯をあげようとしている者たちさえいた。人々の表情はどこまでも明るく、安堵《あんど》に満ちている。

民の様子をぐるりと見渡して満足そうに微笑んだリシャールは、コルネリアに向かいあう。

「さて、それでは」

そう言って、リシャールは軽々とコルネリアを抱き上げる。視界が急に高くなったコルネリアは悲鳴を上げた。

「ちょっと、リシャール！」

「俺は愛する人と勝利を祝うとしよう。一刻も早く、二人きりになりたい！」

リシャールは、抱き上げたコルネリアの頬にキスをして、大股でエルムヴァール城に歩を進めた。人々が二人を囃し立てる。

「リシャール、下ろして！　自分で歩けるわ」

コルネリアは必死で言い募ったものの、リシャールは「駄目です」と答えるだけで、一向に下ろそうとしない。未だに硝煙《しょうえん》の匂《にお》いを纏うリシャールは、コルネリアを抱いたまま大股でエルムヴァール城を歩いていく。すれ違う人たちは、リシャールに口々に祝辞を述べ、嬉しそうに二人を見守った。

コルネリアの部屋に戻ると、メイドのサーシャが部屋に待機していた。コルネリアを抱いたリシャールを見て、サーシャは歓声を上げる。

「お坊ちゃま！　よくご無事で……！」

「サーシャ！　心配をかけたな」

「ハンソニアの船が港に入ってきたと報告を聞いた時は、どうなることかと……」

「ハンソニアは退けたから、もう安心していい」

サーシャはその目に涙を浮かべて、嬉しそうに頷いた。

「コルネリア様は本当に、リシャール様を心配されていたんですよ。それなのに、城の中に逃げてきた民には自ら率先して話しかけ、気丈に振る舞われていました。コルネリア様は聖母のような人だと、民たちから大変感謝されて！」

サーシャがコルネリアを褒《ほ》めそやすと、コルネリアははにかんだ。

「リシャールと約束したもの。当然のことをやっただけよ」

「コルネリアは、頑張ってくれていたんですね」

愛おしそうに腕の中のコルネリアの額に唇を寄せたリシャールは、真剣な顔をしてサーシャに向き直る。

「それよりサーシャ、これから丸一日、誰も部屋に入れないようにしてほしい。できれば、この部屋の近くにも誰も近寄らせないでくれ」

リシャールの意味深な言葉に、サーシャは一瞬訝しげな顔をしたあと、合点がいったように大きく頷いた。

「承知いたしました、リシャール様！　何か必要であればお呼びください！」

サーシャは満面の笑みで足早に部屋を出る。軽やかな足音が、部屋から遠ざかっていった。

コルネリアは顔を真っ赤にしてリシャールの分厚い胸を拳《こぶし》でぽかぽか叩く。

「ちょっとリシャール！　あの言い方だと、これから何をするか宣言しているようなものだわ！」

「重要なことですから」

しれっと答えるリシャールの顔は、悪びれた様子もない。

すぐに部屋で休めるよう、サーシャがすでに準備してくれていたらしく、暖炉は赤々と燃え、部屋は暖かい。外では浮かれ騒ぐ声が響いていた。きっと、あちこちで勝利の酒盛りがはじまっているのだろう。コルネリアはちらりと外を見た。

「……リシャールは、今回の戦いの主役でしょう？　騎士たちの集まりに参加しなくてもいいの？」

「どんな勝利の美酒よりも、コルネリアの笑顔の方が何倍も価値がありますから」

リシャールはコルネリアを抱いたまま、ソファに腰かけた。

コルネリアは逡巡の後、リシャールの胸に顔を埋《うず》める。愛おしい人の体温が、これが夢ではないと教えてくれる。鼻の奥がツンとするのを感じた。

「……心臓の音がする。ああ、よかった。夢じゃないのね」

この数日間、この瞬間をどれほど待ち望んでいただろう。

見つめ合っていると、どちらからともなく唇が触れ合った。じゃれ合うようなキスを繰り返した後、リシャールはコルネリアのふっくらとした唇を深く貪りはじめる。リシャールが舌先で上顎《うわあご》をなぞったのを合図に、淫靡な水音が響き始めた。その音に煽られたように、二人は夢中でお互いを求めあう。

ふたりの身体が火照《ほて》り始めたところで、リシャールは眉を顰《ひそ》めて身体を離した。

「すみません。貴女をもう少し堪能したいのですが、俺は数日風呂に入っていない。一度風呂に入りますから、少し待っていただけませんか？　可及的速やかに済ませますから」

そう言って立ち上がったリシャールのマントが、ふいにくいっと引っ張られた。リシャールが振り返ると、コルネリアがぎゅっと真紅のマントの端を握っている。コルネリアは自分のやったことに驚いたような顔をして、おずおずとマントから手を離した。

「ごめんなさい。どうしても離れがたくて、子供っぽいことをしてしまったわ」

「……ああもう、可愛すぎる！」

リシャールはコルネリアの手を取って、足早に王妃の間に備え付けられた風呂場に向かう。

サーシャが気を利かせてくれていたらしく、風呂にはすでになみなみと湯が張られている。リシャールは手早く騎士服を脱ぎ捨てた。しなやかな身体にみっちりついた筋肉が露になる。

リシャールの裸体を前にしたコルネリアは、リシャールの白い肌に走る無数の傷に気付いて眉根にぎゅっと皺を寄せた。

「リシャール、怪我を……」

細い指先が、リシャールの身体中の傷をなぞる。

「これくらい、すぐに治ります。そんな顔をしないでください」

「でも、痛そうだわ」

「貴女を守るための名誉の負傷です。この傷を負わせた騎士たちはこの傷以上の深手を負いました。十分な報いは受けている。それより、もっと触っていただけませんか？　コルネリアに触れられると、気持ちがいい」

リシャールの大きな手が、コルネリアの手に重なり、筋骨で盛り上がった自分の胸に導く。コルネリアは、リシャールの逞しい身体に頬を染めた。

「……やっぱり、邪魔してしまっては申し訳ないから、わたくしは、ここで待っているわ。もし背中を流してほしい時は、言ってちょうだい」

「駄目です。一緒に入ってくれるんでしょう？」

「でも……」

「ひと時も離れたくないなんて可愛いことを言ったのは、コルネリアだったはずです」

「それは、そうだけど……」

結局リシャールに言い負かされたコルネリアは恥ずかしそうに服を脱ぎ、リシャールと共に浴槽《よくそう》に入った。

浴槽は一人で入るには十分すぎるほど広いが、二人で入るにはやや狭い。コルネリアは背中をリシャールに預けるような態勢で、ゆっくりと身体を伸ばした。二人の身体が密着する。

「……ああ、これだけでどれだけ俺の心が癒やされることか」

リシャールはコルネリアの肩口にぐりぐりと頭をすりつけた。眠い子供が母親に甘えるような仕草だ。コルネリアの手が優しくプラチナブロンドの髪を撫でる。

二人はゆったりと身体を暖めた。緊張を強いられていた身体が、少しずつ解れていく。リシャールがコルネリアの顎を後ろから掬《すく》い、小鳥が啄《ついば》むようなキスをした。

「はあ、数日コルネリアに触れないだけで、どうにかなるかと思いました……」

「わたくしたちを守ってくれてありがとう。……疲れているでしょう？」

「コルネリアを抱く分の体力は残していますよ」

そう言って、リシャールは浴槽の縁に腰かける。

「身体を洗いたいのですが、手伝ってもらえますか？」

「えっ……」

「身体を捻《ひね》ると、脇腹の傷が痛むんです」

眉根を下げるリシャールに、コルネリアは慌てて頷いた。怪我をしていると言われると、さすがに断れない。

「わ、わかったわ……。痛い場所に触ってしまったら、教えてちょうだい」

コルネリアはおずおずと手のひらで石鹸《せっけん》を泡立て、リシャールの身体を優しく洗い始めた。

しなやかな筋肉のついた身体は、明らかに自分のものとは違う。分厚く盛り上がった胸板に、硬く引き締まった胴回りは、弥《いや》が上にも相手が異性だと意識してしまう。

「ごめんなさい。こういうことをするのは初めてだから、あまり上手くないかもしれないわ」

産まれた時から皇族として育てられたコルネリアに、他人の身体を洗う経験などあるわけがない。それでも、リシャールは満足そうに頷き、不慣れなコルネリアの手が、自分の身体を縦横無尽に動くのを見つめている。その瞳の奥には、情欲の炎が燻り始めていた。

「ど、どうかしら……？」

「不思議だ。自分で洗う時は、こんな感覚にはならないのに……」

「り、リシャール、あの……」

コルネリアの視線が、あらぬ方向を彷徨《さまよ》う。リシャールの身体の中心で隆々とそそり立つ屹立に、目を向けないようにしているのだ。

「ここは洗っていただけないでしょうか？」

リシャールは微笑み、ちょんちょんと膨らんだ強張《こわば》りを指さす。コルネリアは観念したように浴槽の中で膝立ちになった。

「もう、今日だけよ……？」

コルネリアは泡だらけの手で、そっと熱杭を包み込む。リシャールは目をすがめ、低く唸《うな》った。

「ごめんなさい、痛かった？」

「いいです。そのまま……」

コルネリアはおずおずと手を動かし続ける。お世辞にも上手いとは言い難いが、それが却《かえ》ってリシャールの情欲を煽っているらしく、リシャールの先端から流れ出た透明な粘液が泡と混じり合い、くちゅくちゅと卑猥な音を立てた。

「慎《つっし》み深い貴女にこんなことをさせるなんて……。なんだか、背徳的な気分になる……」

リシャールはコルネリアの栗色の髪に顔を埋め、その香りを吸い込みながら、壮絶な色香を纏った吐息を漏らした。

「リシャール、気持ちがいいの……？」

「……ッ、はい。とても……」

手の中の屹立は一層熱を帯び、時折ビクビクと震えている。リシャールは健気な手淫に身を委《ゆだ》ね、時折切なげに声を漏らす。

もう十分に洗ったはずだと分かっているはずなのに、コルネリアは手を離せずにいた。自分の行為が相手に悦《よろこ》びを与えているのだと思うと、不思議な興奮が胸に満ちる。手の動きを速くすると、リシャールの呼吸が次第に荒くなっていく。

「……くッ、……そろそろ、出ます」

コルネリアの手の中で、肉茎《にくけい》が一際大きく脈打つ。次の瞬間、コルネリアの両手に熱い白濁が迸った。コルネリアは驚いて一瞬身を引きかけたものの、ごつごつした大きな手がコルネリアの手を包み込み、最後の一滴まで絞《しぼ》り出すように茎胴を扱《しご》き上げさせる。ようやく解放された時には、コルネリアの手はリシャールの精で白く染まっていた。

リシャールは、深く呼吸をしながらコルネリアを見つめた。見下ろす眼はぼんやりとして、白皙の肌はほんのり上気しており、髪は乱れている。言いようのない色気をリシャールから感じたコルネリアは、下腹の奥底で何か熱いものが滾《たぎ》るのを感じた。

欲望を解き放ったリシャールは、息を整えると、コルネリアの汚してしまった手を綺麗に洗う。

「まったく、貴女は俺を悦ばせる天才だ。今度は、俺の番ですね」

リシャールは、コルネリアの身体を瞬く間に反転させ、タイル張りの壁に手を突かせる。そして、背後から覆い被さるように抱きしめると、無防備なコルネリアの首筋に舌を這わせ、豊かな胸を揉みしだき始めた。

「ああ……っ」

コルネリアの口から甘い吐息が漏れる。身体中に、甘い痺れが広がった。ずっと待っていた感覚に、身体中が多幸感に包まれる。

リシャールは背後から伸ばした手で、すでに熱く潤っている秘裂に指を埋めた。

「ふぅん、俺のを触っている間に、貴女はこんなにもここを濡らしていたんですね」

「ちが……」

否定しようとしたのに、長い指が膣口《ちつこう》を掻き回すと、くちゅくちゅと粘着質で湿った音が響く。

リシャールの口元に、鮮やかな笑みが浮かんだ。

「何が違うんですか？　コルネリアの身体は、こんなに俺を求めているのに」

リシャールはツンとしこった敏感な突起を探りあて、親指でゆるゆると愛撫《あいぶ》する。弱いところを擦られて、コルネリアは甘い声をあげた。内部から溢れ出して止まらない愛液が、リシャールの指を濡らす。先ほどまでは悦楽を与える側だったのが、完全に立場が逆転している。

「俺のを欲しがって、入り口が物欲しそうにひくついていますよ」

「ふぁ、……ああんっ」

トロトロに蕩けた蜜口に、リシャールは人差し指をゆっくりと挿入し、ぐりんと隘路を刺激した。

その瞬間、コルネリアの背中が弓なりに反る。リシャールは指を抜き差ししながら、蜜壺を激しく搔き混ぜる。耳を塞ぎたくなるような淫猥な音と、ちゃぷちゃぷと足音で激しく跳《は》ねる湯の音が、風呂場に響く。

「コルネリアの中が、俺の指に絡みついてきます」

「はぁ……ん……っ！」

いつの間にか二本に増やされていた指が、コルネリアの内部を蹂躙していく。それでも、どこか足りないようなもどかしい感覚が身体の奥底で燻っている。

（もっと深くで、リシャールを感じたい……）

はしたないと分かっているのに、身体は貪婪《どんらん》に次の欲を求め、ねだるように腰が揺れてしまう。

胸が疼いてたまらない。

「リシャー、ル……、リシャール……」

気付けば、コルネリアは何度も名前を呼んで懇願していた。

リシャールは指を引き抜くと、指の代わりにいつの間にか再び硬く反り返っていた屹立を蕩けた蜜口にあてがい、ゆっくりと押し入ってきた。指とは比べものにならない質量に、コルネリアが悦《えつ》楽《らく》の声を上げる。

「きゃっ……ああん……！」

「相変わらず、入り口が狭い……。数日で俺の形を忘れたみたいだ」

「忘れたわけじゃないの……。貴方のこと、ずっと恋しかったわ……」

「ああ、可愛いこと言ってくれますね……っ！」

コルネリアの腰を掴み、リシャールは後ろから強く自身の欲を打ち付ける。あまりの強さに壁についた手が滑り、コルネリアは浴槽の縁に手をついた。さらに尻を突き出すような格好になってしまい、リシャールは一段と深く自身を埋め込む。

「あぁん、だめ……。すごく、……深い……っ」

最奥を突かれる衝撃に、コルネリアは全身を震わせた。あまりの強さに、一瞬意識が飛びかけるものの、力強い抽送に意識が戻ってくる。後ろから激しく攻め立てられ、頭の中が真っ白になっていく。

「あッ、あぁん！　ああん！」

「ああ……、その声、ずっと聞いていたい」

リシャールは強く内部を穿ちながら、コルネリアの耳元で囁いた。身体中の力が抜け、快楽の波に身を委ね、甘い声を上げるしかできない。数日分の渇きを満たすかのように、リシャールはコルネリアを激しく求め続ける。

あまり動くと傷に障るのではないかという心配が脳裏に浮かんだものの、すぐに押し寄せる快感の波に飲み込まれて霧散してしまう。視界がちらつくほどの強烈な快感は、確実にコルネリアを高みまで追い詰めようとしている。

リシャールはコルネリアの腰を掴み直し、荒々しく突き上げた。コルネリアは浴槽の縁を強く握りしめる。

「ひんっ、ああんっ……」

「本当にコルネリアの身体は最高です……。ここをか、好きでしょ？」

リシャールはコルネリアの弱い部分を的確に探り当て、執拗《しつよう》に攻め立てる。最奥をぐりぐりと刺激されると、コルネリアは喉を反らせて悶《もだ》えた。蕩け切った内壁は、リシャールの屹立に絡みつくように蠢《うごめ》く。

「あっ、やだ、……そこばっかり……、リシャール……っ」

コルネリアは頭を振り、リシャールに訴える。リシャールは意地悪く微笑むと、さらに激しく腰を打ち付けた。最奥を突かれるたびに下腹の奥から甘い痺れが駆け上がり、頭がくらくらする。

絶頂に向かって高まる感覚に、コルネリアは嬌声を上げる。豊かな胸がコルネリアの身体が跳ねるたびに震えた。最奥を突かれるたびに思考が真っ白になり、何も考えられなくなってしまう。結合部から溢れ出す蜜が太腿《ふともも》を伝って流れ落ちた。

何度も最奥を穿たれ、とうとう限界を迎えたコルネリアは身体を大きく仰《の》け反《ぞ》らせた。同時に吐《と》精《せい》を促すように内部が締まる。

「あぁ……っ」

「くっ……」

リシャールは眉間に皺を寄せ、コルネリアに覆い被さった。最奥を突いたまま、リシャールの欲望が弾ける。熱い迸りが注ぎ込まれる感覚に、コルネリアはぶるりと身体を震わした。二度目の長い射精が終わると、リシャールはゆっくりと自身を引き抜いた。蜜口からは白濁液と愛液とが混ざりあったものが流れ出し、浴槽の中にぽたぽたと落ちる。

ぐったりと脱力したコルネリアは、へたりと身体を浴槽に預け、荒い呼吸を繰り返す。リシャールはそんなコルネリアを労《いた》わるように抱きしめ、優しく横抱きにした。

「このままだと湯冷めしてしまいます。ベッドへ行きましょう」

手際よく互いの身体を清拭し、リシャールはコルネリアを抱いて寝台へ向かう。腕の中は暖かく、気持ちがいい。コルネリアはリシャールの胸に頭を預けると、そっと目を閉じた。この数日、心配のあまりろくに眠っていなかったせいか、一気に眠気が襲ってくる。

リシャールはコルネリアをベッドに寝かせると、自身も隣に潜り込んだ。窓から差し込んでくる暖かな春の陽気と、隣にいるリシャールの温もりが心地よい。数日ぶりのリシャールと話すべきことは多くあるはずなのに、リシャールと身体を重ねて安心しきってしまったのか、次第に瞼が重くなってくる。

「……困ったわ。もう少しお喋《しゃべ》りしたいのに、眠ってしまいそう」

「大丈夫です。時間ならたっぷりある。俺は、コルネリアの側からもう離れる気はありませんから」

リシャールは優しく抱き寄せると、コルネリアの頬にキスを落とす。

(ああ、そうだった)

リシャールは、ずっと側にいてくれると約束してくれた。そして、コルネリアもリシャールの側にいると約束した。もう、離れ離れになることはない。

コルネリアの眼から、涙の粒が零れ落ちる。

「ずっと一緒よ、リシャール……」

すぐ近くにある温もりを感じながら、コルネリアはゆっくりと眠りに落ちていった。

◇◆

ハンソニア王国との戦いで歴史的な勝利を収めたエッツスタン公爵領に、短い夏がやってきた。

再び訪れた平和に、人々は歓喜し、勝利をもたらした若い領主はさらに民衆の支持を得た。

ハンソニアからの侵攻を退け、日常を取りもどしつつあるエッツスタンの港には、各国からの船が戻りつつある。道行く人々の往来も増え、ふたたび活況《かっきょう》が戻ってきていた。

一方、祖国を裏切りハンソニアに渡ったブランジェット侯爵は、あっという間にハンソニアの地で処刑されたという。その娘カロリナは、エッツスタンの北東の地にある紅根薬中毒患者のための療養所に入れられた。医者が呆《あき》れるほどに紅根薬漬けになったカロリナは、一生療養所から出られないだろう。

かつて栄華を誇ったブランジェット侯爵家は、哀れな末路を辿った。

一方、ピエムスタ帝国に帰還した騎士団長フェルナンド・ソルディにより、エッツスタン勝利の報が帝国全土にもたらされた。

再び長い戦争に明け暮れることになるだろうと予想していたセアム三世は、大規模な出兵の用意をしていたため、その一報を聞いた時はしばらく半信半疑だったという。

「あのハンソニアに、あれほどの短期間で勝利するとは」

エッツスタンの勝利を祝うため、エルムヴァール城を訪れたセアム三世は、リシャールとコルネリアの顔を見るなり、開口一番にそう言った。

メイドから受け取った紅茶を優雅に飲んでいたリシャールは、にっこりと微笑んで言った。

「陛下の手ほどきのおかげです。おかげで、戦況を有利に進めることができた」

「儂《わし》はここまで教えておらん。港を囮《おとり》に使い、ラークの大砲を使うとは。末恐ろしい男だ」

今回の戦争で、リシャールは新たにラーク王国の大砲を導入した。

これまでエッツスタン王国やピエムスタ帝国で使われていた大砲より、ラークの大砲は射程が長い。リシャールはその点に着目し、帰国して秘密裏に導入を進めていた。ハンソニアに手の内を悟られないよう、この計画を知る人はごく僅かだった。コルネリアにすら、リシャールは秘密にしていたのだ。

エッツスタンは複雑な海岸線を有しており、オルナの港は南北から突き出した弓状の半島が囲っている。それは、さながら大きな巨人が両の腕でオルナの港を中心に抱いているような光景だ。

その南北の半島に、リシャールは予《あらかじ》め内湾を挟むように大砲を配置して、港に着岸しようとするハンソニア軍の船を十分引き付けて、挟み撃ちする形で砲撃した。

ハンソニアの兵たちは慌てふためいた。

これまで使われていたエッツスタンの大砲は射程が短い上に、威力もそこまでなかったため、挟み撃ちなどできない代物だった。それが、いきなり強力な大砲に取って変わったのだから、ハンソニアの指揮官たちが対応できるわけがない。エッツスタンの港に入った瞬間、戦の勝敗はついていたようなものだ。ハンソニアの船のほとんどは、着岸する暇もなくあっという間に砲弾の餌食《えじき》になった。

命からがら着岸し、エッツスタンに足を踏み入れた兵もいたが、彼らを待ち受けていたのは、リシャール率いるエッツスタンの精鋭の騎士たちだ。

オルナの港に上陸することは、そのまま死を意味した。戦意喪失《そうしつ》したハンソニア軍は、瞬く間に退却した。

「ハンソニアにとって、ラークの大砲は未知のもの。効果的だと思っていました」

「お前の鮮やかな手腕に、フェルナンドも感心しておった。ピエムスタ帝国の王宮騎士団は全く出る幕がなく、一瞬で方が付いてしまったと」

そこまで言って、セアム三世は人の悪い顔でリシャールに囁いた。

「のう、リシャールよ。今のハンソニア王国はエッスタンに歴史的な大敗を喫《きっ》し、士気も下がっている。これは、エッスタンがハンソニアに攻め入るチャンスだとは思わぬか？　国土の狭いエッスタンにとって、ハンソニアの地は魅力的だろう。もちろん、ピエムスタとて支援を惜しむつもりはない」

言外に、セアム三世はハンソニアに侵攻するようリシャールに勧めたのだ。リシャールはゆっくりと首を振った。

「お断りします。戦争で俺のように両親を失って悲しむ子供たちを増やすのは本意ではありません。それに、コルネリアが俺と離れたくないと言うので」

「リシャール！」

コルネリアは顔を真っ赤にした。

ハンソニアとの戦いが終わり、リシャールは約束通りコルネリアの側から片時も離れようとしなかった。長く城勤めをしている人々は、いつも一緒だったかつての二人が戻ってきたようだと口々に言う。

仲睦《なかむつ》まじい二人を見て、セアム三世は白けた顔をした。

「はあ、儂の負けだ。もしお前が儂の口車に乗ってハンソニアに攻め入ろうとするのであれば、すぐにコルネリアをピエムスタに連れ帰るはずじゃったが……」

意地の悪いひっかけ問題を出して、コルネリアを帰国させるのが目的だったらしい。この期に及んで、ピエムスタ帝国の皇帝はまだ愛娘《まなむすめ》を諦めていないようだ。しかし、長年コルネリアを巡って水面下でセアム三世と戦い続けていたリシャールにとって、この程度の計略を見抜くのは容易《たやす》いことだった。

「俺は、一人前になったでしょう？」

「小癪《こしゃく》な若造め」

「ふふ、あの賭けは俺の勝ちですね」

リシャールはそう言って微笑んだ後、ふと姿勢を正して真顔に戻る。

「約束通り、エッスタン王国を再び復活させていただけないでしょうか？」

「ええっ」

突然の申し出に、コルネリアは瞠目《どうもく》した。

しかし、セアム三世は特に驚くでもなく、軽く鼻を鳴らす。

「……ああ、よかろう。お前ならそう来ると思っていた」

「本当ですか？」

「儂に二言はない。まったく、小憎たらしいほど交渉が上手くなりよって」

セアム三世は苦々しい顔をする。

どういうことか分からず、コルネリアが首を傾げると、セアム三世は肩を竦めた。

「大昔に、リシャールと約束をしたんじゃよ。儂をあっと驚かすようなことができれば、エッツスタンの国王として認めてもいいいと」

「そんな賭《か》けを……」

いくらなんでも賭けるものが大きすぎるとコルネリアは呆れたものの、そもそもセアム三世はエッツスタン王国の支配を当初から望んでいなかった。国王の十分な成長を待つ、という条件としては適切だったのかもしれない。

セアム三世はリシャールの肩に手をあて、重々しく告げた。

「ピエムスタ帝国はエッツスタン公爵領を放棄《ほうき》し、リシャール・ラガウェンに統治する権利を委譲《いじょう》すると誓う。ここに、エッツスタン王国の復活を宣言する。リシャール・ラガウェンよ。お前は王としての責務を果たせ」

「謹んで」

リシャールは深く頭を下げる。

こうして、エッツスタン王国は再び地図上にその名を記すことになった。リシャールは、セアム三世と固い握手を交わす。

コルネリアは国王となったリシャールの姿を目に焼き付けようと、じっとその横顔を見つめる。

かつて戦争によって全てを奪われた少年は、今や一国の王となった。この日を、コルネリアは一生忘れないだろう。

新緑の瞳に涙を浮かべるコルネリアに、リシャールは優しく微笑みかける。

「貴女のおかげです、コルネリア。コルネリアがいなければ、俺はここには立っていない。これからも、エッスタン王国の王妃としてよろしくお願いします」

「王妃だなんて、わたくしでいいのかしら……」

「コルネリアがいいんです。貴女以外の人なんて、考えられない」

力強くそう言い切るリシャールの瞳に、迷いはない。これから先、どんなことがあってもリシャールはコルネリアの手を離さないだろう。

セアム三世は名残惜《なごり》しそうにコルネリアを見た。

「……子供はいつか成長し、巣立っていくもの。しかし、まさかコルネリアがエッスタンに残ることを選択するとは思わなんだ」

「お父様、実は折り入ってお願いしたいことがあるのです。この子のことで……」

コルネリアはそっと自分の腹を撫でた。その場所の僅かな膨らみを認めたセアム三世は息を呑んだ。

「まさか……」

「ここのところなぜかずっと熱っぽくて、念のためお医者様に診《み》てもらったら、お腹《なか》に子供がいるそうなの」

「なんとめでたいことだ！」

セアム三世は両手を広げ、愛情を込めてコルネリアを抱きしめた。先ほどまでのピエムスタ帝国の皇帝としての威厳に満ち溢れた顔は、みるみるうちに家族思いの父親の顔になる。

「ああ、あの可愛いコルネリアがついに懐妊《かいにん》とは！　身体には気をつけなさい。すぐにピエムスタから滋養《じよう》にいいものを送るよう手配しよう」

「お母様にも伝えてほしいわ。それから、この子の名付け親になってほしいのだけど……」

「ああ、もちろんだ！　こうしてはおれん。お前はもう休みなさい。ずっと座りっぱなしではないか。体に障《さわ》ってしまったらどうするんだ！　しばらくは公務についてはならぬぞ。名前はじっくり考えてから使者を送ろう」

そう言って、セアム三世は立ち上がって、挨拶もそこそこに部屋を去る。すぐに早馬を出し、ピエムスタ帝国にコルネリアの懐妊を伝える気なのだろう。

「リシャール、お前はくれぐれもコルネリアを大事にするのじゃぞ。何かあったらただではおかん！」

去り際、セアム三世はリシャールに釘《くぎ》をさすことを忘れなかった。

来賓室《らいひんしつ》のドアが閉じられ、部屋に残された二人は顔を見合わせて苦笑する。

「コルネリアが懐妊したと知ってから、陛下はすっかり祖父の顔になっていたな」

「……きっと、この子が生まれてきたら、誰よりも可愛がってくれるわ」

コルネリアの姉たちはすでに三人ずつ子を儲《もう》けており、セアム三世は眼にいれても痛くないほどに孫たちを溺愛《できあい》しているらしい。きっと、お腹の中の子も誰よりも可愛がるに違いない。

「ピエムスタ帝国の皇帝が後ろ盾とは、なんとも心強い」

「ええ、この子はピエムスタとエッツスタンの懸け橋になってくれるはずよ」

コルネリアは優しい顔をして、自分の中に宿る小さな尊い命をそっと撫でた。

第六章　国王と王妃

夏の夜空の天頂に満月が昇りはじめたころ、ガウン姿のコルネリアがそっとドアを開けて夫婦の寝室に入ってきた。

天鵞絨《ビロード》張りの長椅子で本を読んでいたエッスタン王国の国王リシャールは、本を閉じる。コルネリアは、リシャールの隣に座り、逞《たくま》しい肩に頭をもたせかけた。

「子供たちは、眠りましたか？」

「ええ。エリーとシンシアは、サーシャが寝かしつけてくれたわ。アダムもわたくしの添い寝はしなくて良いんですって。この前まで、一緒に寝たいとあれほどぐずっていたのに」

コルネリアは寂しそうに呟《つぶや》いた。それを聞いたリシャールは、ふっと眼を細める。

コルネリアとリシャールの間には、すでに三人の子がいる。引っ込み思案なところがある七歳になる長男のアダムと、三歳になる双子のおてんばな姉妹、エリーとシンシアだ。

ここのところ、長男のアダムは急に大人びた。

コルネリアはしきりに不思議がっているものの、リシャールはその理由を知っている。アダムは最近、気になる相手ができたのだ。

お相手はこの春、八歳になったばかりのおしゃまな娘で、アダムは年齢の割に落ち着いている彼女にどうにか認めてもらうため、頑張って背伸びをしている。

リシャールはアダムの気持ちが痛いほどによく分かった。彼自身も、年上の妻に認めてもらうために、あらゆる努力をしていたためだ。しかし、だからといって求められてもいないアドバイスをするのは、お節介というもの。リシャールはただアダムを見守るに留めている。

「子供の成長は嬉《うれ》しいことですよ。それに、俺は、コルネリアを独り占めできて嬉しい」

「貴方《あなた》はいつまでも独り立ちしちゃ駄目よ。ずっとわたくしと一緒に寝てちょうだいね。可愛いリシャール坊や」

「もちろんです」

リシャールは愛情を込めて、コルネリアの艶《つや》やかな髪に口付ける。コルネリアに子供扱いされることが昔はあれほどに嫌だったというのに、確かな愛の証《あかし》を授かってからはそう不快にも思わなくなった。

二人は揃《そろ》ってベッドに入る。寝る前に公務の話はしない、という暗黙の了解があるため、束の間の穏やかな時間が流れる。

「そういえば、フェルナンドから今日手紙が来たわ。近々結婚するんですって」

「それはそれは。ようやくですか」

ピエムスタ帝国の騎士団長であるフェルナンドが、コルネリアへ片想いしていたことは、昔から知っていた。そして、彼がコルネリアへの恋心を長らく諦《あきら》められず、季節ごとの手紙を未練がましく送っていたことも。

そんな彼も、ようやく結婚を決めたらしい。

コルネリアの愛を疑っているわけではないものの、フェルナンドの存在はリシャールの心を何かと波立たせてきた。自分の嫉妬《しっと》深さには呆《あき》れるばかりだが、コルネリアに懸想《けそう》するような輩《やから》はいない方がいいに決まっている。

（どんな心境の変化があったかは知る由もないが、とりあえず邪魔者が一人減ったことは確かだ）

そんな仄暗《ほのぐら》い思いなどおくびにも出さず、リシャールは笑顔で頷《うなず》いた。

「それでは、結婚祝いにメヌエル産の白ワインを送ってはいかがでしょうか？」

「まあ、素敵ね！　きっと喜んでくれるわ。せっかくだから、ワインだけではなく、他のものも送りたいけれど、何が良いかしら」

さっそく贈り物に目星をつけはじめたコルネリアが、ふとお喋《しゃべ》りをやめた。ブランケットの下で、リシャールがコルネリアの柔らかな脚に自らの足を絡《から》めたのだ。

「……なあに？」

「今夜、抱いていいですか？」

リシャールに甘く誘われたコルネリアは、桃色の唇を少し尖《とが》らせた。

「首に痕《あと》をつけないでね。隠すのが大変なんだから」

「善処します。貴女《あなた》が俺を煽《あお》らなければ、大丈夫ですよ」

意味深に微笑《ほほえ》んだリシャールはコルネリアの柔らかな身体《からだ》にキスをしながら、丁寧《ていねい》にガウンを脱がせる。肩のリボンをほどくと、ランジェリーがしゅるりとコルネリアの肌を伝って落ちた。

窓から入ってくる月明かりがきめの細かい肌を照らしている。まろやかな乳房にくびれた腰、柔らかみのある足のライン。コルネリアの裸体は繊細な筆致《ひっち》で描かれた絵画のように美しく、そして煽情的《せんじょうてき》だった。

初めて肌を重ねてからすでに何年も経《た》っているというのに、この愛《いと》しい存在を前にするとリシャールは欲情せずにはいられない。

「あまり見ないでちょうだい」

コルネリアが恥ずかしそうに両の手で胸元を隠したが、あまり意味はない。もともとふくよかだった胸は、さらに豊かになり、両手で隠してもなおほとんどの部分が隠れない。

恥ずかしがるコルネリアの気を散らすように、リシャールは何度もキスをした。

最初は触れるだけのキスだったが、徐々に深いキスになる。ふたりの舌が卑猥《ひわい》な水音を立てはじめた時には、コルネリアの手はその身体を隠すことをやめていた。

「昼間にコルネリアを抱けないのが残念です。本当は、日の光の下で貴女の身体の隅から隅まで、この目に焼き付けておきたいのに」

「そ、それはいやよ。恥ずかしいもの……」

「どうして？　こんなに美しいのに」

相変わらず歳《とし》のことを気にするコルネリアだが、その楚々《そそ》とした美しさは昔とまったく変わっていないようにリシャールには感じられた。目元の皺《しわ》や、柔らかみを増した身体も、リシャールにとってはこの上なく魅力的だ。

(まあ、コルネリアがどんな姿であっても、結局は愛してしまうんだろうな)

リシャールは愛情を込めてキスを落としながら、コルネリアの胸に手を伸ばす。長い指が、胸の稜線《りょうせん》を僅《わず》かになぞるだけで、コルネリアの身体がふるりと震えた。

「むっ……、んんっ……」

コルネリアの鼻にかかった甘い声が鼓膜《こまく》を揺さぶるたびに、理性が崩れ去っていく。

リシャールは片手の人差し指と中指で、しこった乳首を挟むと、コリコリと擦《こす》るように摘《つま》み上げる。もう片方の手は、滑らかな腰のラインを撫《な》で上げた。

「んっ……、はぁっ……。リシャー、ル……」

「よく感じていますね。少し触るだけでそんなに蕩《とろ》けた顔をするなんて……」

快楽を刷り込まれた柔らかな身体は、リシャールの愛撫《あいぶ》に従順に反応した。無意識に腰を揺らめかせてリシャールからの刺激を待つ姿は、嫌でも情欲を刺激する。

頻度《ひんど》は多少落ちたものの、子供が生まれてからも、二人の営みは今も変わらず続いていた。エッスタンが何かと大変な時期に結婚をしたため、新婚時代と呼べるような時期がない二人だったが、全てを乗り越えた今、甘い恋人同士のような空気が常に漂《ただよ》っている。

(今すぐにでも、コルネリアの中に入りたいものだが、前にやったのは一週間前だったか……)

逸《はや》る気持ちを抑え込み、リシャールはコルネリアの首筋から鎖骨にかけてキスの雨を降らせると同時に、長い指をしっとりと潤った秘裂《ひれつ》に這《は》わせ、泥濘《ぬかるみ》を丹念に愛撫し始める。

「……あっ、……ん……」

コルネリアの内壁が、少し抵抗しながら物欲しそうにリシャールの指を貪《むさぼ》った。

すぐに挿入したいところだが、小柄なコルネリアの蜜口はリシャールの屹立《きつりつ》を飲み込むには狭すぎる。数日間を置いてしまうと、元の狭さに戻ってしまうため、内部をならさないまま挿入してしまうと、コルネリアの身体を傷つけてしまうのだ。

内部に二本の指を埋め込み、蜜口《みつくち》のまわりを揉《も》み解《ほぐ》すように刺激する。コルネリアが無意識に腰を揺らめかせ始めた。さらに親指で敏感な花芽《かが》を転がしてやると、コルネリアの口から嬌声《きようせい》が漏《も》れる。リシャールは、この数年でコルネリアが悦《よろこ》ぶ場所を熟知していた。コルネリアはあっという間に高みに昇らされ、絶頂する。

リシャールは微笑むと、コルネリアの下腹をつつく。それはちょうど、蜜口の最奥であり、コルネリアが一番感じやすい場所だった。

「相変わらずこのあたりが弱い」

「こんなにはしたない身体にしたのは、誰だと思っているの……？」

長いまつ毛が震え、涙の膜《まく》が張る新緑色の瞳が抗議するような上目遣いでこちらを見ている。何度教えても、その表情が男の欲望を掻《か》き立てるのだと全く分かっていないから困ったものだ。

「ふうん、煽りますね」

「そ、そんなつもりは……あっ……」

リシャールがガウンを脱ぐと、臍《へそ》までそそり立った屹立が現れる。亀頭《きとう》はパンパンに張り詰め、鈴口《すずくち》から透明な滴《しずく》が溢《あふ》れ出している。

「ちゃんと、責任は取ってくださいね」

リシャールはそう言うと、コルネリアの足を強引に開いた。コルネリアは小さく悲鳴を上げて抗議したが、非力な彼女に抵抗する力はない。リシャールは二本の指で、潤《うる》んだ蜜口を開く。溜《た》まっていた愛液がとろとろと零《こぼ》れ落ちた。リシャールは膨《ふく》れ上がった熱をそこにあてがう。

「期待しているんですか？　よく濡《ぬ》れていますね……」

「い、言わないで……。あんっ……」

柔らかい陰唇《いんしん》にねじこまれた鈴口が、割れ目を撫であげた。ぬち、と粘着質な音が静かな部屋に響く。

「聞こえますか、コルネリア。こんなにはしたない音がしている」

膨れ上がった屹立があわいをなぞると、くちゅ、くちゅ、という粘ついた水音が次第に大きくなっていく。コルネリアは真っ赤になった。

「お、音、させないで……！　はずかしい、から……っ」

「大丈夫ですよ。じきに恥ずかしくなくなりますから」

リシャールはクスクスと笑いながら、コルネリアの耳朶《じだ》に唾液《だえき》を纏《まと》わせた舌を這わせた。

「ほら、これで俺の声以外何も聞こえない」

「ひゃ、うんっ……」

耳からの刺激に加え、リシャールはゆっくりと腰を進め、途中まで引き抜く動作を繰り返す。なかなか深い快感を与えられず、焦《じ》れたコルネリアは激しく悶《もだ》えた。

「……な、なんで、奥にきてくれないの？」

「さあ、なんででしょう？」

コルネリアの腰がなまめかしく動き、リシャールの剛直に擦りつけられた。自分を求められているのだと分かると、愛おしさが胸の中に溢れる。

リシャールは手を伸ばして、コルネリアの乳嘴《にゅうし》を指先でくすぐるように擦る。

「……あっ」

敏感な部分に触れられて、コルネリアは鼻にかかった甘い声を上げた。

「リシャール、お願い……、はいってきて……」

「じゃあ、今日はご自分で俺に跨《また》がって動いていただけますか？」

「ええっ」

コルネリアは明らかに動揺した顔をする。リシャールは、身体のあちこちに残る傷痕《きずあと》の一つをなぞり、顔を顰《しか》めた。

「今日は少し、古傷が痛むんです」

嘘《うそ》だった。しかし、人を疑うことを知らないコルネリアは素直に信じたらしく、おずおずとリシャールの腰に跨がった。そして、男根《だんこん》の先を自分のしとどに濡れた隘路《あいろ》の入り口へと導き、焦れるような速度でゆっくりと腰を落としていく。

リシャールは無意識のうちに熱い吐息を漏らした。

「ああ、もう……、そんなに純粋無垢《むく》だから俺みたいな男に捕まるんだ」

「……えっ、なぁに？」

熱杭《ねっくい》をゆっくりと内部に納め、顔を熟《う》れた林檎《りんご》のように赤くしたコルネリアは、息を切らしながら小首を傾《かし》げる。一瞬このまま体位を逆転させようかと思ったものの、かろうじて思い止まった。

(まったく、なんて可愛い人なんだ……)

どこまでも聡明《そうめい》で優しいのに、危なっかしい一面もある。そんなコルネリアを、どうしようもなくリシャールは愛していた。

しばらく圧迫感をいなすようにゆっくりと動いていたコルネリアだったが、やがて快楽のありかを探るようにぎこちなく腰を動かし始めた。やがて探るような動きが次第に大胆《だいたん》なものへと変わっていく。どうやら、自分の一番感じる場所を探し当てたようだ。

「ああっ……、いつもより、深い……」

結合部から、じゅぷじゅぷと愛蜜《あいみつ》が零れ落ちる。コルネリアが腰を揺らすたびに、白い乳房がたぷたぷと揺れた。

「良い眺《なが》めだ。コルネリアの全部が見える」

「あんまり、見ないでぇ……」

息を切らしながら、コルネリアは激しく首を振る。桃色に兆した胸の突起を軽く摘んでやると、内部の蠕動《ぜんどう》が激しくなった。根元から先端まで隙間なくぴっちりと包み込んだ肉壁は不規則に蠢《うごめ》き、リシャールを絶頂へと追い詰める。それはコルネリアも同じようで、先ほどから声が艶を帯びている。

「きも……ちいっ……。ごめんなさい、腰が動いてしまうわ……」

「謝らないでください。もっと……感じて……ああ、……俺もそろそろ」

リシャールはコルネリアの腰を摑《つか》んで、下から思い切り突き上げる。コルネリアは白い喉《のど》を仰《の》け反《ぞ》らせて嬌声を上げた。

「ひあっ、あああん!!」

強い快感から無意識に逃げようとした細い腰を、リシャールは押さえつけた。先端に感じる、熱く潤んだ感触に酔いしれる。まるで別の生き物のように蠢く襞《ひだ》が、精を搾り取ろうとするかのようにに絡みついてくる。コルネリアはこんなにも清楚《せいそ》なのに、彼女の内部はいつも快楽に貪欲で、リシャールの熱楔《ねつくさび》を捉《とら》えて離そうとしない。

「ぁん、もっと……っ、そんな、許し……っ、あぁ……」

快感に身を委《ゆだ》ね、甘く鳴くコルネリアが愛らしくて、リシャールは何度も同じ場所を突き上げた。

コルネリアの内部がどくんと大きく震え、リシャールの熱杭を容赦《ようしゃ》なく締め付ける。

「んあっ……、あん、あぁあーーっ……」

コルネリアは、全身を震わせて絶頂した。新緑色の瞳からはとめどなく涙が溢れ、長いまつ毛を濡らす。

絶頂して腰が立たなくなったコルネリアを、リシャールは繋《つな》がったまま、寝台の上に押し倒した。

貪るようなキスをしながら、激しく腰を打ち付ける。

(俺はまた、十代のガキみたいに盛って……)

獣のような欲求が、リシャールの身体を突き動かす。もはや理性の手綱《たづな》はとっくにどこかに行ってしまっている。

「リシャール、……リシャール……」

キスの合間にコルネリアが名前を呼ぶたびに、リシャールの心臓が脈打った。絶頂を迎えたばかりのコルネリアの内壁は、それでもなお子種を求めるように絡みついてくる。

「コルネリア、そろそろまた、子供がほしい……」

「わたくし、も……っ。だから、なか、いっぱいだして……」

リシャールは耳鳴りがするほどに奥歯を噛《か》みしめると、白くたおやかな腰を抱え直す。コルネリアが息をつく間すら与えず、抽送《ちゅうそう》が激しさを増していく。

「ひゃうっ、やだ………ああっ、また、イっちゃ……っ」

「何度でも……、イけばいい」

コルネリアの両足を肩に担ぐと、さらに深く内部を抉《えぐ》った。コルネリアが甲高い嬌声を上げて絶頂する。それでも容赦ない抽送を繰り返しながら、リシャールは淫靡《いんび》な吐息を漏らす。肉を打つ乾いた音が寝室に響くたび、コルネリアの身体がシーツの上で跳ねた。逃げようとする手を掴み、さらに引き寄せ、ガツガツと中を穿《うが》つ。

逃げ場のない快感に悶えるコルネリアの姿は、本能的な征服欲を十分に満たすものだ。その欲のままに、リシャールはコルネリアの首筋に噛み痕をつける。白い首筋に、赤い痕が散っていく。

(ああ、この人とずっと一緒にいられるのなら、俺はなんだってする)

長い長い片想いの末に、ようやく手に入れた愛しい人を、もう二度と手放す気はない。この想いは永遠に変わらないだろう。

一際強く腰を打ち付けると、リシャールは内奥に切っ先をめり込ませて、膨らみ切っていた欲望をコルネリアの胎内《たいない》で解放した。断続的に吐き出される精を、一滴残らずコルネリアの子宮に注ぎ込む。

「あぁぁ……んっ！」

コルネリアの身体がびくびくと震え、二人は揃って寝台に倒れこむ。荒い息を整えながら、リシャールはコルネリアを抱き寄せた。しっとりと濡れた項《うなじ》が、なんとも艶《なま》めかしく、何度も唇を落とす。

「コルネリアの首筋、俺のつけた痕がいっぱいです」

「もうっ！　痕をつけないでって言ったわよね？」

むくれた顔をするコルネリアの機嫌を取るように、リシャールはとびきり甘い笑顔を浮かべる。

「……貴女を前にすると、どうしても欲望が抑えられないのです。ずっとこうやって貴女の身体を堪能《たんのう》したい」

「ま、まだする気なの？」

さすがに体力が持たないと身構えたコルネリアに、リシャールは喉の奥でくつくつと笑いながら首を振った。明日もまた、公務もある。本当は、明日の予定なんて無視して一晩中コルネリアの身体を堪能したいのが本音だが、一国の王という立場になるとそうもいかない。

（なにより、コルネリアの前では、俺はできるだけ理想的な王でいたい）

要は、コルネリアの前では多少背伸びをしていたいのだ。息子《むすこ》のアダムと同じだな、とリシャールは内心苦笑した。

名残《なごり》惜しさを感じながら、リシャールがコルネリアを抱きしめると、コルネリアもそっとリシャールの身体に腕を回す。

「愛しています、コルネリア」

「わたくしもよ」

当たり前のように返ってきた言葉に、リシャールは胸の奥がじんわりと暖かくなる。

大切な人と心が通じ合う喜びを噛みしめつつ、リシャールはコルネリアを強く抱きしめた。

エピローグ

ハンソニアとの戦いに圧勝した年の夏、エッツスタン公爵領《こうしやくりよう》はついにピエムスタ帝国からの完全な独立を宣言し、エッツスタン王国として再び地図上にその名を記すことになった。

独立を宣言したその日はエッツスタン王国の建国記念日となり、毎年この日には盛大な祭りが執《と》り行われる。

そして今年もまた、その建国記念日がやってきた。空は晴れ渡り、港から吹く風は心地よく、エッツスタンの大地に降り注ぐ太陽の光までもがエッツスタンの建国を祝福しているかのようだ。

「エッツスタン王国、万歳！」

「神よ、リシャール様の御世《みよ》に祝福あれ！」

「王国に永久《とこしえ》の栄光あれ！」

オルナの街に、国民たちの歓呼の声が響き渡る。

エッツスタン王国の建国記念日の最大のイベントは、王族のパレードだ。国王一家を乗せた馬車が、オルナの街の大通りをゆっくり行進するという簡単なものだが、国民にとって年に一度の大きな楽しみであった。

大通りの両脇を国民が埋め尽くし、王族の姿を一目見ようと背伸びをしたり飛び跳《は》ねたりしている。

やがて、馬の嘶《いなな》きとともに、四頭立ての華々しい馬車が街に姿を現した。馬車には王家の紋章であるタカが描かれている。人々はわあっと歓声を上げた。

国王リシャールとその妻コルネリアは馬車の中から、笑顔で民衆に手を振っている。

数々の武勲《ぶくん》がありながら、外交では徹底した平和主義を貫くリシャールは、国民から敬愛されている。コルネリアもまた、隣国ピエムスタ帝国から嫁《とつ》ぎ、その優れた手腕でエッスタンを復興へ導いたことから、国民の人気は高い。

エッスタンの国王夫妻は国民たちに笑いかけながらも、時々視線を交わして、微笑《ほほえ》みあっている。二人の結婚は政略結婚だったものの、今では心から愛しあう理想の夫婦と言われていた。

国王夫妻の五人の子供たちもまた、後続の馬車に乗って窓から笑顔で手を振っている。両親の愛を一心に受けた子供たちは、いずれも利発で優秀だ。

エッスタンの人々の熱狂は、国王一家の馬車が王城に戻ってもなお、冷めることはなかった。

「リシャール陛下《へいか》、万歳！」

「コルネリア様、万歳！」

人々は思い思いに叫び声を上げる。その歓声はエッスタンの大地を揺るがすかのようにいつまでも響き渡っていた。


こうして、リシャールとコルネリアの治世は、エッスタン王国の黄金時代の始まりとして後世に語り継がれることとなる。エッスタンは、オルナの港を中心にソロアピアン大陸の貿易の要《かなめ》として大いに栄えた。

二人が築いた国家の礎《いしずえ》は、子や孫の代にも受け継がれ、エッスタン王国は長きに亘《わた》り繁栄を続けていくことになるのである。

番外編　とある騎士の話

ピエムスタ帝国の帝都トラルーラに程近い港の酒場で、フェルナンド・ソルディィは地味なローブを纏《まと》い、黙って酒を飲んでいた。

酒場はお世辞にも綺麗《きれい》とは言い難《がた》い造りで、磯臭《いそくさ》い隙間風が時折吹き込んでくる。

その堂々とした体軀《たいく》のため、フェルナンドはとても一般人には見えないのだが、この雑多な場末の酒場で彼の正体を気にするような者はいない。それに、まさかこんな辺鄙《へんぴ》な港町でピエムスタ帝国の騎士団長が一人で飲んでいるとは、誰も思わないだろう。

赤ら顔の男たちが、酒を酌み交わしながら大声で喋《しゃべ》っている。

「それにしても、エッスタン王国が帝国から独立するとはな」

「まあリシャール国王はかつてピエムスタをラークの魔の手から救ってくれた英雄だ」

「コルネリア様も王妃になられて、いよいよめでたいことだよ」

男たちの噂《うわさ》を耳にしたフェルナンドは重いため息をついた。

（コルネリア様……）

騎士団長として、またソルディィ侯爵家《こうしゃくけ》の嫡男《ちゃくなん》として、こんな荒れた酒場にいるのは場違いだ。

だが、フェルナンドがその酒場にいるのは訳があった。

『コルネリア様が、ピエムスタ行きの定期船に乗っていたらしい』

演習場の片隅で騎士の一人がそう話していたのを、耳にしたのは偶然だった。

噂をしていた騎士を捕まえて詳しく聞いてみれば、ハンソニアとエッスタンの戦いが起こる前に、エッスタン公爵《こうしやく》夫人のコルネリアが定期船に乗っていたと若い船乗りが語っていたらしい。しかし、コルネリアの帰国は叶《かな》わず、夫のリシャール・ラガウェンが寄港先の港からコルネリアを連れ帰ったようだ。

（コルネリア様が定期船に乗った理由は分からないが、もし再び定期船に乗って帰国されることがあれば、すぐにお迎えしなければ）

この港町は多くの国々から人々が集まるため、お世辞にも治安がいいとは言い難い。コルネリアのような、非力な貴婦人が一人でこの町を歩くのは危険だ。

だからこそ、コルネリアがまた一人で帰国した時のために、フェルナンドは定期的にこの酒場で待っている。この酒場はピエムスタの定期船の発着所にも近いため、コルネリアがこの港に降り立てば、すぐに馳《は》せ参じることができるだろう。

コルネリアに忠義を誓った騎士として、フェルナンドはこの場所でひとり静かに待ち続けている。

今日もまた、ピエムスタの定期船から降りた乗客の中に、コルネリアの姿はなかった。フェルナンドは胸の奥から湧きあがる失望を、すっかりぬるくなったエールで流し込む。

アルコールで靄《もや》がかかった頭は、懐《なつ》かしいコルネリアの姿しか見せない。クスノキの植わった中庭で微笑《ほほえ》む美しい人は、いつもフェルナンドをまっすぐに見つめていたのに。

「あの時、攫《さら》っておけばよかったのか……」

ふと浮かんだ馬鹿な考えを打ち消すように、フェルナンドは首を振り、重い頭をテーブルの天板に押し付けた。重い闇のような眠気が、フェルナンドの意識を攫っていく。

フェルナンドがコルネリアに初めて会ったのは、フェルナンドが十六歳、コルネリアが十一歳の時だった。

ソルディ家の嫡男として生まれたフェルナンドは、ピエムスタ帝国皇帝セアム三世によって、第三皇女の護衛騎士に選ばれた。

第三皇女の護衛騎士に叙《じょ》された旨を、当時ピエムスタ帝国の騎士団長であった父から告げられたフェルナンドは、率直に「面倒なことになった」と思った。

皇女の護衛など、ほとんどお飾りのようなものだ。無骨で真面目《まじめ》なフェルナンドは、そのような無為な時間を過ごすくらいであれば、同い年の騎士たちと一緒に汗を流して剣を振るった方がいいとさえ思った。

しかし、第三皇女に出会った瞬間、その考えは変わることになる。

『貴方《あなた》がわたくしの護衛騎士さんなのね。これから、よろしくお願いいたします』

第三皇女であるコルネリア・ラムベールに会った瞬間、フェルナンドの心の中に今まで感じたことのない感情が湧きあがった。

柔らかな栗色の髪をふんわりと三つ編みに結い、膝丈《ひざたけ》まである赤色のドレスに身を包んだコルネリアは、五つ年下の少女だと思えないほど、皇族としての高貴なオーラを身に纏っていた。

一方で、そっと差し出された手は、簡単に手折《たお》られてしまいそうなほど華奢《きゃしゃ》だ。

『貴女《あなた》の忠実な騎士として、この身を捧げます』

フェルナンドが差し出された手を恭《うやうや》しく取り、小さな指先にそっと口付けると、コルネリアははにかんだように微笑んだ。その笑顔に、フェルナンドの心は一瞬にして奪われてしまった。

その日から、フェルナンドの生活は激変する。どんな時でもコルネリアの傍《かたわ》らに寄り添い、護衛騎士として彼女を守る日々。毎日が満ち足りていて、これ以上の幸福はないとすら思った。

『ねえ、フェルナンド。貴方の故郷のお話をしてほしいわ。いいかしら？』

この国きっての俊英《しゅんえい》だと評されるコルネリアは、なぜか護衛騎士であるフェルナンドの話を聞きたがった。話し下手《べた》な自覚はあるが、それでもコルネリアは遮《さえぎ》らず話を聞いてくれる。話し終われば必ず「ありがとう」と微笑んだ。

この国の第三皇女は、謙虚《けんきょ》で笑顔を絶やさない。確かに、見た目や仕草、知識はまだ子供だ。しかし、年頃の少女らしい感情の波はほとんどない。慈悲《じひ》深く、すべてを包み込むような優しさは、隣にいて蕩《とろ》けるように心地よい。

貴《たっと》い皇女の側《そば》にいることができる。その喜びと誇らしさは何事にも代えがたかった。

そして、時々頬《ほお》を赤らめてぼんやりと見つめられることに、フェルナンドは気付いていた。だが、年頃の少女が年上の男性に憧《あこが》れるのはよくあることだと聞く。幼い皇女の一時的な気の迷いだろうその気持ちに、一介の騎士が応えられるわけがない。

しかし、時が経《た》つにつれ、フェルナンドは徐々に成長するコルネリアへの想いが敬愛以上の感情だと気付き始める。

成長する皇女の柔らかな頬に、何度となく手を伸ばしかけたか分からない。少女の鈴を転がすような声は、柔らかで心地のよい落ち着いた声に変わっていく。華奢な身体は、少しずつ女性らしい丸みを帯びていって、それがまたフェルナンドの心を浮つかせた。

数々の令嬢たちの求愛すら、彼にとってはまったく価値がない。親の勧めで何度か話に応じてみたものの、どんなに美しい令嬢たちと話しても、コルネリアと対峙《たいじ》する時ほどの胸の高鳴りを感じたことは一度たりともなかった。

『ねえ、フェルナンド』

コルネリアが優しく呼びかける声を聞き逃さぬよう、フェルナンドはいつも耳を澄ましていた。

親愛なる皇女に危機が迫ったとき、必ず騎士としての義務を果たせるよう、日々の鍛錬《たんれん》も怠《おこた》ったことはない。そのおかげで、フェルナンドは気付けば帝国一の剣の腕前を持つ騎士として評判となり、皇女の護衛騎士の任を解かれ、王族直轄の皇帝騎士団の騎士に任命された。それは、次期騎士団長としてのキャリアを約束されたことにもなる。

コルネリアの側にいられなくなると内心では落胆《らくたん》したが、この国を守ることがひいてはコルネリアを守ることになるのだと自分を無理やり納得させ、フェルナンドは皇帝の騎士としての任務に邁《まい》進《しん》し、さらに自己研鑽《けんさん》を重ねた。

だからこそ、セアム三世がコルネリアの婚約者候補としてフェルナンドの名を挙げたと聞いた時、歓喜に心揺さぶられたものだ。再びコルネリアの側にいられる日々が来るのだと思うと、自分は果報者だと神に心から感謝した。

しかし、その喜びは長く続かなかった。

戦争で隣国のエッツスタン王国の国王夫妻が幼い息子《むすこ》リシャール・ラガウェンを遺《のこ》してこの世を去ったのだ。荒廃したエッツスタンを、ピエムスタ帝国は一時的に支配下に置くと宣言し、エッツスタン王国は、エッツスタン公爵領となった。そして、十二歳という若さでエッツスタン公爵となったリシャールの補佐をするために、優秀なコルネリアがリシャールの妻として嫁《とつ》ぐことになったのだ。

コルネリアよりも七つ年下のまだ幼い男が結婚相手だと知り、フェルナンドの心に激しい怒りの炎が燃えさかった。

（皇帝陛下《へいか》は、コルネリア様を溺愛《できあい》していたはず。それなのに、コルネリア様を異国に追いやるようなことをされるとは！　しかも、相手は七つも年下の子供だと……！）

コルネリアの嫁入りに同行する護衛騎士として志願したが、皇帝はそれを許さなかった。

それならばと、フェルナンドはコルネリアに結婚を申し込んだ。皇帝の不興を買う危険を冒してでも、コルネリアの側にいたいとすら思ってしまった。

だが、フェルナンドの想いは届かず終わった。

『お父様の決めた結婚ですもの。抗《あらが》うことはできないわ。皇帝の意思は、わたくしの意思だから』

そう言って、コルネリアはフェルナンドの手を取ることはなかった。フェルナンドを見つめる新緑色の瞳は澄んでいたが、どこか空虚《くうきょ》だった。そこにコルネリアのいかなる意思もない。フェルナンドがどんなに説得しても、コルネリアが翻意《ほんい》することはなく、結局フェルナンドは、最愛の皇女がエッツスタンに旅立つのを見送ることしかできなかった。

幸いにも、コルネリアとリシャールの婚姻関係は一時的なものになるだろうと、皇帝自らが言っていたらしい。コルネリアの結婚は、ピエムスタがエッツスタンに政治的介入をしやすくするだけのもの。そこに、男女の愛など生まれるべくもない。

（愛のない結婚をされたコルネリア様は気の毒だが、私はピエムスタでコルネリア様を待つだけだ）

フェルナンドはコルネリアの帰国を待った。皇女の花婿《はなむこ》として相応《ふさわ》しい男でいるために、令嬢たちの熱い視線を物ともせず、武術の研鑽にさらに励み、ついにピエムスタ帝国の騎士団長の地位まで上り詰めた。

異国に嫁いだ皇女との関係を怪しまれないよう、手紙のやり取りは季節ごとの短い、形式的なものだけに留めた。この不埒《ふらち》な想いが第三者に知られることになれば、夫のある身のコルネリアに迷惑がかかる。手紙の内容は何度も書き直し、細心の注意を払った。

離れていても、フェルナンドのコルネリアへの想いは決して揺らぐことはなかった。

コルネリアが去って三年が経つ頃、転機が訪れる。

ピエムスタ帝国南部にあるラーク王国が、国境沿いの村々を急襲したとの一報が入ったのだ。騎士団長であるフェルナンドは軍勢をまとめ上げ、反撃を仕掛けたものの、ラーク王国は見たこともないほど強力な武器で、ピエムスタの騎士たちを圧倒した。

事態を重く見た皇帝は直《ただ》ちに貴族たちに協力を依頼し、騎士たちを帝国全土から招集した。

エッスタン公爵であるリシャールとエッスタンの騎士たちもまた、帝都トルトーラに参陣した。そうはいっても、リシャールはまだ十五歳。戦の経験や知識もない彼は、しばらく皇帝の元で戦について学ぶことになった。

エッスタンから来た若き公爵について、貴族たちの反応は概《おおむ》ね冷ややかだった。

『見たか、エッスタン公爵を。少女と見紛《みまご》うばかりに美しい顔をしているが、果たして剣を持って戦えるのかも怪しい。見るからに弱々しいではないか』

『皇女コルネリア様の花婿として、陛下が箔《はく》をつけてやるためだけに招集したんだろう。いくつか名ばかりの称号を与えられて、戦場に出ないままエッツスタンに戻るさ』

しかし、一年後のリシャールはそんな貴族たちの予想を軽々と裏切り、初陣《ういじん》から次々と成果を上げた。彼が連れてきたエッツスタンの騎士は誰もが一騎当千《いっきとうせん》の強者揃《つわものぞろ》いだが、リシャールはその中の誰よりも強いという。

その噂は、騎士団長であるフェルナンドの耳に嫌というほどに入ってくる。その度に、フェルナンドの心はざわめいた。フェルナンドは無意識にリシャールを遠ざけ、彼の存在から目を逸《そ》らし続けた。

一度だけ、フェルナンドはリシャールを王城で見かけたことがある。

その時、フェルナンドはコルネリアの実弟であり、第一皇子のトビアスと二階の執務室で戦況について話していた。

話の途中で視線を逸らし、窓の外を見たトビアスは、騎士たちと共にエントランスにいたリシャールに気付き、指をさす。

『おお、見ろ。エッツスタン公爵殿が帰ってきたぞ。あいつ、またラーク軍に勝ったらしいな』

『あれが、リシャール殿ですか』

若きエッツスタン公爵は、遠くから見てもすぐに分かるほどに美しい青年だった。絹糸のようなプラチナブロンドに、氷のように冷たい深い青色の瞳。エッツスタン王国は美しいエルフの末裔《まつえい》たちが建国したという伝説のある国だが、その国の王子に相応しい美貌《びぼう》である。数多くの令嬢たちが一瞬にしてリシャールの虜《とりこ》になったともっぱらの噂だったが、あながち嘘《うそ》ではなかったらしい。

フェルナンドは再び窓の外に視線を戻す。

（あの男が、コルネリア様の夫……）

コルネリアより七つ年下と聞いていたため、どうせ子供だろうと高を括《くく》っていたものの、リシャールは年齢よりもずっと大人びて見えた。コルネリアの隣に並び立てば、きっと絵になることだろう。なにより、数々の令嬢たちが恋に落ちたというあの美貌に、コルネリアが心惹《ひ》かれてもおかしくはない。そう思うと、じゅわりと心にどす黒い炎が宿り、自然と視線が鋭くなる。

その時、フェルナンドの視線に気付いたのか、リシャールがこちらを見た。そして、彼はフェルナンドと目が合った瞬間、アイスブルーの瞳に、苛烈《かれつ》な色を浮かべた。

『――ッ!?』

まるで獲物を狙う獣のように鋭い視線は、明らかにフェルナンドを牽制《けんせい》していた。心臓がどくりと大きな音を立てる。

フェルナンドは、リシャールが自分の皇女への秘めた想いに気づいているかもしれないと直感した。しかし、それを確かめる術《すべ》はない。

リシャールは視線を外すと、そのまま王城のエントランスから立ち去った。

フェルナンドとリシャールの静かな視線のやり取りに全く気付かなかったトビアスは、唇を尖《とが》らせた。

『あいつに剣で勝ったことがないんだよなぁ。あの野郎、後ろから切りかかっても易々《やすやす》と反撃してくる』

フェルナンドは思わず顔を顰《しか》めた。

『トビアス殿下《でんか》、さすがに後ろから切りかかるのは、騎士道に反するのでは？』

『相変わらず生真面目なヤツ。だが、大好きなお姉様をずっと独り占めしていた男だぞ。多少はギャフンと言わせたいじゃないか』

腕を組むトビアスに、フェルナンドは訊《たず》ねる。

『……リシャール様の、お人柄は？』

『何を考えてるか分からないところはあるが、悪い奴《やつ》じゃない。俺の街歩きにもついてきてくれるし、物静かでペラペラ喋らないのも好ましい。それにまあ、あの話しぶりからすれば、お姉様のことはそれなりに大切にしているようだし』

『大切にされているのであれば、どうして異国の地にコルネリア様を一人残してピエムスタに来られたのですか』

フェルナンドの棘《とげ》のある一言に、トビアスは驚いたような顔をした。

『らしくないぞ、フェルナンド。国家が非常事態の時に夫が戦場に出て、妻が領地を守るなんて、別に珍《めず》しい話ではない。それに、お前はお姉様の聡明《そうめい》さを知ってるだろう。あの人以上に、領主代理として適任の人はいない。リシャールの判断は、この上ないほど適切だ』

『しかし、エッスタンは元敵国。ピエムスタ帝国に対してずっと反抗的な態度を取り続けておりました。そんな場所に、コルネリア様はお一人でおられると思うと……』

『そんなの昔の話だろう。今のエッスタンはピエムスタに友好的だ。それに、お姉様なら上手《うま》くやれるに決まってる。それともなんだ、フェルナンドはお姉様の能力を疑っているのか？』

『それは……』

一時期は次期皇帝になるのではないかとすら噂されていたコルネリアの優秀さを、フェルナンドは誰よりもよく知っている。荒廃したエッスタンの領地経営は困難を極めるだろうが、コルネリアならば必ずやり遂《と》げることができるだろう。トビアスの言うことはもっともだ。

『……失礼いたしました。過ぎたことを申しました』

『いや、いい。お前がお姉様を心配する気持ちはよく伝わってきたよ。さすがお姉様の忠義者の騎士だな』

トビアスは朗《ほが》らかに笑う。実姉と同様に、人の気持ちに若干疎《うと》いところのある彼は、フェルナンドの秘めたる恋心に全く気付いていない。

『そういえば、リシャールもお前のことをどんな男か聞いてきたぞ。お互い気になるなら、直接親《しん》睦《ぼく》を深めてくれよ』

『御意《ぎょい》』

頷《うなず》きながらも、フェルナンドがリシャールに話しかけることはついぞなかった。

結局、ピエムスタ帝国はラーク王国との戦いに勝利した。勝利の立役者であるリシャールとエッスタンの騎士たちは、多くの名声を得てエッスタンに戻っていく。

（あの男が、コルネリア様のもとへ帰る……）

そう思うと、フェルナンドの胸の中は荒れた。

エッスタンに残り、一人職務を全《まっと》うするコルネリアのことを思えばそれは喜ばしいことだろう。

しかし、エッスタンに戻るリシャールは、初めて目を合わせた時からさらに成長し、その横顔は精悍《せいかん》さを増した。育ちゆく若鹿のようにしなやかだったその体軀も、今や歴《れき》とした大人のそれであり、王者の風格すら漂《ただよ》うようになった。

何より、あの牽制するようなアイスブルーの瞳が、いつまでもフェルナンドの脳裏から離れない。

本当は、今すぐにでもコルネリアを迎えに行き、あの不遜《ふそん》な若造からコルネリアを奪い返したい。ソルディィ家の治める領地ユーブルクの屋敷で、これまで口にできなかった愛を語りたい。

(焦《あせ》ってはいけない。コルネリア様の結婚は仮初《かりそめ》のものだったはず。皇帝陛下も、コルネリア様に離縁を勧められているという噂だ)

皇帝から直々にその命が下されれば、皇女であるコルネリアはリシャールと破婚して、じきにピエムスタに戻ってくるはず。

エッスタンでの大仕事を終えたコルネリアは、きっと疲れ果てているだろう。エッスタンでの日々は決して平坦なものではなかったはず。だからこそ、そんなコルネリアを優しく労《いた》わり、大切にする。そして、リシャールがコルネリアの夫であったことなど、遠い過去として記憶の隅にも留められぬほどに、深く愛し尽くすのだ。

そう自分に言い聞かせ、焦《じ》れるような日々を過ごしていた秋のある日、フェルナンドに大きな好機が訪れた。

『コルネリアから、ハンソニア王国がエッスタンへの攻撃を近く決行するとの知らせが入った。……フェルナンド、お前はエッスタンの援護をするという名目でエッスタンに行き、コルネリアを安全に連れて帰れ』

皇帝からの密命に、フェルナンドは一も二もなく頷き、エッスタンに向かう。

エッスタンの首都オルナで再会したコルネリアは、ハンソニアとの戦いを前にやつれては見えたものの、その美貌に少しも翳《かげ》りはなく、むしろその輝きは以前にも増しているように思われた。

フェルナンドは、コルネリアがエッツスタンで大切にされていることを感じ取り、安堵《あんど》すると同時に、日ごとに美しくなるコルネリアの側にいられなかったことに深い口惜《くちお》しさを感じた。

コルネリアは、ピエムスタの騎士団長を前に、丁寧《ていねい》な礼を取る。

『来てくれてありがとう、フェルナンド。叶うなら、こんなタイミングで再会したくはなかったのだけど……』

『忠誠を誓った貴女様の呼びかけとあらば、世界の果てに呼ばれようと、喜んで参りましょう。お忘れではないでしょう？　私は貴女の騎士ですから』

心の底からそう答えると、コルネリアは優しく微笑む。昔から変わらない、控えめながらも見る人を惹きつけて止《や》まないその笑顔にフェルナンドは心を奪われた。

（ああ、この笑顔。コルネリア様は、やはりいつでも笑っておられるべきなのだ。こんな危険な場所からは、早く脱していただかなくては……）

その時、荒々しい足音と共にリシャール・ラガウェンが現れた。その瞬間、コルネリアの表情が輝いたのを、フェルナンドは見逃さなかった。

『リシャール、ピエムスタ帝国から頼もしい味方が来てくれたわ』

コルネリアはそう言って、リシャールに微笑みかけた。しかし、リシャールはそれに応えず、フェルナンドとコルネリアの距離を取らせるように、間に割って入った。フェルナンドを睨《にら》むアイスブルーの瞳には、焦りが感じられた。

（やはり、リシャール殿は私の気持ちに気付いていたか）

リシャールの牽制するような視線は、コルネリアへの深い愛情と独占欲を物語っていた。その瞬間、フェルナンドの胸の裡《うち》に男としての対抗心が燃え上がる。

早くコルネリアをこの地から引き離さねばならない。あの男は危険だと、フェルナンドの本能が告げている。

怪しまれないように数日はピエムスタ帝国の騎士として目立たぬよう過ごしたフェルナンドだったが、戦の準備が始まり、リシャールが城を留守にした夜にコルネリアの寝室に向かった。

案の定、急に現れたフェルナンドにコルネリアは不思議そうな顔をした。フェルナンドは、皇女の前に立つ最低限の身だしなみを整え、皇帝の勅命《ちよくめい》を告げる。

しかし、コルネリアの返答は驚くべきものだった。

『わたくしは、ここに残ります』

フェルナンドは困惑する。コルネリアは、これまで皇女として皇帝の命令には粛々《しゆくしゆく》と従ってきたはず。

だからこそ、愛する祖国を離れ、七つも年下の男の妻になったのだ。

しかし、今のコルネリアは、自分の意志でここに残ると言っている。

その瞬間、砲弾が炸裂《さくれつ》する、鋭い音が響き渡った。

『始まったんだわ……。リシャール……ッ！』

『コルネリア様、いけません！』

我を忘れてバルコニーに飛び出そうとするコルネリアを、フェルナンドは慌《あわ》てて抱きとめる。腕の中にすっぽりおさまった身体は華奢で、どれほどの重圧をこの細い肩に背負ってきたのかと想像するだけで胸が締め付けられる思いだった。

今すぐに、この場所から連れ去って、あらゆる苦悩と危険、責務から遠ざけたい。そして、誰よりも幸せにするのだ。

しかし、コルネリアはそれを望まない。

『お願いよ、フェルナンド！　どうか、どうかエッツスタンを――、リシャールを助けてあげて』

フェルナンドの腕を掴《つか》む手は、震えていた。フェルナンドが心から愛した新緑色の美しい瞳から、大粒の涙が零《こぼ》れ落ちる。その瞳は、昔のような空虚な瞳ではない。愛する人を知った、強い意志を持った瞳だった。

離れている間に、コルネリアは変わってしまったのだと、その時になってフェルナンドはようやく気付いた。

彼女の心にいる人物は、自分ではない。この細い肩も、艶《つや》やかな髪も、優しい微笑みも全て自分のものにはならない。狂おしいほどの嫉妬《しっと》が、身の裡を焦《こ》がしていく。

この城は、もはや安全な場所ではない。ピエムスタ帝国の皇女であるコルネリアを、一時も早くこの城から連れ出さなければならない。今すぐに、コルネリアを担ぎ上げ、無理やり馬に乗せてピエムスタ帝国に帰ることもできる。

しかし、フェルナンドの身体は動かない。

（コルネリア様の想いを、私は無下にできない……）

フェルナンドは、コルネリアの騎士だ。コルネリアが望むなら、その望みを叶えることがフェルナンドの使命となる。

たとえ、魂が砕《くだ》かれたかと錯覚《さっかく》するほどに煩悶《はんもん》し、心が血を流しても。

主人の命令に、騎士は逆らえないのだから。

『……残酷《ざんこく》な人だ、貴女は』

コルネリアの命令に従えば、皇帝の勅令にも逆らうことになる。それでも、フェルナンドはコルネリアの意思を尊重する。

『叶うことなら、貴女の意思で、私を選んでいただきたかった』

思わず口にした言葉は、再び炸裂した砲弾の音にかき消され、コルネリアの耳には届かなかったらしい。コルネリアが不思議そうに眼を瞬《しばたた》かせるのを、フェルナンドは眩《まぶ》しく見つめた。

（……これでいい。この想いは、決して叶わないのだから）

フェルナンドは、騎士としての誇りを胸に、コルネリアに頭《こうべ》を垂れた。

『御意。命をかけて、貴女のために戦います』

フェルナンドはそう告げると、コルネリアの部屋を去った。

ハンソニアとエッスタンの戦いは、三日三晩続き、エッスタン公爵リシャール・ラガウェン率いるエッスタン軍が圧倒的な勝利を収めた。

リシャールがピエムスタ帝国の騎士たちに待機をするように求めたその場所はオルナの街を見下ろす高台となっており、リシャールの完璧な采配《さいはい》を見せつけられる形となった。

ピエムスタの騎士たちは、鬼神のようなリシャールの強さに恐れを抱き、誰もが「エッスタンを敵に回してはいけない」と心に刻み込んだ。あの戦いぶりを見せられてなおリシャールを侮《あなど》れる騎士はどこにもいないだろう。

戦いが終結し、エッスタンの中心であるエルムヴァール城に向かえば、果たしてそこにはコルネリアとリシャールが並んで立っていた。

朝の光に照らされ、幸せそうに寄り添うエッスタン公爵夫妻は、一幅《いっぷく》の絵画のように美しかった。

（ああ、完敗だ……）

フェルナンドが入り込む余地はどこにもない。

こうなってしまった理由を挙げるならば、リシャールが年下だと侮り、いつかはコルネリアが自分のものになるだろうと慢心《まんしん》していたフェルナンド自身の落ち度だ。

去り際に、フェルナンドはコルネリアに訊ねた。

『私はピエムスタに帰還します。陛下に、何かお伝えすることはございますか？』

『この地《エッスタン》で幸せになります、とお伝えください』

コルネリアの意思の満ちた目に、フェルナンドはふっと目を細めて微笑んだ。

『御意』

フェルナンドは恭しく一礼すると、エルムヴァール城を去った。リシャールに抱かれた幸せそうなコルネリアの姿を、胸の奥底に焼き付けて。


（これで、良かったのだ……）

フェルナンドは、重いため息をつき、グラスに残っていたエールを一気に飲み干す。

あの日以来、フェルナンドとコルネリアは一度も顔を合わしていない。日々は、あっという間に過ぎていく。季節ごとにやりとりする手紙だけが、フェルナンドとコルネリアを唯一繋《つな》ぐものだった。コルネリアからは半月前に手紙が届いたばかりだ。何度読んでも一片の翳りもない幸せそうな文面に、フェルナンドは安堵する。誰よりも愛した人が幸せになったのだ。これ以上、望むべくもない。

（あの時、コルネリア様の意思を尊重できた。それだけが、私の騎士としての誇りだ）

フェルナンドはコルネリアの幸せを一番に願った。だから、身を引いたのだ。

コルネリアとリシャールはその後子供に恵まれ、その仲の良さは遠くピエムスタにも聞こえてくる。エッスタン国王夫妻の噂を聞くたびに、フェルナンドは自分の選択は間違っていなかったと確信できた。

とはいえ、コルネリアへの想いを簡単に断ち切れるはずもない。だからこうして、コルネリアが定期船に乗って帰ってくるという微《かす》かな望みを抱いて酒場で待ち、幸せだったあの日々を追想する。

叶わぬ想いを断ち切るべきだと分かっている。

しかし、アルコールで鈍った頭では、理性的な判断などできるはずもなかった。再び脳裏にコルネリアの横顔が浮かび、フェルナンドは再び幸せな夢にひたろうとカウンターに突っ伏した。

その次の瞬間、頭にパシャリと冷たい何かがかかる。

「ちょっと、お客さん！　もう閉店の時間なんですけど、こんなところで寝ないでくださる!?」

のろのろと目をあげると、輝く新緑色の瞳がこちらを見下ろしていた。フェルナンドは弾《はじ》けるように顔を上げる。

「コルネリア、様……!?」

「人違いだよ！」

もう一度、パシャリと頬に冷たい水をかけられる。今度こそ意識がハッキリと戻ってきたフェルナンドは、目の前の女を見上げた。

黒髪を頭のてっぺんに纏めた美しい女がそこには立っていた。女の手には水差しが握られている。どうやら水をかけられたらしい。騎士団長という立場にいるフェルナンドが、こうして冷水を浴びせかけられるのはもちろん初めてだ。

「こら、アシュリー！　お前、お客様になんてことを……」

アシュリーと呼ばれた黒髪の女の後ろで、酒屋の主人が悲鳴をあげたが、当の本人は鼻を鳴らして腕を組む。

「誰だろうと関係ないね！　さあ、さっさと外に出なさい！　寝るんだったら家でママと寝んねしな！」

口はすこぶる悪いものの、潑剌《はつらつ》とした表情は愛嬌《あいきょう》があり、不思議と憎めない。フェルナンドは、しとどに濡《ぬ》れた顔を拭《ぬぐ》い、まじまじと目の前の女を見る。

コルネリアとよく似たエメラルドのような瞳ではあるものの、女の顔は目鼻立ちがはっきりしており、どのパーツも勝気そうにツンと尖《とが》っている。コルネリアが月であれば、この女は太陽だ。

「美しいな……」

「えっ、なんだい！」

「コルネリア様と同じ色の瞳だ……」

「ナンパしてる時に他の女の話をするんじゃないよ！」

もう一度、顔に冷水がかけられ、挙句の果てに箒《ほうき》の柄でバシバシと叩《たた》かれて酒場を追い出された。

背後で酒屋の主人がオロオロとしていたが、当の本人は全く気にした様子がなかった。これでは、どちらが酒場のマスターかわからない。

フェルナンドを大通りに放り出したアシュリーは、エメラルドのように輝く瞳を細めて、ニッと笑う。

「いくら酔っ払いとはいえ、いい男に口説《くど》かれると意外と悪くないね。次はちゃんと口説きな」

明るい微笑みに、フェルナンドはなぜか見惚《みと》れてしまう。口説いていたわけではないと言い返すべきだろうが、何も言えなかった。頬が熱いのは、箒の柄で容赦《ようしゃ》なく叩かれたからだろうか。

「またおいで！」

アシュリーはひらひらと手を振ると、箒を肩に担いで酒場の中に戻って行く。

未《いま》だに火照《ほて》る頬をさすって、フェルナンドは月明かりに照らされた石畳を歩き出す。

「アシュリー……か」

その名を呟《つぶや》くと、胸の奥底で何かが微《かす》かに動いた。コルネリアへの想いは今も燻《くすぶ》り続けているが、同時に、あの黒髪の女性の明るい笑顔が頭から離れない。

フェルナンドは夜の港に目をやり、深く息を吐いた。二週間後、またあの酒場を訪れるだろう。

その時は酔い潰《つぶ》れることなく、あのエメラルド色の瞳をもう一度じっくりと見つめてみたいと、フェルナンドは思った。

番外編　リシャールとコルネリアのエッツスタン語講座

初夏の風が吹いている。

細い雲が、ゆっくりと青い空を通り過ぎていくのを、リシャールは読んでいた本から視線を外して何とはなしに眺《なが》めた。

今日は、いつも公務で忙しいエッツスタン公爵《こうしゃく》夫婦の、つかの間の休日だ。天気も良く、コルネリアから外で読書をしないかと誘われて、二人はエルムヴァール城の中庭にいた。

狭いながらもよく手入れされたこの庭は、木陰も多く過ごしやすい。芝に腰を下ろして本を読むリシャールの傍《かたわ》らで、コルネリアが熱心に分厚い本を読んでいる。

真剣に本のページを繰るコルネリアの横顔を、リシャールはじっと見つめた。艶《つや》やかな栗色の髪が風になびいて揺れ、滑らかな頬《ほお》に淡い影を落としている。

（やっぱり、この人は美しいよなあ……）

口さがない貴族が、コルネリアを地味だなんだと陰口を叩《たた》いていたが、そんなわけがないとリシャールは思う。春の新緑を思わせる美しいエメラルド色の瞳も、ふっくらとした唇も、どのパーツも整っている。

恐らく、コルネリアは白粉《おしろい》をはたき、紅をさすだけであっという間に垢抜《あかぬ》けるに違いない。磨《みが》き上げれば、誰よりも輝く社交の華になる。

（まあ、コルネリアの魅力に気付いた男たちが群がりはじめたら困るし、コルネリアの魅力は俺だけが知っていればいい）

そんなことをぼんやり考えていると、急にコルネリアがリシャールを見た。こっそり見惚《みと》れていたことがバレてしまったのではないかと、リシャールはどぎまぎする。

コルネリアは、そんなリシャールの内心に全く気付いた様子もなく、ことりと首を傾《かし》げた。

「そういえば、リシャールに聞きたいことがあったの」

「な、なんですか？」

「『メッサイ』するってなに？」

穏やかな昼下がり、唐突に投げられたコルネリアの質問に、リシャールは一瞬虚を衝《つ》かれて沈黙する。何かと言い間違えたのかと続きの言葉を待つが、コルネリアは澄んだ瞳を瞬《しばたた》かせてリシャールの返事を待つばかりだ。

リシャールは思いっきり苦い顔をした。

「……誰から教わったのですか。そのような下品な言葉を！」

いつもエッツスタンの言葉を母国語のように難なく話すコルネリアだが、この国に来てまだ二年ほど。まだまだ知らない単語は多い。だから、コルネリアは分からない言葉があるとたいていリシャールに聞くのだ。

時にエッツスタン人が知らないような難解なエッツスタン語ですら知っているコルネリアが質問してくるのは、辞書に載っていないような鄙《ひな》びた地方の方言や、貴族独特の言い回し、そして聞くに堪《た》えない低俗な言葉のどれかである。

今回は、低俗な言葉に該当した。

エッスタン語で「メッサイ」は、「破瓜《はか》」という意味で、つまり処女喪失《そうしつ》を意味する。

十五歳になったリシャールは、平民出身の騎士たちも多い騎士団で剣の訓練をしているため、低俗な言葉もある程度理解している。普通の十代の男として、性に多少興味もあるのも事実だ。しかし、純情で高潔なコルネリアに、自分がそんな低俗なことに興味があるなんて、絶対に知られたくない。

何も知らないコルネリアは真面目《まじめ》な顔をして、考え込むように頰に手をあてて続ける。

「女性がメッサイすると、悲鳴をあげるくらい痛くて血が出るのだそうよ。メイドたちが話していたの。『メッサイ』の意味が分かれば、きっとお薬を用意したりとかもできるだろうと思って……」

「きっと時間が経《た》てば治るんじゃないですか？　コルネリアがなにかする必要はない」

「でも、なにかの病気かもしれないでしょう？　心配なのよ。ねえ、『メッサイ』ってどういう意味なの？」

「……俺の口からは、言いたくありません」

ふい、とリシャールは視線を逸《そ》らした。コルネリアはますます困った顔をする。

「そう……。じゃあ、セバスチャンに聞こうかしら」

「セバスチャンはダメです！」

リシャールは慌《あわ》てて止めた。コルネリアが他の男の口から低俗な言葉を聞かされるのは、なんとなく癪《しゃく》だ。それだけは絶対に避けたい。

「聞くんだったら、絶対にサーシャあたりにしてください」

そう釘《くぎ》をさすリシャールに、コルネリアは納得のいかない顔をしたものの、しぶしぶ頷《うなず》いた。

「……分かったわ」

「ご期待に沿えず、申し訳ございません。先ほどの言葉以外なら、何でもお答えします」

「ええっと、じゃあ『ブーシュタ』は？」

「……それも、お答えできません」

「じゃあ、『シュリバーハ』ってなぁに？」

「……黙秘します」

「『ヴィカリア』は？」

「コルネリアの近くでそんな低俗な話をしている奴《やつ》は誰ですか!?」

リシャールはついに顔を真っ赤にして大きな声を出した。


そんな二人を、庭師やメイドたちは遠くから優しく見守っている。

いつもは理想的な領主としてほとんど表情を変えないリシャールが、あれほどまでに表情豊かになるのは、コルネリアの隣にいる時だけだ。

「まったく、おふたりは仲睦《なかむつ》まじいご夫婦ですねぇ」

誰かの呟《つぶや》きが、春の温かい空気にとけていく。今日も平和な一日が穏やかに過ぎようとしていた。

あとがき

こんにちは！　沖《おき》　果南《かなん》と申します。

この度は、「仮初《かりそめ》の年上妻は成長した年下王子に溺愛陥落《できあいかんらく》させられる」をお手に取っていただき、誠にありがとうございます。

雷を怖がっていた（？）年下ヒーローが、賢いけれど鈍感な年上妻を陥落させる下剋上《げこくじょう》ロマンス、いかがだったでしょうか？

年の差がありながら政略結婚をした二人が、家族のような関係となり、時間差で恋に落ち、そして紆余曲折《うよきょくせつ》ありながらも最後にはラブラブに……という王道展開ですが、楽しんでいただけたならとても嬉《うれ》しいです。


この小説は短編小説として「成長した年下王子は逃げたい年上妻を陥落させる」というタイトルで投稿し、そのお話を長編化して連載した「仮初の年上妻は成長した年下王子に溺愛陥落させられる」を改稿したものになります。

書籍化にあたり、途中ウェブ版と展開が変わっており、リシャールの執着《しゅうちゃく》がかなり増し増しになりました。そのほかにも、いくつかのシーンを加筆、修正しております。

ウェブ版にはない番外編は、コルネリアの元護衛騎士フェルナンド視点の回想となります。担当さんが「フェルナンドのお話を書いてはどうですか」という話をしてくださったので、張り切って書き下ろしました。私は当て馬の片思いが本当に好きなので、書いている間中、「ヴッ、可哀想《かわいそう》だなぁ……不憫《ふびん》だなあ……」と言いながら、ずっと歯茎剥《はぐきむ》き出しにしてニコニコしながら書かせていただきました。社会的地位のある男性が年下の女性に片想いしてしまう展開って、いいですよね。私は大好きです。そんなフェルナンドも、最終的にちゃんとじゃじゃ馬娘と幸せになるのでご安心ください。

また、本作が刊行されるのと時を同じくして、短編のコミカライズも公開される予定です。コミカライズを担当してくださったのは、津々見《つつみ》はと先生。他の連載も抱えていらっしゃる中、素敵に描きあげていただきました。扉絵のリシャールとコルネリアの手の繋《つな》ぎ方が個人的にとってもツボで、何度も見返してはうっとりしています。

リシャールもコルネリアもとてつもなく素晴らしく、また色気たっぷりに描いていただいたので、コミカライズ版もぜひ読んでいただけますと幸いです！

イラストを担当していただいたのは、Ｃｉｅｌ先生です。本作の挿絵を描いていただけることになったと聞いた時、「本当にそんな幸せがあっていいんですか!?」と嬉しくて小躍《こおど》りしてしまいました。Ｃｉｅｌ先生、美しくて繊細なイラスト、本当にありがとうございました。

この作品は、私にとって初めての書籍化作品となります。一作品にしっかり時間をかけて向き合い、改稿する作業は地道ではあったものの、とても楽しかったです！

さて、あとがきに四ページもいただいてしまったので、もう少しこの作品について詳しく語らせてください。

この小説は「可愛かった年下ヒーローが成長して怒濤《どとう》の勢いで年上ヒロインを陥落させちゃう話が書きたいな〜」と妄想《もうそう》したものを形にした作品です。

主人公コルネリアは、聡明《そうめい》で優しい女性として書きました。個人的に難しいキャラクターで、「本当にこれでいいのかな？」と何度も書き直しました。最初は立場故に自分の意思を持てなかったコルネリアが、リシャールの愛で徐々に自分の意思を持ち、成長していく姿も書きたかったので、そこが伝わっていれば嬉しいです。

ヒーローのリシャールは、私の考える年下ヒーローの魅力をたっぷり詰め込みまくったキャラクターです。最初は幼く可愛いリシャールが、めきめき成長し、最終的にコルネリアをリードし、溺愛する様は、読んでいて「おお……!?」と思っていただけたのではないでしょうか。

短編を書いた際に、うっかりエッスタンを北国という設定にしてしまったので、長編化するにあたって雪や寒さの描写にそれはもう、大変苦労しました。私自身が思いっきり南国生まれ南国育ちなので、正直なところ雪や寒さに関しての知識がまるっと欠けており……。まさかあんなに調べ物をするとは思いもしませんでした。

執筆の途中、とにかくずっと「部屋は寒くないか」ということばかり考えていたように思います。暖炉の描写がやたらと多いのはそのせいです。そのくせ、寒空の下ワンピース一枚でコルネリアを外にほっぽり出すようなミスもしでかしていたのですが……。

何はともあれ、エッスタンという国の文化や風土、言語についても随所にちりばめました。文字数も十七万字超と、結構ボリュームのある小説になってしまいましたが、この物語が皆様の心に少しでもきらりと残るものとなれば幸いです。

最後になりますが、この本を作ることに携わってくださった編集部の皆様、コミカライズを担当していただいた津々見はと先生、挿絵を描いていただいたＣｉｅｌ先生、ならびにウェブ掲載時から応援していただいた読者の皆様に、心からの感謝を申し上げます。本当にありがとうございました。

それでは、またどこかでお会いできますように！

沖　果南

eロマンス ロイヤル

本書は「ムーンライトノベルズ」(https://mnlt.syosetu.com/top/top/)に
掲載していたものを加筆・改稿したものです。
この作品はフィクションです。実在の人物・団体・事件などにはいっさい関係ありません。

●ファンレターの宛先
〒102-8177　東京都千代田区富士見 2-13-3　eロマンスロイヤル編集部

仮《かり》初《そめ》の年《とし》上《うえ》妻《づま》は成《せい》長《ちよう》した年《とし》下《した》王《おう》子《じ》に溺《でき》愛《あい》陥《かん》落《らく》させられる

著／沖《おき》　果《か》南《なん》

イラスト／Ciel

2024年11月30日　初刷発行

発行者　山下直久
発行　株式会社KADOKAWA
〒102-8177　東京都千代田区富士見2-13-3
(ナビダイヤル) 0570-002-301
デザイン　AFTERGLOW
印刷・製本　TOPPANクロレ株式会社

●お問い合わせ
https://www.kadokawa.co.jp/ (「お問い合わせ」へお進みください)
※内容によっては、お答えできない場合があります。
※サポートは日本国内のみとさせていただきます。
※Japanese text only

ISBN978-4-04-738183-4　C0093　©Kanan Oki 2024　Printed in Japan
定価はカバーに表示してあります。